suhrkamp taschenbuch 3140

W0468942

In *Freunde* erzählt Hermann Lenz, welcher Freundeskreis sich um Eugen Rapp im München der neunziger Jahre versammelt hat. Mit seinen Freunden unternimmt er Reisen, mit ihnen führt der Gespräche über Leben, Überleben und Schreiben. Von ihnen erhält er Nachrichten über die nahe und die weite Welt. Kurz: Durch diese Freunde hält der Einzelgänger Eugen Rapp den für seine schriftstellerische Arbeit notwendigen Kontakt zu der von ihm, der »nebendraußen« steht, mit Skepsis beobachteten Gegenwart. Diese Gleichzeitigkeit von Nähe und Ferne, die auch den Schriftsteller Hermann Lenz auszeichnet, macht *Freunde* zu einem aufrichtigen und detailgetreuen Panorama von Zeitgenossen.
Freunde ist der neunte und letzte Band der autobiographischen Romanfolge »Vergangene Gegenwart«: *Verlassene Zimmer, Andere Tage, Neue Zeit, Tagebuch vom Überleben und Leben, Der Fremdling, Der Wanderer, Seltsamer Abschied, Herbstlicht* und *Freunde.*
Hermann Lenz wurde am 26. Februar 1913 in Suttgart geboren. Er starb am 12. Mai 1998 in München. Sein Werk wurde mit zahlreichen Preisen ausgezeichnet, u.a. 1978 mit dem Georg-Büchner-Preis.

Hermann Lenz
Freunde

Roman

Suhrkamp

Umschlagabbildung:
Hermann Lenz mit Peter Handke und Peter Hamm
Foto: Isolde Ohlbaum

suhrkamp taschenbuch 3140
Erste Auflage 2000
© Insel Verlag Frankfurt am Main und Leipzig 1997
Suhrkamp Taschenbuch Verlag
Alle Rechte vorbehalten, insbesondere das
der Übersetzung, des öffentlichen Vortrags sowie der Übertragung
durch Rundfunk und Fernsehen, auch einzelner Teile.
Kein Teil des Werkes darf in irgendeiner Form
(durch Fotografie, Mikrofilm oder andere Verfahren)
ohne schriftliche Genehmigung des Verlages reproduziert
oder unter Verwendung elektronischer Systeme
verarbeitet, vervielfältigt oder verbreitet werden.
Druck: Nomos Verlagsgesellschaft, Baden-Baden
Printed in Germany
Umschlag nach Entwürfen von
Willy Fleckhaus und Rolf Staudt

1 2 3 4 5 6 – 05 04 03 02 01 00

Freunde

Urban saß im weißen Polstersessel, während vor hohen Fenstern der Klotz des Siegestors im Scheinwerferlicht hinter hohen Bäumen weiß erleuchtet war. Urban sagte: »Wir wollen an der türkischen Küste entlangfahren mit dem Segelschiff. Aber beruhigt euch, es hat einen Motor. Segel gibt es auch, aber die werden meistens nicht benützt. Sind mehr aus Angeberei dabei. Das schaut gut aus. Das Schiff gehört nicht mir. Mein Bruder läßt sich in Norwegen ein neues bauen, und wir fahren derweil mit dem alten. An der Einrichtung ist manches defekt, aber das stört mich nicht... Ihr könnt mitfahren. Habt ihr Lust dazu?«
Hanne war sofort dabei, nur Eugen lächelte und zögerte. – »Wenn ich mich recht erinnere: mein Paß ist abgelaufen. Und ob ich in zwei Tagen einen neuen kriege, das muß ich erst probieren.«
Hoffentlich wird dein Paß nicht erneuert, dachte er und holte ihn am nächsten Vormittag aus seiner dicken, mit Manuskripten vollgestopften Mappe, die unter seinem Schreibtisch stand, hervor; machte sich auf zur Polizeidienststelle und wurde sofort abgefertigt, ging es bei ihm doch nur darum, einen Stempel aufgedrückt zu bekommen. Dazu einen Vermerk, daß der Paß bis 1990 verlängert sei. Und der Mann im Bürostübchen, der in einem Polohemd mit kurzen Ärmeln am Schreibtisch saß, schaute verwundert auf, als Eugen sagte, er sei erstaunt, daß all dies rasch gegangen sei.
Lieber gewesen wäre es dir, wenn er gesagt hätte, eine solche Verlängerung dauere vier Wochen. Weil dir dann diese mühselige Reise in die türkischen Gewässer erspart bliebe.

Ja, der Eugen... dem eilte es nie. Und sich aufmachen müssen in ein fremdes Land, von dessen Sprache er keine Ahnung hatte, das war doch fast eine Strapaze. Mit dem Flugzeug mußt du nach Rhodos fliegen.

In der Nacht kamen sie dort an. Backofenhitze war über Sand und verdorrtem Gebüsch zu spüren, das von einer Straßenlampe am Rand des Flughafens erleuchtet wurde. Dahinter Finsternis. In einer Halle, die hell erleuchtet war, transportierte ein Förderband einen Koffer nach dem anderen ans Licht. Da hieß es zupacken. Und schon war Stephan Koval da. Unbewegten Gesichts, halblanges Haar neben den Wangen, ein hochgewachsener Mann, griff er nach Hannes und Eugens Gepäck und trug es stumm zum Taxi.
Sie fuhren in die Altstadt, deren Gassen vollgestopft mit Menschen waren. Aus offenen Fenstern schrie Musik, es reihten sich Wirtshäuser aneinander, und in eines gingen sie hinein. Dort saß die Schiffsbesatzung dicht gedrängt beisammen. Und Urban, der ein Mächtiger im Medienbereich war, hineingepfercht oben am Tisch zwischen den andern.
Da kam es Eugen vor, als ob der kleinwüchsige Herr mit schwarzem Haar und hellen Augen einer sei, der gern unter seinen Bedienten saß, besonders jetzt am Abend, als gegessen wurde. – »Sie haben gesagt: ›Bei Schirokko koche ich nicht‹«, wandte er sich Barbara zu, die in Konstanz Philologie studierte und diesen Job als Köchin angenommen hatte. Urbans Worte klangen scharf, als wolle er dem Mädchen mit dem gescheitelten Haar einen Vorwurf machen.
Später, als sie zum Hafen kamen, schien das Segelschiff zwischen den anderen im Wasser stillzuliegen, doch spürte Eugen sein Schwanken, als er über Deck ging.

Zwischen glitzernden Mondsplittern und leisem Schmatzen schwankte das Schiff kaum merklich, während die Masten der anderen Schiffe mit gespannten Seilen dazustehen schienen, als lauschten sie dem Meer. Eugen und Hanne bekamen dort eine Kabine zugewiesen, vor der sich ein junger Mann entschuldigte, weil er die Toilette benutzt hatte. Aber es funktioniere jetzt gerade keine andere, und Eugen sagte zu dem jungen Burschen: »Warum? Das ist in Ordnung. Auf dem Schiff gehören wir zusammen.«
Dabei kam es ihm vor, als ob sich die anderen und Barbara verwunderten, daß er dies sagte. Als ob die eine distanzierende Antwort erwartet hätten, wahrscheinlich weil Urban darauf Wert legte, daß zur Mannschaft ein gewisser Abstand eingehalten werde.
Auch hier herrschte stickige Wärme, und der Steuermann des Schiffs sagte, es habe vierzig Grad. Die Klimaanlage funktionierte nicht, doch davon ließ man sich jetzt nicht beirren. Und Eugen schaute den Steuermann an, der jung war und erzählte, er habe Psychologie studiert, aber genug davon bekommen. – »Da hat man doch nichts in der Hand«, sagte er und fügte hinzu, vielleicht sei's für ihn schon bald mit dem Schiffsfahren aus. Was er damit meinte, verstand Eugen nicht. Und er gab ihm seinen Paß, den er zu den anderen Pässen legte.
Ob der Steuermann geworden war, um wegzukommen von allem theoretischen Gerede und etwas in der Hand zu haben; das Steuerrad dieses Schiffs nämlich? Dann ist es dem wie dir ergangen, der sich zu so etwas wie Poesie entschlossen hat; obwohl natürlich so etwas wie Poesie in den Augen der Leute gar nichts taugt, während ein Steuermann notwendig ist. – »Solche Leute braucht man«, würde deine Mutter sagen. Und er erinnerte sich, wie er vor ihr den Beruf des Fleischbeschauers verächt-

lich hatte machen wollen, sie ihn aber zurechtgewiesen hatte.
Hanne erzählte er nichts davon. Wozu etwas verraten, was niederdrückend auf sie wirken konnte? Und sie gingen in ihre Kajüte, richteten sich für die Nacht ein, wobei es sich ergab, daß Eugen in der oberen Bettstatt zu liegen kam, dicht unter der Decke.
Dort konnte er nicht schlafen, weil die Luft zu dick war; auch kam's ihm vor, als würde er aus dem Bett fallen, wenn er sich bewegte, und er ließ sich vorsichtig von oben herab. Unten hatte Hanne sich zur Wand gekehrt und lag unbeweglich. Welch ein Glück, daß sie nicht aufwacht, sagte Eugen zu sich selber, atmete im Gang freier und hörte an Deck Musik von der Stadt herüberdringen, legte sich auf eine harte Bank und war bald für einige Augenblicke weggesunken. Ihm schien's, als wecke ihn der Wind, kaum daß er eingeschlafen war. Dann aber sah er im Aufwachen, wie vom Meer Helligkeit ausging, als brenne eine bläuliche Gasflamme, und es schrie ein Esel. Andere Tierstimmen mischten sich in die Morgenfrühe, bis von allen Minaretten der Gebetsgesang des Muezzin zu hören war und der Himmel glühte.

Barbara deckte den Frühstückstisch, der groß und rund war. Urban wies die Plätze an, und als er zum Steuermann kam, zögerte er eine Weile, bevor er sagte: »Setzen Sie sich zu Ihren Leuten.« Da klang etwas Befremdendes mit, als werde ein Abstand markiert. Stephan Koval erschien und dann als Letzte dessen Freundin Marina, eine Schauspielerin, die immer wieder mit ihrem langen dunkelbraunen Haar beschäftigt war, es strählte und über den Ohren zurückstrich, schließlich es wieder lokker hängen ließ und aus kleinen, zusammengekniffenen

Augen wie übernächtigt schaute. Die schüttelte sich und lachte, während sie sagte: »Ich wurstele mich halt so durch.« Sie ähnelte Urban, jedenfalls was ihre hellen Augen unter dunklen Brauen anging. Neben ihr sah Stephan Koval auf seinen Teller, während der junge Mann aus Schweden, der alle technischen Finessen des Schiffs kannte, aufstand und dafür sorgte, daß das Wasser für die Küche rechtzeitig getankt wurde und der Mechanismus der Toiletten intakt blieb. Er lief barfuß über die glänzenden Planken und redete nichts.

Dann wieder Barbara, die Eugen an Mädchen erinnerte, damals in der Jugend. Und ihm fiel ein, was sie gestern abend gesagt hatte: »Meine Großmutter hat mir nicht abgeraten, als sie erfuhr, wohin ich für zehn Tage in die Ferien gehen will. ›Aber, wenn du allein bist unter Männern...‹ hat sie hinzugefügt. ›Und auch noch bei so einem Reichen...‹« Sie lachte leise. Daneben Monika, die zu Urban gehörte und eine Modezeitschrift leitete. Sie kam Eugen bedrückt vor, und wenn er überlegte, was er ihr hätte raten sollen, dann fiel ihm ein: »Du mußt auch an dich selber denken«, denn Monika schien selbstlos zu sein, was nicht zu stimmen brauchte; aber sie hatte etwas an sich, was nach Unterwerfung anmutete.

Urban rief: »Engelmann!«, und es klang durchdringend. Damit war ein junger Mann gemeint, der gestern abend Eugens Toilette benutzt hatte. Er wurde als Schiffsbursche oder Ordonnanz von Urban gebraucht. Sprach Griechisch, weil seine Mutter aus Kreta stammte, doch waren die Eltern geschieden. Ihr Sohn war immer nur herumgeschoben worden zwischen seinen Eltern und hatte versäumt, etwas zu lernen. Nun verdiente er sich mühsam Geld als Hausbursche reicher Leute, wenn man so sagen durfte. Er bemühte sich darum, das Abitur

nachzuholen, während Urbans Sohn Erich studierte und sich allein zurechtfand.
Befreundet waren beide, sie vertrugen sich, vielleicht weil Erich der andere leid tat und Walter zu Erich emporschaute. Auch mochte es sich so verhalten, daß Erich seinen Vater nicht gern laut und scharf »Engelmann!« rufen hörte und hoffte, der Alte werde sich dies abgewöhnen, wenn sein Sohn mit Engelmann zusammen »rein Schiff« machte; denn nun war's interessant zu sehen und zu spüren, wie auf der Luxusyacht, deren Klimaanlage kaputt war, die verschiedenartigsten Gefühle ineinanderflossen und zusammenschmolzen, als wäre alles recht harmonisch. Rivalitäten hielten sich versteckt, und Eugen war neugierig, ob sich Spannungen bemerkbar machen würden.

Es war wohl schwierig, reich zu sein. Wer viel Geld hatte, lernte die Menschen nur oberflächlich kennen, weil jeder ihm schmeichelte und nach dem Mund redete. Nur war man hier auf einer Yacht für längere Zeit nahe beieinander, und es ließ sich nicht vermeiden, daß der und jener manchmal seine Unterwürfigkeit wie ein zu dickes Gewand abwarf. Er wollte sich nicht mehr beherrschen. Oder er hatte seinem reichen Herrn endlich mal beizubringen, daß der von der Schiffahrt nichts verstand und deshalb seinen Anweisungen folgen mußte. Nach außen freilich blieb alles versteckt oder verdeckt. Und Eugen wunderte es, daß jeder von der Schiffsbesatzung sofort spürte, wie Urban ihm gegenüber eingestellt war und was der andere empfand. Die Menschen witterten einander, und in jedem wirkte sich Abneigung und Zuneigung aus, was Eugen freilich längst bekannt und selbstverständlich war; als ob er etwas als Neuigkeit erführe, was die anderen längst wußten. Und er setzte sich im Licht des Vormittages, während Wind ein Segel knattern ließ und das Schiff auf dem Weg zur türkischen Küste war, hinterm Steuermann auf eine Bank und sah, wie der in seine Karten schaute, das Rad drehte, Kompaß und Karten verglich und zwischendurch sagte: »Vorne rechts fliegende Fische.« Da war dann draußen ein Schwarm in der Luft, der wie Mücken weitergetrieben wurde, bevor er im Wasser versank.

»Ja, dort...«, sagte Hanne. Sie machte die Augen schmal, sah in die Lichtflut hinaus. Immer noch hatte sie dunkles Haar mit einzelnen weißen Fädchen, und Eugen kam es, wenn er sie derart sitzen sah, so vor, als ob sie in Gedanken weitab und eine Fremde wäre, die er als einsamer Passagier aus der Ferne bewunderte. Stephan Koval ging barfuß, ein dickes Wörterbuch unterm Arm, über Deck, hoch aufgerichtet, das halblange Haar wie unberührt vom Wind. Er setzte sich unter den Mastbaum, lehnte sich zurück und fing zu schreiben an; blätterte im braunen Wälzer. Hinter ihm saß seine Freundin, die Schauspielerin Marina, und warf mit dikkem Stift ausfahrende Schriftzüge auf große Blätter.

Im hohen Mittag lagen alle jungen Männer auf der Sonnenseite und waren nackt. Eugen hörte Stephan glukkernd lachen, und Marina sang ein Lied mit dunkeln Molltönen. Sie ging schwankend vorbei, hielt sich am Geländer und erschien in gepflegter Nacktheit mit geschorenen Schamhaaren und versilberten Brustspitzen, fast wie eine Meeresgöttin.

Hanne und Eugen standen hinter ihnen im Schatten eines Segels. Eugen hatte sein Hemd ausgezogen, war sich aber nicht ganz sicher, ob dies passend sei; denn mit der glatten Haut der andern konnte er nicht konkurrieren. Trotzdem sagte Engelmann, sie staunten alle, weil an ihm keine Speckwülste herunterhingen und die Haut immer noch straff sei. Nun ja, wer oberflächlich hinsah, mochte diesen Eindruck haben. Hanne aber hatte immer noch ihre glatte weiße Haut von früher. – »Wie Alabaster«, hatte damals in Stuttgart ihre Schneiderin gesagt.

Sie ankerten in einer Bucht und ließen sich hinab ins Wasser, das sich mild und weich anfühlte. Auch Hanne und Eugen schwammen um das Schiff herum, Stephan Koval aber machte sich zum Ufer auf, stieg nackt an Land, als nähme er Besitz von einer Insel, während Urban sein böhmisch spitzbübisches Gesicht überm Wasser sehen ließ und sagte, auf Haifische sei er nicht besonders scharf. »Und passe, bitte, auf, wenn neben dir eine Dreiecksflosse aus dem Wasser ragt. Dabei kann's einem unbehaglich zumut werden... Aber wenn dir bloß ein Kotwürstchen entgegenschwimmt, das ist ganz ungefährlich. Es kommt ja aus unserem Schiff.«

»Ab sofort dürfen auf dem Schiff keine Gläser mehr benützt werden, nur Metallbecher«, erklärte der Steuermann, und es hörte sich wie der Befehl eines Vorgesetzten an, der darauf hinweisen sollte, daß *er* an Deck das Sagen habe. Und Stephan Koval ließ Eugen wissen, ihm komme es klug vor, wenn man sich in den Meinungsaustausch zwischen Urban und Steuermann nicht einmische.

Oder kam noch etwas anderes hinzu? Vielleicht. Es kümmerte ihn wenig, weil er nun im Wasser lag und nahe dem Schiff strampelte, die Arme bewegte, damit er sich über Wasser hielt und schließlich doch die Strickleiter erwischte. Er kletterte an Deck und merkte, daß er wackelig wurde. Ein Schwindel kam ihn an, aber da streckten die auf dem Deck ihm ihre Hände entgegen, und er griff zu, schwang sich hinüber.

Dann wiederum die Nacht mit ausgesäten Sternen. Und Eugen hörte, wie die andern lachten, Kissen und Dekken auf die Planken warfen und sich niederlegten, während Musik dröhnte. Hanne wollte, daß er rief, sie sollten endlich still sein und die Musik abschalten. Aber unter denen weinte jemand, und wenn die Musik aufhörte, drang das Weinen durch.
»Lieber nicht«, flüsterte Eugen und fragte, ob sie nicht auch das Weinen höre. – »Wer ist's denn?«, fragte er. – »Die Freundin vom Urban. Die habe ich nur mühsam trösten können. Er will doch weg von ihr. Hat eine andere in Aussicht.« Und sie beschrieb die Neue als eine auffallende hellblonde Person mit bekanntem Namen. Die gehöre zu einer Familie von Schauspielern. »Mit der, die er jetzt noch hat, ist er seit zehn Jahren beisammen.«
Warum sich Urban zum Wechsel entschließen wollte, konnte er nicht verstehen, zumindest, wenn er diese schwierige Geschichte aus seiner eignen Natur heraus nachfühlte. Aber ein Mann wie Urban, der jeden Tag rasche Entscheidungen fällen und immer wieder andere Menschen anhören, um sich dulden oder abwehren mußte, der wurde von äußeren Umständen geleitet, während Eugen von sich selber bestimmt wurde, also von innen her. Oder kam noch etwas anderes hinzu?
Er saß auf dem Deck am kleinen Tisch und schaute, während das Schiff vor Anker lag, aufs Wasser, das perlmutterfarben schimmerte. Das Ufer hatte Felsen und staubiges Grün, und aus einer Kalkwand war ein Mausoleum mit runden Säulen und Giebel herausgehauen, was wie ein Tempel aussah, der oben im Berg zu schweben schien. An einer Steilwand war er aufgerichtet und dahinter der Raum für die Steinsärge aus dem Felsen herausgehauen worden. Dort hinauf wird also wohl seit vielen Jahren niemand mehr geklettert sein, außer ein

paar Grabräubern, sagte Eugen zu sich selber. Er hatte ein aufgeschlagenes Heft vor sich, dessen Seiten eng beschrieben waren.

Wem es wohl gehörte? Wahrscheinlich der Barbara, dieser Studentin, die immer tat, als ob sie heiter wäre. Die war zuvor hier gesessen und hatte geschrieben.

Nun setzte sich Urbans Freundin Eugen gegenüber, las in den Seiten und sagte schließlich, was drin stehe, sei nicht besonders liebenswürdig. Dann las sie vor: »Der Mann ist schwierig. Wie sich der benimmt... Erfreulich ist ein Ehepaar, beide über siebzig. Und wie die noch beisammen sind... An denen hängt noch nichts herunter, wenn sie ausgezogen an Deck sitzen.«

Au net schlecht... dachte Eugen, während Urbans Freundin nach Barbara rief, die vom Vorderschiff antwortete, sie hole gleich ihr Tagebuch.

Trotzdem ließ sie sich Zeit. Wahrscheinlich hatte sie das Heft hier liegen lassen, damit die andern darin lasen. Ein bißchen raffiniert... Und so kam's herum, was hier los war, und die Freundin erzählte es dem Urban, wenn sie mit ihm allein war. So würde sich's wohl herumsprechen, was die Besatzung von den Passagieren dachte. Und wieder lief der Student, der in Schweden wohnte, barfuß und lächelnd über Deck. Der hatte zuvor zu Eugen gesagt, er sei interessiert an gesellschaftskritischer Literatur. Und vielleicht dachte er, Eugen sei als Schriftsteller einer, der die »herrschende Klasse«, oder wie man so etwas jetzt nennen wollte, schonungslos entlarvte und in seinen Romanen da und dort sogar den Schiffsbesitzer mit scharfem Blick darstellte, dem er jetzt ›dienen‹ mußte.

Sie fuhren wieder, und der Wind ließ das Segel knattern, das am Bug zur Zierde aufgespannt war; denn man fuhr immer mit Motor. Und als man wiederum in einer

Bucht Halt machte, ankerte nebenan ein türkisches Schiff, das aus poliertem Holz gebaut war und einen Aufbau am Heck hatte. Der war einem Thron oder Herrensitze ähnlich, auf dem es sich ins Weite schauen ließ. Und Eugen dachte, dieses Schiff gehöre zur Natur wie ein großer Fisch, so schnittig und so wendig zeigte es sich jetzt. Dazu der helle Glanz des Holzes, als ob es ein Schmuckstück des Meeres sei.
Er saß beim Steuermann, der seine Karten auseinanderfaltete und sorgfältig studierte. Strömungen und Riffe waren darauf eingezeichnet, wenigstens stellte sich's Eugen so vor, während er auf die geschwungenen Linien schaute; denn fragen wollte er den Steuermann nicht danach. Sonst hättest du doch die Gefahren kennenlernen müssen, denen du hier ausweichen mußt wie als Schwimmender dem Haifisch. Und er hörte den Steuermann von seiner Ausbildung als Entertainer erzählen, der sagte: »Ich hab es ja gelernt, wie man die Leute in Schwung bringt.« Und nach einer Weile fügte er hinzu: »Wenn einer von einer Urlaubsfahrt nach Hause kommt, muß er erzählen können: Ich hab solch einen Urlaub gehabt!«
Der Steuermann streckte eine geballte Faust in die Höhe und Eugen nickte ihm zu. Dem wär es also am liebsten gewesen, wenn er die Passagiere seines Schiffs wie eine Turnriege im Freizeitgenuß hätte trainieren können... Das aber wollte Eugen nicht. Und also war er im Nachhinein froh, daß ein Abstand zur Mannschaft von Anfang an festgelegt worden war. Und er zögerte später, ob er die Fahrt im Beiboot mitmachen sollte, die hier für den späten Nachmittag geplant war. Nein, du gehst mit, dachte er dann und ging mit Hanne hinter Urbans Freundin her, als man am Ufer im Sand schlenderte und ein türkischer Fischer in der Badehose auf eine Mulde un-

term Wasserspiegel zeigte, in der zwei Krebse ihre Füße regten und mit den Scheren im Wasser tasteten.
Dann stieg man um ins Boot und glitt bei sanftem Motortuckern auf der dunklen Wasserglätte hinein in den Uferschatten. Der Abend breitete sich aus, das Schilf stand dicht, während man weiterglitt und am anderen Ufer ein Hirte im langen weißen Gewand mit Schippe auf dem Ufer, das im Hellen lag, seiner Herde vorausging. Langsam schritt er vorwärts, das Schilf stand unbewegt neben dem Boot, während dort drüben die Gegend lichtgrün durchleuchtet war. Ein Gesträuch mit olivfarbenem Ästegespinst erinnerte Stephan Koval, der Eugen im Boot gegenübersaß, an Verse von Ovid, und er sagte, indem er seine Hand über den Bootsrand hielt, die Wörter, die Ovid dazu verwendet hatte, um das ineinandergewobene Licht- und Schattengeflecht der graugrünlichen Terebinthen zu beschreiben, die drüben standen, wo der Hirte wandelte.

Sie legten an, gingen eine Strecke im feuchten Sand, Urban im Gleichschritt neben der blonden Monika, mit der er schon so lange befreundet war, und skandierte: »Links – links – links, / Hinterm Hauptmann stinkt's«, und Eugen hätte gern gewußt, ob er seine Gefährtin damit aufheitern wollte, weil er die Absicht hatte, sie gegen eine andere loszuwerden. Sie schaute vor sich hin, versuchte zu lächeln und wurde vielleicht deshalb munterer, weil niemand von den anderen Lust hatte, in Urbans Singsang einzustimmen. Dann ging Stephan Koval vor seiner Geliebten mit den ineinandergeschlungenen Haarschlangen und schaute in die Weite, als sähe er, eine Handbreite überm Meer, eine Lichterscheinung, die niemand sonst bemerkte.

Sie schlenderten dicht am Ufer, und in der Mulde, über die ein Brett gelegt war, regten keine Krebse mehr ihre Fangarme. Dort hatten die Fischer alles weggeschafft, nachdem die Deutschen hier vorbeigegangen waren; denn diese Fischer waren sich nicht sicher, ob bei denen, die hier aus eleganten Schiffen stiegen, nicht einer war, der wußte, wie man einen Krebs anpacken und aus dem Wasser ziehen mußte. Unterm klaren Wasser bewegten sich Schilfstengel, die Eugen anschaute, während er ins Boot stieg.
Dann fuhren sie zurück zum Schiff, kletterten an Bord, und als sie oben waren, winkte der Fischer, der das Boot gelenkt hatte, und hielt einen Laib Brot hoch. Den warf er dann Engelmann zu, und der fing ihn auf.
In der Frühe stand beim Schiff ein Mann in einem Boot. Der hatte eine Badehose an und war wie ein Standbild anzuschauen oder wie Odysseus mit schwarz gelocktem Haar und starken Muskeln. Er hob eine Languste hoch, die fast so lang wie er war, und Barbara sagte, die gäbe ein herrliches Essen ab. Auch der Steuermann war begeistert, und nun kochten die zwei schon mit Wörtern die Languste, die Odysseus, draußen im Boot stehend, immer noch hochhielt. Klein und schwarzhaarig tauchte Urban aus dem Schiffsbauch auf, wo seine geräumige Kabine lag, schmunzelte und sah den Türken mit dem langen Krebs.
Er ließ nach dem Preis fragen, aber der war ihm zu hoch. Und also handelte man den Preis herunter, und sobald er niedriger geworden war, spürte Eugen seinen Zahnschmerz, den er bis jetzt verschwiegen hatte, auch vor sich selber. Der lange gefangene Krebs draußen im Boot und wie der seine Scheren rührte, dies kam ihm jetzt vergleichbar vor mit seinen wie Fühler sich regenden Schmerzen, die rechts unten im Kiefer stachen. Und er

fragte beim Steuermann nach Kamillenextrakt, allerdings mit dem Gefühl, es könne doch nicht sein, daß der so etwas bei sich hatte. Aber der Steuermann brachte ihm Kamillenkonzentrat und schien sich zu freuen, daß er etwas für ihn tun konnte.

Da pinselte sich Eugen dann mit Watte, die er um seinen Zahnstocher gewickelt hatte, sein Zahnfleisch ein, doch half es nichts. Dabei erinnerte er sich, daß Urban kurz zuvor gesagt hatte, hoffentlich bekomme niemand Zahnweh, wenn sie auf hoher See seien. Deshalb verschwieg er seine Schmerzen (du darfst Urban nicht belästigen) und sagte auch zu Hanne nichts; denn jetzt schien es fast so, als hätte man sich auf dem Schiff aneinander gewöhnt, und nicht einmal das Zahnweh eines alten Mannes dürfe die mühsame Harmonie der Passagiere stören.

Es schimmerte das Meer und war weit draußen dunstig. Kalkfelsen, löcherig, als ob sie aus Tuffsteinen wären, ragten am Ufer aus frischen Blättern hervor, und daran zog das Schiff vorüber. Eugen fragte den Steuermann, ob er auf hoher See einmal einen Albatros gesehen habe, und der Mann nickte und zeigte hinaus, wo ein großer Vogel mit schweren Flügelschlägen niedrig übers Wasser dahinflog, einer von gelblicher Farbe. Es konnte ein Albatros sein, und weil der Steuermann sich nicht darüber äußerte, wurde es wahrscheinlich. Stephan Koval ging barfuß übers Deck, während seine Begleiterin mit der schmalen Taille und zusammengekniffenen Lidern, ihr großes Schreibbuch unterm Arm, die Hand hob und eine Melodie sang, die aus dem Lautsprecher kam. Sie hörte sich fremdartig an. Seltsam, daß Eugen diese Töne nicht mitsingen konnte, aber nicht nur, weil sie ihn befremdeten; sie blieben ihm nicht im Gedächtnis.

Immerhin, er war schon zweiundsiebzig, fühlte sich

aber nicht schlecht. Und wieder einmal dachte er, die Seele altere nicht. Daß er nun auf einem Schiff unter lauter jungen Menschen im Archipelagus, wie die Römer gesagt hatten, nach Süden fuhr, als wäre er ein reicher Mann, dies erschien ihm verwunderlich. Und als Urbans Sohn zu ihm sagte, wie Eugen am Leib aussehe, das sei ganz toll, hätte Eugen beinahe gelacht. Dann aber wunderte ihn dieses Wort, weil er, wenn er sich im Spiegel ansah, dachte, er könne keiner Frau mehr seine Haut anbieten. Und daß dies jetzt auch nimmer nötig war, darüber war er froh.

Sie näherten sich einer Stadt, die hieß Fetyje. Ihr Hafen lag im hellen Licht. Dort gingen dann die Damen alle zum Einkaufen. Auch Hanne machte sich mit ihnen auf, und als sie gegen Mittag zurückkehrte, trug sie ein dünnes, beigefarbenes und fließendes Gewand, das sie zwar nicht zur Türkin machte, aber ihr doch einen Anflug von Orient gab; oder dieses Kleid betonte etwas an ihrer Gestalt, das an Nahöstliches erinnerte.

Der Steuermann sagte: »Ah, Leila an Bord...«, und sie antwortete, indem sie die Hand ausstreckte: »Ein schöner Name.«

Es mochte sie verletzen, was der Steuermann gesagt hatte, und er schien zu spüren, daß er ihr – zum Glück nur ein wenig – zu nahe getreten war; denn er fügte hinzu: »Sie werden heute nacht gut schlafen.« Und er führte Eugen und Hanne hinunter in die Messe, wo eine breite Bank an drei Seiten einen Tisch umgab: »Ich bringe Ihnen Polster und Decken, dann können Sie sich hier ausstrecken.« Das war ein großes Geschenk.

Sie waren also vom Schlafen auf Deck befreit. Das Licht ließ Eugen sein Zahnweh vergessen, und also ging er abends gern von Bord und schlenderte mit den andern in der Straße der Handwerker, die nicht breiter als eine

Gasse war. Dort saß ein Schneider mit seiner Nähmaschine, die mit dem Fuß angetrieben wurde, nicht weit vom Schuster. Und kleine Kleiderläden voll dünner Flitter und Fähnchen aus Glasperlen, Seidenschals waren aufgereiht in Bretterbuden, während drüben an der Straßenecke ein Bürgerhaus aus Sandstein mit breiten Schriftzeichen die abendlichen Schlenderer daran erinnerte, daß sie hier essen konnten.

Man ging hinein und aß. Verwandte des Wirts waren überall beschäftigt, und eine Tochter, welche barfuß ging, die wand sich zwischen Tischen und Stühlen hindurch, während ihr Bruder, der drei Jahre alt sein mochte, sich unter die Tische schlich. Und während man im Freien aß, immer noch luftig angeweht vom Meer, fuhr eine Kalesche durch die Gasse, wobei das Pferd zu tänzeln anfing, den Kopf emporwarf und mit zuckenden Lefzen sein Gebiß entblößte. Nur mühsam ließ es sich durchs Gewühl lenken und davon zurückhalten, loszustürmen. Dabei kam's Eugen vor, als ob das Pferd und die Kalesche mit den dünnen Rädern einen Hauch von vergangenem Leben vorbeiwehen ließen, das frischer als das heutige erschien. Zwei junge Männer mit Oberlippenbärtchen saßen in den blassen, schon ein wenig abgewetzten Samtpolstern, schauten gespannt aufs Pferd, gaben sich schnelle Hinweise, wie's zu lenken sei, ohne zu scheuen oder durchzugehen. Ihnen gelang's, aber ein zweites Mal durch die Straße zu fahren, trauten sie sich nicht.

Die Bude eines Friseurs stand weit offen und war hell erleuchtet. Dort saß Urban in einem Frisierstuhl, dessen Nackenstütze mit frischem Clopapier bespannt war, und ließ sich das Gesicht massieren. Auch das Haar wurde ihm geschnitten, und eine Dame manikürte ihn. Urban kam glänzenden Gesichts aus dem Friseurladen, vor dem ein Messingteller baumelte, und duftete nach Harem. Er sagte: »Das muß man mitmachen. Und sie haben sich doch so gefreut.« Eugen kam alles rührend vor, weil man sich hier darum bemühte, die Wünsche reicher Touristen zu befriedigen, von denen manche meinten, wenigstens einen Hauch von romantischem Orient zu schnuppern. Die Ladenstraße hatte immer noch etwas Fremdartiges. – »Hier ist der Schneider«, sagte ein junger Mann auf Deutsch, als ob er schon zehn Jahre in Deutschland gewesen wäre. – »Nein, fünfzehn«, erwiderte er und lächelte. Er mußte noch drei Jahre »dort bei euch« arbeiten, aber dann hatte er das Geld für ein Haus beisammen. Und als wieder das Pferd mit der Kutsche vorbeistapfte, deutete er darauf und sagte das Wort: »Nostalgie.«

Da hatten sich also Türken in Deutschland eingelebt, arbeiteten dort und verdienten gut, und im Urlaub gingen sie zurück in ihre Heimat, wo sie wieder Deutsche, diesmal als Touristen, trafen.
So würden sie sich wohl im Laufe der Zeit aneinander gewöhnen und duldsamer werden. Zu hoffen war es jedenfalls, nur glaubte Eugen, er werde den Idealzustand der Harmonie nicht mehr erleben.
Heute nacht würde vielleicht alles besser werden. Und er dachte an die Decken, die der Steuermann für ihn und Hanne bereit gelegt hatte. Nicht mehr an Deck schlafen müssen, wo Musik, laute Gebete der Muezzin, Esel- und Hähneschreie die Nachtruhe verkürzten, das war gut.
In der Messe, wie der Raum mit großem, rundem Tisch und breiten Bänken genannt wurde, streckten sich Eugen und Hanne aus, nachdem er wiederum seinen schmerzenden Zahn mit Kamillenextrakt bepinselt hat-

te. Die Qual ließ sich ertragen, und er schwieg immer noch, verriet auch Hanne nichts davon; denn kurz zuvor hatte er Urban sagen hören: »Zum Glück hat bis jetzt noch niemand Zahnweh bekommen.«
Am andern Morgen ließ es sich nicht nicht mehr verheimlichen, und er gestand seine Gebresten Hanne. Die sagte es Urban, und der beriet sich lächelnd – seine blauen Augen unterm schwarzen Haar des backenknochenbetonten Gesichts schauten hell herüber – mit Stephan Koval. Gab es in Fetyje einen Zahnarzt und wie fand man den? Und selbstverständlich konnte niemand an Bord Türkisch.
Aber dann wußte Engelmann Bescheid, der unscheinbare, immer etwas beiseite gedrängte, weggeschobene junge Mann, der das Abitur nachholen wollte, aber das Glück hatte, daß er sich mit Urbans Sohn gut verstand. Engelmann konnte Griechisch, und es war zu hoffen, daß der türkische Zahnarzt Griechisch verstand. Doch Engelmann kannte einen Türken, der im Hafen herumzustehen oder beide Arme auf das Geländer des Kais zu legen und ins Wasser zu spucken pflegte. Der verstand Französisch. Und Stephan sagte, er komme mit zum Zahnarzt, um ihr Gespräch zu übersetzen.
Da fuhren sie dann mit dem Taxi durch eine Gegend, die einer deutschen Vorstadtsiedlung ähnlich war. Die Bäume in den Gärten erschienen wie bestaubt oder waren am Verwelken, weil es lange nicht geregnet hatte. Und neu waren die Häuser, und ein niedriges hatte ein Zimmer, in dem zwei Frauen mit Kopftüchern beieinander saßen. Eine hatte ein schlafendes Baby ins Kopftuch gewickelt. Dürftig und ramponiert erschien das Mobiliar, und Eugen sagte zu sich selber: also, gut, dann warten wir... als der junge Doktor im Sommeranzug mit Krawatte hinter einem durchsichtigen Kunststoff-

vorhang hervorkam, der angeschmutzt war, und mit der Frau redete, die das Kind im Arme hielt. Dann wandte er sich Eugen zu, während Stephan Koval mit dem Türken Französisch redete. Aber dann verstand der Zahnarzt besser Französisch als der Türke, und sie schwatzten miteinander, als träfen sie sich in Wien. Und der Zahnarzt schrieb für Eugen ein Rezept auf.
Man holte hernach die Pillen in der Apotheke, und Eugen bezahlte mit Urbans Geld. Der hatte ihm zuvor eine Handvoll zugesteckt. Dann nahm Eugen die Tabletten ein, worauf er gegen Abend eine heftige Entzündung in der Leiste spürte. Übrigens kein Wunder, weil er vergessen hatte, dem Arzt von seiner Penizillinallergie zu erzählen. Die Medikamente waren einwandfrei und stammten aus Düsseldorf, wie Eugen auf der Packung las.
Des Zahnwehs wegen ging für Hanne und für Eugen die Türkenfahrt leider zu Ende, und man beschloß, daß beide in die Heimat zurückreisten.
Sie warteten deshalb am nächsten Tag an der Bushaltestelle, wo Urban von einem jungen Touristen angesprochen wurde. Der beschimpfte ihn, weil er in einer von Urbans bunten Illustrierten die Fotografie eines sandigen Strandes mit weiter Meeresbläue und fernen Inseln gesehen hatte und von ihr verführt worden war, in der Türkei Urlaub zu machen. Doch dies sei ein verheerender Mißgriff gewesen, denn nichts, was diese Aufnahme versprochen habe, habe sich erfüllt: die Unterkunft im Hotel verheerend schmutzig, der Strand steinig, das Essen ein Fraß, den vielleicht ein Hund akzeptiert hätte, aber höchstens ein hungriger.
Urban stand neben dem Deutschen an der Wand und sah geradeaus. Dann hieß es, der Omnibus warte vor der Tür. Eugen und Hanne schauten nach Stephan Koval aus, der weggegangen war, um ein Vesper für die beiden

zu besorgen, sagte er doch manchmal, so ein frischer Apfel und ein Butterbrot, das schmecke erst auf Reisen richtig. Und sie sahen Stephan in der geraden Straße neben dem Omnibus näherkommen, zwei prall gefüllte Tüten in den Händen. Doch der Busfahrer drängte, und schon brummte auch der Motor, als der Student aus Schweden, dieser vielgewandte, der immer barfuß über Deck getänzelt war, noch eine Aufnahme machen wollte. Sein Apparat klickte, es mußte, weil sie in der Sonne standen, ein Bild mit verzerrten Gesichtern werden. Dann aber war's endgültig Zeit, und man stieg ein. Stephan Koval aber stand auf der anderen Straßenseite und hob eine Tüte hoch.

Dann fuhren sie im Omnibus durch Kiefernwälder. Am Straßenrand standen in Abständen Zapfstellen für Wasser und neben ihnen steinerne Ruhebänke; denn hier wurde an den Durst gedacht, wenn es galt, Pläne für neue Straßen anzulegen. Oder wurde an die Waldbrände gedacht? Die Hitze wuchs im Omnibus, und auf den Feldern pflückten Frauen in Kopftüchern Erdbeeren so groß wie Aprikosen; andere holten Pfirsiche von den Bäumen und legten sie in Spankörbe aus frischem weißem Holz. Da wurde einem wie Eugen der trockene Gaumen bewußt, und im heißen Wind roch's nach erwärmten Tannennadeln. So kamen sie auf die Hochebene zu einem abgelegenen Flugplatz. Dort roch's im weißen Hauptgebäude noch nach Farbe, denn alles war neu. Frauen saßen zwischen Körben, während Kinder herumschlichen und ihre nackten Füße aneinanderrieben. Ein Herr im dunklen Anzug redete Englisch, und Eugen dachte, der habe einen deutschen Akzent. Also fragte er ihn, wo's hier auf den Flugplatz hinausgehe. Da lachte der und antwortete auf deutsch: »Hab ich mich auch schon gefragt.« Es war hier in dem neuen Haus noch kein Hinweis auf die frischen Wände gemalt. Dann rief er eine kleine stumpige Polizistin her, die einen breiten Hintern hatte und der ein Trommelrevolver, nicht größer als zwei Zündholzschachteln, an der Hüfte baumelte. Und die antwortete ihm rasch und klar.

Der Mann kam wohl aus Israel, redete aber nicht darüber. Er verständigte sich lachend mit einem Freund, und diesen beiden merkte man die Welterfahrung an. Die wußten, wie's hier zuging und daß man nichts anderes erwarten konnte. Halt ein Agrarland... Aber für Eugen war all dies gerade richtig, dem gefiel's, daß hier noch ein Hauch von neuem Anfang wehte. Du bist wohl ein Liebhaber der Rückständigkeit.

Dann flogen sie von diesem abseitigen Flugplatz nach Istanbul, wo wiederum die kleine stumpige Polizistin mit breitem Hinterteil und baumelndem Trommelrevolver wartete, der wie ein Spielzeug aussah. Sie nahm die Pässe ab, und Eugen kam es vor, als wäre er hierher verurteilt, er ließ sich aber nichts anmerken und faßte die Theke mit der feinen Stewardess ins Auge, die dort drüben auf ihn wartete. Die kräftige Polizistin hatte ihn dort hin gewiesen. Und er holte bei ihr seinen Paß, nachdem der sorgfältig durchblättert worden war. Wartete dort eine Weile und sah in einer Ecke des grauen Betonbaus einen Muselmanen seinen Gebetsteppich auf den Boden legen und sich, tief gekrümmt, am Boden kniend, mehrmals nach Osten verneigen, als ein Morgenlandprinz in langem weißem Gewande vorbeiging. Dem baumelte am Handgelenk ein Fotoapparat, kaum länger als sein Zeigefinger. Mit verachtendem Lippenzucken schaute er auf den gekrümmten Beter nieder, als schäme er sich, daß es hier in seinem Lande noch so etwas gab.

Hernach setzten sich Hanne und Eugen auf eine Bank, nicht weit vom Tor, das auf den Flugplatz hinausging. – »Man muß aufpassen, daß man sich nicht verirrt«, sagte sie. Sie las in der »Frankfurter Allgemeinen Zeitung« und hatte Eugen einen Teil der Tiefdruckbeilage überlassen, als sich ein elegantes Mädchen zu ihm setzte und fragte, wo er in ihrem Heimatland gewohnt und gegessen habe und ob er zufrieden gewesen sei.

Zufrieden war er, o gewiß, nur hatte er nie in einem Gasthof übernachtet. In holperigem Englisch versuchte er ihr's klarzumachen und erzählte, daß er von einem reichen Deutschen zu einer Schiffsreise eingeladen worden sei: »Einmal habe ich ein Lamm gegessen, und das war nicht weit von Fetyje.« Er versuchte, ihr die abgelegene Bucht zu beschreiben, dort unter den Kalkfelsen, wo Grabstätten mit Säulen in den Stein gemeißelt gewesen waren, doch brachte er dies in der fremden Sprache nur verquer heraus. Ihm kam es vor, als ob sie noch etwas anderes wissen wollte, sich aber nicht getraute, ihn danach zu fragen. Er sagte, ihr Land sei »very beautiful«, doch ihr Gesicht veränderte sich nicht. Vielleicht hätte er sich bei ihr beklagen und die Türkei der Rückständigkeit zeihen sollen, dann wäre es für sie interessant gewesen; aber damit, daß er sie wissen ließ, ein Wirtshausfoyer habe ihm seiner Kahlheit wegen gefallen, weil dort ein altmodisches Sofa mit aufgeschlitzten Polstern gestanden war, damit konnte sie nichts anfangen; weshalb er schwieg.

Der Weg zum Flugzeug führte durch eine lange Betonröhre, und an ihrem Ende wartete wiederum die Polizistin mit dem kleinen, neben ihrer Hüfte baumelnden Trommelrevolver und einem breiten Hinterteil. Sie führte ihre Passagiere zur hohen und langen Flugmaschine, einem Jumbo-Jet, wo Eugen wieder mal durchs Bullaugenfenster wenig sah. Aber die Stewardess war hübsch und brachte Hanne einen Fruchtbecher, der so schmeckte wie nichts, was sie bisher gegessen hatte. Jedenfalls versicherte sie's Eugen, der versäumt hatte, zuzugreifen und wieder mal ins Leere guckte.

Wenig später landeten sie in München und wurden auf dem Flughafen abseits geführt, wo ein hochgewachsener Mann streng und in hartem Tonfall fragte: »Ist unter Ihnen ein Herr Rappert, der von der türkischen Botschaft erwartet wird?« Eugen war nahe daran, ja zu sagen, dachte aber: das glaubt dir niemand; doch antwortete Hanne dann statt ihm, sie beide hießen Rapp, nicht Rappert. Weshalb der Herr beiseite ging und die zwei Passagiere sich beiseite schlichen, weil die anderen vielleicht dachten: am Ende wird der weißhaarige Kerl wegen Drogenhandel oder etwas ähnlichem gesucht... Dann wärst du wenigstens einmal zum interessanten Fall geworden, au net schlecht... und er suchte den Taxistand, als Hanne schon ein schwarzes Auto herbeigewunken hatte und zielstrebig darauf zuging, was unnötig gewesen wäre, weil der Chauffeur bereits einschwenkte und dicht neben ihr hielt.

Es war dann einer, der mit Akzent sprach. Eugen hätte nicht sagen können, woher er stammte, weil seine Art zu reden nur einen Anflug von Ausland hatte. Und er fragte ihn, ob er genügend Geld verdiene. – »O ja, optimal!« antwortete der Mann und sagte, er sei Türke.

»Wo sind Sie zu Hause?« erkundigte sich Eugen und erfuhr: »In Fetyje.« Gestern noch war Eugen dort gewesen und hatte einen Zahnarzt aufgesucht.

Deine Schmerzen sind verschwunden; oder spürst du noch etwas? Nein, jetzt nicht mehr... Und andern Tags, nachdem er hinter dem Gymnasium nicht weit von der

»Alten Burg«, einem mit Backsteingemäuer und Schießscharten geschmückten Wirtshaus, wo früher der Koch der Kaiserin Zita von Österreich-Ungarn gewirkt hatte, jetzt aber nachts bei dicht verschlossenen Fenstern Disco-Musik dröhnte, um die Ecke gegangen war, ließ er sich in einem Haus im Lift in den dritten Stock hinauftragen und wurde durch die Zange des Herrn Doktor Nopper einen Eckzahn los, der wie das Straßburger Münster en miniature aussah.

Dann war er wieder in seiner Dachstube, wo zwei kleine Messingkerzenleuchter neben einem glasierten Schreibzeug glänzten, in das die Jahreszahl 1837 geritzt war. Dazu die Goldpressungen auf den Rücken seiner Bücher. Es steckten auch zwei Gänsekiele in einem weißen Schreibzeug mit grünen Girlanden, das, ohne gebraucht zu werden, auf einem Bücherregal stand. Den weißen Vorhang am Fenster hatte Eugen vorgezogen, und deshalb war das Sonnenlicht gedämpft.

Die Helligkeit und daß er für sich war, auf die kam es ihm an.

Da sah er nun also sein Zimmer wieder und dachte: In einem Schlößchen, dort hinten in Hohenlohe, könnte es auch zu finden sein.

In der Dachschräge mit dem Fenster stand sein Schreibtisch. Ringsum Bücher und darüber, wo noch Platz war, das Sommerbild mit hohem Himmel über einer Gasse. Dort bist du mal zu Haus gewesen. Noch heut spürst du die Hitze in der Helligkeit unter den Giebeln.

Der Urgroßvater schaute in der Fensternische von der Wand herunter und sah aus, als ob er pfiffig wäre, aber sich zusammennehmen müßte, um würdig dreinzuschauen mit den Beffchen am Talar und seinen über den Ohren zu Ringellocken zusammengerollten weißen

Haaren. Den bekümmerte es nicht, daß er als alter Mann von einem Fräulein Stahl einen Sohn bekommen hatte, außerehelich. Die war bei ihm Dienstmädchen gewesen und hatte seine Frau gepflegt, die lange dahinsiechte. Worauf Eugens Vater immer hinzuweisen pflegte, wenn vom Herrn Dekan die Rede ging. Er wollte seinen Großvater dieses Seitensprunges wegen entschuldigen und erzählte, daß der Pfarrer von Dürrmenz zu ihm gesagt hatte: »Solch einen Spritzer geistlichen Blutes kann man sich gefallen lassen«, denn alle anderen Vorfahren waren Handwerker gewesen.

»Jetzt rühmen sie sich dessen«, hatte am Stammtisch in der »Restauration zur Kiste« ein bärtiger Herr vom Fernsehen zu Eugen gesagt, als darauf die Rede gekommen war. In demokratischen Zeiten war's am Ende gar ein Vorteil, wenn einer uneheliche Vorfahren hatte, und galt nicht mehr als Schandfleck. Eher als ein Zeichen von Toleranz und Kühnheit, hatte sich der Herr Dekan doch über Standesgrenzen hinweggesetzt. Für seine Amtsbrüder jedoch galt solch ein Ausrutscher auf dem moralischen Parkett immer noch als bedenkliche Sache, obwohl der Herausgeber des Dürrmenzer Heimatbuches noch anno 1927 dafür gesorgt hatte, daß davon nichts in diesem Buch zu lesen war.

Solch ein Straucheln trauten dir deine Kollegen heute auch nicht zu. Schließlich wirkst du nicht gerade dionysisch, als daß dir so etwas passieren könnte, dachte Eugen und begrüßte, am Schreibtisch sitzend, die farbige Lithographie der Wiener Hofburg mit dem Stadtpark. Darauf war die alte Burg als ein Gebäude abgebildet, langgestreckt und vornehm, neben dem die heutige Residenz mit ihren muskelstrotzenden Figuren ein bißchen zu großmächtig aussah.

Hinter dir, wenn du so dasitzt, schaut's monarchistisch

aus... Und er drehte sich am Schreibtisch um, betrachtete das Schloß im Wald, das über seiner Couch hing. Das war ein Ölbild, wohl aus den zwanziger Jahren, als eine Zeitlang leere Straßen in düsteren Farben gemalt worden waren. Wahrscheinlich hatte man damals geahnt, was kommen würde.
Das Schloß auf Eugens Bild sah unbewohnt aus, weil man in der nächsten Zeit nicht mehr hierherkam. Vielleicht wollte man hier ein Neujahrsfest mit einer Jagd feiern, aber die Stille unter verästelten Bäumen mit bräunlichem Laub zu ihren Füßen, das Hoftor mit den Pfosten und dahinter der Mittelbau, die Seitenflügel: Dies alles paßte zu den kleinen runden Bildern mit Goldrahmen, die um das Bild an der Wand hingen. Als wären's deine Ahnen... dachte Eugen, aber solche Herrschaften wie der Uniformierte mit den Fransenepauletten, der als Wachsbossierung hinter gewölbtem Glas zu sehen war, oder das Portrait eines Mannes, dessen Profil, Halskrause und geschlitzte Ärmel bis in jede Falte aus Elfenbein herausgeschnitzt zu sehen waren; die gehörten einer anderen Sphäre als seiner eigenen an. Unter all diesen Portraits feiner Herren fühlen Sie sich zum Schloßherren emporgehoben? hätte hier ein Interviewer Eugen fragen können, doch bat er selten jemand hier herauf. Sein bißchen Privatsphäre wollte er für sich alleine haben, auch war es hier für mehrere Leute zu eng.

Ja, die Schlösser... Am schönsten war es, an einem heißen Nachmittag allein in einen Burghof zu kommen, den Rucksack auf dem Rücken. Dann stand er auf dem Buckelpflaster und schaute zu gemeißelten Galerien auf, hörte eine Dohle um das Türmchen mit der Uhr krächzen, deren Zeiger golden blitzten. Gut, wenn niemand um den Weg war. Doch es konnte eine Bedienerin im grauen Kleid droben an der Brüstung lehnen und ihr Staubtuch ausschütteln oder ein Dreirad für den Sohn des Grafen vor dem Eingang zur Wendeltreppe lehnen. Und dann und wann das Aufrauschen eines Lindenbaumes, dessen Krone sich neben braunen Dachziegeln bewegte.

Hineingehen ins Schloß? Aber du kennst doch niemand, der in einem Schlosse wohnt... Und er überlegte, ob er einmal in ein Schloß eingeladen worden war, entsann sich der Nippenburg bei Markgröningen und wie er dort hinterm Schloßgarten beim Baum mit den großen Zwetschgen sein Fahrrad an die Böschung gelehnt, den Baum geschüttelt, die Zwetschgen aus einem Stachelbeerbusch herausgefingert und sich dabei die Hände zerkratzt hatte.

Einmal jedoch war er mit Hanne zum Grafen Leutrum eingeladen worden, nachdem ihm seine Sekretärin erzählt hatte, in einem von Eugens Büchern komme die Nippenburg vor.

Freundliche Zusammenhänge... Oder war es besser, allein in einem Schloß zu sein, nur vom Kastellan begleitet? Eventuell... Und er dachte an Schloß Baldern, wo ihm der Pförtner das Eßzimmer der gräflichen Familie gezeigt hatte. Auf einem breiten und hohen Buffet aus schwarz gebeiztem Eichenholz war ein Service mit Pfeffer- und Salzbüchschen aus geschliffenem Glas gestanden, nicht weit vom Portrait eines Mannes, dessen Profil, Halskrause und geschlitzte Ärmel bis in jede Falte aus Elfenbein herausgeschnitzt zu sehen waren.

Auch ins Schlafkabinett des alten Grafen hatte ihn der Kastellan geführt. Dort war auf einem Sekretär ein geblümtes Schreibzeug aus Fayence gestanden, und in der Schale des Schreibzeugs war ein Kugelschreiber gelegen. Den hättest du zumindest mit einem Federhalter aus

Holz vertauscht oder, noch besser, mit einem Gänsekiel. Und wieder einmal dachte er, das Beste sei mit Stahlfedern und Gänsekielen geschrieben worden, zumindest, was die Dichtung anging.
Sicher war er sich allerdings nicht.
Ja nicht weitersagen, sonst meinen alle, du seist ein Reaktionär. Doch wahrscheinlich giltst du längst als solcher.
Es auf sich beruhen lassen. Und er sah die Briefe an, die heut gekommen waren. Sapperlot, es war einer aus Bonn darunter! Und Eugen überlegte, woher die droben am Rhein wissen konnten, was dort unten in München ein gewisser Eugen Rapp dachte und machte, in seiner Stube kritzelte; denn damit mußte es zusammenhängen, wenn er jetzt zu einem Gespräch mit dem Bundespräsidenten eingeladen wurde. Freilich nicht nur er, sondern auch Siegfried Rapp und Detlevsen, der Schwere, der ungelenk erschien und eigens von England herüberkommen würde.
Ob der erfahren wollte, wie Eugen sich in einem solch illustren Kreis verhielt? Schließlich würde auch Eugens Verleger mit von der Partie sein. Der brachte immer wieder was in Schwung, um seinen Schützlingen zu helfen.
»Jetzt kann ich dir sogar eine Audienz beim Bundespräsidenten bieten«, sagte Eugen zu Hanne und wunderte sich, weil er die Reise nicht bezahlt bekam. – Wo kämen wir denn hin, wenn wir jedem sein Quartier und seine Reise finanzieren müßten? Der kann doch stolz sein, daß er von uns eingeladen wird, hätten die in Bonn gesagt, wenn er ihnen mit einer Geldbitte gekommen wäre. Immerhin hatten sie ihm ein Doppelzimmer in einem der neuen Wolkenkratzer vermittelt, und das kostete zweihunderfünfzig Mark. Viel Geld für Eugen, doch wer geehrt wurde, mußte in die Tasche greifen.

Gegen Abend dann die Villa Hammerschmidt, ein weißes Haus im Park. Von der Straße war es nicht zu sehen, nur eine schmale Tür in einer Mauer führte zu einem Pförtnerhäuschen. Vor dem lagen Wiesen, alle wie durchleuchtet. Im späten Nachmittag hatte ihr Gras einen gelbgrünen Schein. Darüber hohe, breite Buchen und Ahorne, die sich schattig erhoben und sich entfalten konnten in zweihundertfünfzig Jahren. – »Mein Herr, wir bitten Sie zum Gästebuch. Würden Sie Ihren Namen hineinschreiben?« Und Eugen beeilte sich, wegzukommen von der schönen Aussicht, in der auch Flecken vom Fluß schimmerten, als hätte sich der Himmel tief herabgesenkt. Er wurde zu einem Stehpult geführt, wo das Gästebuch aufgeschlagen war. Siegfried Rapp hatte soeben unterschrieben, und nun setzte Eugen seinen Namen unter den vom Siegfried. Dann gaben sich beide die Hände und Siegfried sagte: »Kürzlich habe ich ein Honorar bekommen, das Ihnen gehört. Hoffentlich hat es Sie erreicht.«

Eugen erinnerte sich dessen. Es war ihm zugekommen über den Verlag, und nun brachte er's nicht fertig, dem Siegfried so dafür zu danken, daß der merkte: den Eugen hat's gefreut.

Nun stand der Bundespräsident unter den Eingeladenen. Er war hereingekommen und niemand hatte ihn bemerkt: ein schlanker und hochgewachsener Mann, der drüben bei Eugens Verleger stand und zur Decke zeigte, die mit Malereien geschmückt war. Eugen erinnerte sich des anderen Bundespräsidenten, der immer besonders exquisit gekleidet ging als ein fröhlicher Mann, der zu leben wußte. Der genoß sein eigenes Auftreten, der mit seinen jovialen Gesten. Er drehte sich in den Hüften, während er wegschritt, hinüber zu einer anderen Gruppe.

Der Herr, der jetzt das hohe Amt bekleidete, mußte sich wohl immer wieder dazu überreden, so zu tun, als fiele ihm das Ganze leicht. Ein Disziplinierter, der sagte, morgen müsse er Guido Nenni empfangen, der schon über fünfundzwanzig Jahre in der Politik sei. Dabei hob er die Hand, um anzudeuten, daß er diesen Mann bewundere. – »Gehen wir hinüber«, sagte er. Und wenig später, als man beisammensaß, fügte er hinzu, seine Frau und er hätten sich vorgestellt, jeder solle mal erzählen, wie er seinen Tag einteile, und das gefiel dem Eugen. Er wurde als erster gefragt, wahrscheinlich, weil er der älteste war. Und er erzählte von den Stahlfedern, die er im Lauf der Jahrzehnte verbraucht hatte. Noch heute steckte er ab und an eine in seinen hölzernen Federhalter und hoffte, daß ihm etwas einfiel. Aber so etwas Altmodisches und Kurioses brauchten die anderen nicht zu wissen. Und sie lächelten dann auch, als fänden sie es komisch, daß es heute noch so etwas gab.
Dies erschien ihm als mildes Gespräch. Sein Verleger meldete sich zu Wort und sagte laut und heftig, wie es ihm entsprach, ein großer bundesdeutscher Literaturpreis müßte gestiftet werden, mindestens hunderttausend Mark schwer und vom Staat verliehen. Ob so was möglich sei, fragte der große Ulrich Detlevsen, der mit dem steilen Hinterkopf, der aus der DDR stammte. Schließlich hatten die drüben hinter der Mauer längst einen Staatspreis gestiftet, und dann gäbe es also zwei, die sich Konkurrenz machten. – »So etwas ist bei uns unmöglich. Die Förderung der Kunst soll durch private Hand geschehen. Auch ist bei uns die Kulturhoheit der Länder gewährleistet. Da kann der Bund von sich aus nicht eingreifen«, gab der Bundespräsident zu bedenken, worauf Siegfried Rapp sagte, er stimme jedenfalls für solch einen Preis. »Sie doch auch?« fragte er Eugen,

der Siegfried zustimmte und zu sich selber sagte, er sei grundsätzlich für jeden Preis, besonders, wenn er ihn bekomme.

Später beim Essen saß Eugen neben der Frau des Bundespräsidenten, einer Ärztin, Hanne aber neben Siegfried Rapp. Eugen hätte gern gewußt, ob sie noch ihren Beruf ausüben könnte, fragte aber nicht danach. Sie redeten übers Wandern im Bayerischen Wald; darüber wollte die Frau des Bundespräsidenten Genaues wissen. Er erzählte von Wegen, mit Gras bis zu den Knien. – »Mein Mann und ich, wir mögen die Leute in der DDR. Die leihen sich noch Bücher aus. In der Partei sind sie natürlich alle«, sagte sie. Worauf Eugen fragte, ob ihr Mann nicht allmählich genug habe von seinem Amt. – »Ja«, sagte sie.
Und als bald danach die Tafel aufgehoben wurde, verschwanden alle schnell.

Abschied von Bonn. Es regnete, und als sie, heimwärtsfahrend, allein im Abteil saßen, sagte Hanne: »Erzähle mir einen Schwank aus deinem Leben.«
Da fiel ihm dann die Kanalstraße in Stuttgart ein, vor der ein mächtiger Bauklotz aus Glas aufragte, hinter dem sich Fachwerkhäuser aneinanderdrückten. Eines hatte ein Schild: »Restauration zur Kiste«, und in diesem Wirtshaus kletterte er über eine knarrende Treppe in den ersten Stock hinauf, wo sich in der Oberen Stube ein Stammtisch zusammenfand. Dazu gehörten der Antiquar Eckart, der versuchte, seine Leibesfülle durch Golfsport einzudämmen, der Klaviervirtuose Deimel, der Hubsy genannt wurde, ein Journalist mit spitzzipfeliger Oberlippe namens Uhl sowie Rechtsanwalt

Schnarrenberger, der zuweilen seinen Porsche durch die Königstraße lenkte und ein Monokel in sein linkes Auge klemmte. Dazu Doktor Stramm, der Abteilungsleiter eines wissenschaftlichen Verlages war.
Franz Baldauf, kräftig und hochgewachsen, schloß Eugen in die Arme.
Die anderen schienen Eugen ebenfalls zu kennen, gaben sich aber zurückhaltend. Und als bei einem Glas Fellbacher Rotem Antiquar Eckart den Herrn Rapp ins Auge faßte, wußte dieser, daß man ihn heute wieder mit einer gewissen Überlegenheit behandeln werde, und das war gut.
Ihn überraschte es, daß die Herren allesamt – darunter Doktor Brack, der Präsident des Schriftstellerverbandes – die Bombendrohungen der Rote Armee Fraktion verurteilten, während sie früher zu derlei Aktivitäten vorsichtig geschwiegen hatten. Eugen sagte, in vielen Diskussionen und Gesprächen habe der und jener an ihn die Frage gerichtet: »Sie sind wohl nicht für die Revolution?« Und er selbst hatte erfahren, daß seine Kollegen mit der Revolution zu kokettieren pflegten und sie als seltene oder exquisite Speise vorauszuschmecken schienen. Die »Worte des Vorsitzenden Mao tse tung« wurden studiert, nachdem sie als »Rote Bibel« herausgekommen waren. Sogar Eugen hatte in Struppes Buchladen »Schafft ein zwei viele Vietnam« von Che Guevara mitgenommen, während jetzt die Intellektuellen sagten: »Wir haben nie gewollt, daß Bomben krachen.«
Dies schien Widerspruch zu wecken, denn Rechtsanwalt Schnarrenberger sagte: »Sie können nicht behaupten, die Intellektuellen seien am Bombenterror mitschuldig«, obwohl Eugen kein Wort davon hatte verlauten lassen. Trotzdem erwiderte er: »Doch. Weil sie ihn intellektuell vorbereitet haben.«

Der massige Antiquar Eckart meldete sich zu Wort und sagte: »Da haben Sie recht. Es ist sogar mal eine Anleitung zum Bombenbasteln gedruckt worden. Oder Lehrlinge wurden angewiesen, wie sie Sand (und nicht bloß Wörter) in geölte Gelenke von Maschinen schütten sollten.« Eugen wunderte sich, daß Eckart sich dazu bekannte, aber der war immer schon ehrlich gewesen, ein redlicher Mensch.
Dann aber prasselte es nur so von Vorwürfen gegen diesen Eugen Rapp, der übrigens nicht zum Stammtisch zählte, sondern nur zuweilen als Gast dabeisein durfte. So auch heute, als Doktor Brack sich gegen Eugen wandte und mit gezügelter Erregung in der Stimme einwarf: »Da könnten Sie auch sagen, jeder Fernsehregisseur, der Stücke gesendet hat, die die Gewalt darstellen, sei mitschuldig an dem Bombenterror.« Und Doktor Schnarrenberger fügte hinzu, die nächste Konsequenz sei: »Kopf runter!« für die Bombenleger. Dann dürften nur Beiträge veröffentlicht werden, die eine »Gartenlaube-Kultur« förderten.
Präsident Brack verkündete, dieser Bombenterror nütze der CDU, weil im Auftrag der Bombenleger die SPD-Regierung angegriffen werde, worauf Eugen Rapp zu bedenken gab, ob nicht auch eine CDU-Regierung von den Bombenlegern angegriffen würde.
»Und wenn Sie sagen, die Intellektuellen sympathisierten mit den Bombenlegern, dann wäre meine sechzehnjährige Tochter auch eine Intellektuelle, denn die tritt für die Bombenleger ein. Aber sie ist nur dumm.«
»Ach, Ihre Tochter ist so schön hochmütig«, sagte Eugen, »da gleicht sich's wieder aus.«
Rechtsanwalt Schnarrenberger gab zu bedenken, wenn behauptet werde, ausländische Mächte unterstützten die Bombenleger, so sei das blanker Unsinn.

Nun traten ein Bibliotheksrat und Herr Klotz in die Obere Stube. Klotz war Minister gewesen, indes der Bibliotheksrat seines langen und geraden Halses wegen unter den Stammtischherren berühmt war, weil er auch seinen Nacken immer sorgfältig auszurasieren pflegte, so daß nie auch nur die Spur eines Haares darauf zu erkennen war.

Während sich die beiden in der Oberen Stube umschauten, die mit alten Stichen in Goldrahmen geschmückt war, ließ Eugen Rapp hören, selbstverständlich stünden ausländische Mächte hinterm Bombenterror. Und was die eigenen feinen Kreise hier im Land betreffe, so sei denen der Wirtschaftszuwachs, oder wie man's nennen wolle, langweilig geworden und sie brauchten so etwas wie Bombenleger oder noch was Schärferes als Nervenkitzel; habe sich doch zum Beispiel die Erbin einer Sektfirma mit Fritz Teufel, diesem Schreckgespenst des Bürgertums, zusammengetan. Und wieder meldete sich der Antiquarius Eckart und ließ Eugen wissen: »Sie können nicht behaupten, die Intellektuellen seien mitschuldig an den Bombenattentaten.«

»Und vorher haben Sie gesagt, es stimme, daß Verleger die Revolutionsstimmung angeheizt hätten, sozusagen. Jetzt aber, da noch andere zum Stammtisch gekommen sind, haben Sie Ihre Meinung umgedreht, Herr Eckart«, entgegnete Eugen Rapp.

Danach legten die anderen Herren mit Invektiven los, und Eugen hörte den Abteilungsleiter Stramm sagen: »Sie haben Angst vor den Bomben!« Darauf erwiderte Eugen Rapp, er könne nicht glauben, daß Herr Doktor Stramm ein furchtloser Mann sei, außer es genüge solch eine Bemerkung, wie er sie gerade losgelassen habe, als Mutbeweis. Und Eugen fügte hinzu, was Angst betreffe, so habe er im Krieg mehrmals Gelegenheit gehabt, solche

zu empfinden, und diese Gelegenheit auch weidlich genutzt. Ansonsten verwahrte sich Herr Eckart gegenüber Eugen und betonte, es gehe nicht an, daß Herr Rapp behaupte, er, Eckart, habe seine Meinung erst geändert, nachdem mehr Leute hereingekommen seien.
»Doch, das haben Sie, und jeder hat's gehört, daß Sie mir zustimmten«, beharrte Eugen. Und Stramm, Brack, Schnarrenberger undsoweiter schüttelten die Köpfe und sagten »Nein«. Jetzt waren, wie erwartet, alle gegen ihn, der sich erdreistete, nun auch noch zu behaupten, die Revolution von 1789 sei nur von überdrüssigen und gelangweilten Leuten der Hautevolée angezettelt worden. – »Aber diese Revolution war doch notwendig!« warf Doktor Brack ein und fügte hinzu: »1945 hätte es bei uns eine Revolution geben sollen.« Darauf Eugen: »Schon 1934 hätte es die geben sollen.«
Nun schwiegen eine Minute lang alle am Honoratiorentisch in der Oberen Stube.
»Daß Sie immer ›die Intellektuellen‹ sagen... Sie sind doch selbst einer. Wie würden Sie den Intellektuellen definieren?« fing Doktor Brack wieder an.
Eugen antwortete: »Ein Intellektueller ist einer wie ich. Ich habe mein Studium nicht abgeschlossen...«, und wurde unterbrochen: »Jetzt sagen Sie das, als wäre es ein Minderwertigkeitsgefühl, an dem sie leiden... Wo kommt das Wort ›Intellektueller‹ zum ersten Mal auf?« fragte Doktor Brack den Minister.
»Bei Tucholsky. Es stammt aber aus dem 19. Jahrhundert.« Und Doktor Brack, der Schriftsteller-Präsident, fügte hinzu: »Ein Intellektueller ist ein Mensch, der sich nach seinen Erfahrungen richtet.«
»Das ist eine Erklärung, die auch auf den Opportunisten zutrifft«, fing Eugen wieder an, erntete aber nur schnaubenden Protest. »Und wenn ich daran erinnere, daß ich

mein Studium nicht abgeschlossen habe, möchte ich andeuten, daß zum Intellektuellen eine gebrochene Mentalität gehört. Er steht nebendraußen und schaut zu.«

»Das dürfte stimmen«, sagte der Minister.

Antiquar Eckart wiederholte, es gehe nicht, daß Eugen sage, nachdem andere Leute hier hereingekommen seien, habe er seine Meinung geändert. »Das ist beleidigend«, fügte er hinzu. – »Aber jeder hat gehört, daß Sie zuvor zustimmten«, sagte Eugen Rapp.

Wieder ging ein Schnauben des Protestes durch die Runde. Der Klaviervirtuose Hubsy schlug auf den Tisch und sagte: »Endlich ist mal Krach! Und Sie haben keinen Mut, Herr Rapp!«

Gut so. Immer noch waren alle gegen ihn, und das erschien Eugen charakteristisch. Keiner außer dem Minister war für ihn eingetreten. Herr Uhl, der bisher aufmerksam geschwiegen hatte, strich sich über seine spitzzipfelige Oberlippe und sagte: »Sie sind feige.« Eugen dachte: Vielleicht hättest du Uhl fragen sollen, ob er mit dieser Bemerkung seine Tapferkeit beweisen wolle. Und er dachte, jetzt hätten sie lange genug gestritten. Sag etwas zum Eckart, damit er merkt, du willst einlenken, Frieden machen... Und er fragte den Antiquar, was der *Kosmos* von Humboldt in der ersten Auflage koste, und Eckart antwortete: »Mit Atlas sieben- bis achthundert, ohne Atlas zweihundertfünfzig Mark.« Und er hob sein Glas gegen Eugen, aber dessen Glas war leer. Drum schenkte Eckart ihm aus dem seinen einen Schluck ein. – »Bravo!« riefen die andern. Und der Minister sagte: »Sie haben Ihren Zorn nicht über Nacht liegen lassen. Das ist sehr schön.«

Als dann die Herren späterhin die krachende und krumme Stiege im Wirtshaus hinuntergingen, kam der Wirt herbei und fragte mit schlauem Lächeln im faltenrissi-

gen Bubengesicht: »Bei Ihnen ist es heut heiß hergegangen. Worüber haben Sie sich ausgesprochen?« Und der aufrechte Bibliotheksrat mit dem makellos rasierten Hals antwortete: »Über Terrorismus.« Er hatte den ganzen Abend lang geschwiegen.
Im Freien, wo es kalt war, fragten die andern den Architekten Baldauf, ob er und Eugen sich schon einmal gestritten hätten. Baldauf zog seine schwarzen Brauen in die Stirn hinauf, reckte sich und lachte, wobei sein Glatzkopf glänzte und beide Wangenfalten sich in sein Gesicht eingruben. »Wir haben uns schon so oft unterhalten, daß uns all dies nicht mehr wichtig ist.« Und das Gelächter wieherte, und Baldauf lachte.
Wiederum tauchte Antiquar Eckart auf, wandte sich Eugen zu und sagte: »Jetzt gehen wir nach Haus und denken über den Sozialismus nach. Denn bei uns ist's doch so: Den Sozialismus trägt man auf der Zunge, und mit dem Kapitalismus macht man sein Geschäft. Ich schlage diese Weisheit als nächstes Diskussionsthema am Stammtisch vor.«
Später, im Nachtglitzern der Stadt und auf dem Weg zur Straßenbahn, sagte der Minister zu Eugen: »Wenn Sie von denen einmal wieder hochgenommen werden, können Sie mit meinem Sukkurs rechnen.« Und Hanne sagte, als Eugen ihr's erzählte: »Das ist sehr freundlich.«

Sehr merkwürdig ... sagte Eugen zu sich selber. Er hätte gern gewußt, was all die vielen Lehrmeister und Lehrmeisterinnen des Marxismus-Leninismus ihren beflissenen Schülern jetzt erzählten, nachdem ihre Dogmen, Thesen undsoweiter in der Wirklichkeit erprobt worden waren und nur Hunger, Unterdrückung, Quälerei dabei herausgekommen waren.

Aber du bist hier in Bayern und brauchst dich darum nicht zu kümmern, dachte er, als er wieder in München war. Jetzt, im Sommer wurde er nach Schleißheim eingeladen, wo ein Schloß stand, lang gestreckt mit hohen Fenstern vor einem weiten Park, den ein wasserspiegelnder Kanal durchquerte. Dort saßen viele Herrschaften im Freien, und daß Eugen dazugehören durfte, freute ihn.

Hitze brannte auf dem feinen gelben Kies der Zufahrt zum Schloß, abends gegen sieben Uhr. Mauersegler sausten in der Höhe, als wöben sie mit ihren Flügeln ein unsichtbares Netz vors Blau, das unvermindert strahlte. Eine Blaskapelle spielte. Ihre hellen Khaki-Uniformen mit den grünen Mützen paßten sich dem Kies an, der unter Autoreifen knisterte. Männer in Eugens Alter standen an der Schloßtür, ihr weißes Haar erhöhte die Frische ihrer roten Backen; dazu ihr Lächeln und daß sie sich bedankten, als Eugen ihnen seine Einladung mit dem farbigen Wappen des Freistaates vorwies.

Innen dann ein hohes kühles Vestibül. Die Seitentreppe, wo früher Köche und andere Bediente hinaufgeeilt waren, hatte immer noch Stufen aus Eschenholz, das geriffelt war von Jahresringen, hart und fest wie immer. Und keine Stufe knarrte.

Eugen ging mit Hanne in der Schlange geladener Gäste durch das Vestibül dem offenen Tor entgegen, hinter dem der Himmel hell war. Der Landtagspräsident mit seiner Frau und seiner Tochter im schwarz und rot gewürfelten Kleid gaben ihm die Hand, obwohl man sich nicht kannte. Aber man war eingeladen, und deshalb durfte man sich wohlfühlen, fast als gehörte man dazu. Und Eugen erinnerte sich, hier dem Herrn des Hauses Bayern begegnet zu sein, dem heute dieses Schloß zurückgegeben werden müßte, wenn er König würde.

Aber viele von den Adligen wollten ihre Schlösser nicht mehr haben, weil die zuviel Geld verschlangen. Undsoweiter.
Hier war Eugen einmal Otto von Habsburg begegnet. Der hatte einen hellen Trachtenanzug angehabt, auf jedem Revers einen Hirschhornknopf. Sein Anzug war faltig gewesen, jedenfalls nicht so scharf ausgebügelt wie die Anzüge der andern. Und seine Tochter, die hatte sich umgedreht nach Eugen, eine Blonde mit starkem Haar und schmalen Hüften und einem Mienenspiel, das lauschte, wartete, sich jedem Reiz und jeder Wendung des Gesprächs anpaßte und immer wieder anders lächelte. Hanne hatte zu Eugen gesagt: »Die hat dich angeschaut!« Und früher, noch in Stuttgart, hatte er Otto von Habsburg ein Buch geschickt, in dem er die Geschichte eines Dieners bei einem Grafen in Österreich erzählte. Und wie der Postbeamte am Schalter zu dir aufgeschaut hat, als er die Adresse las, das ist dir damals aufgefallen. Dabei hast du gedacht: wenn die Adligen sich wiederum auf ihre angestammten Sessel setzten, hätten viele Leute nichts dagegen einzuwenden. Zum Beispiel ein gewisser Eugen Rapp.
Dann der Ausblick in den Park, wo das Licht gedämpft war. Ein Hauch von Zwielicht hatte sich schon eingeschlichen.
Ein altmodisches schwarzes Auto stand über den Treppenstufen auf dem Platz vor dem Schloß, und dort gab's Eis. Neben diesem Auto gingen Hanne und Eugen über den Rasen und setzten sich unter einen weißen Schirm zu Maria und Ota, der mit seinem rötlichen Oberlippenbart bei einem schlanken Glase Weißbier saß.
Maria wollte Eugens Orden sehen, den er nicht dabeihatte. Doch, hinterm schwarzen Revers hatte er ihn angesteckt, weil er dachte: wenn andere etwas im

Knopfloch haben, dann steckst du's auch so hin, daß man es sieht. Und er klappte sein Revers um und zeigte der Maria das golden Glitzernde. – »Oh!« sagte sie und noch einmal: »Oh!« – »Wie bekommt man so was?« fragte Ota und fügte hinzu: »Auch ich möchte einen Orden haben.«
Eugen wurde verlegen, weil er darauf keine Antwort wußte. Der feine Schmuck war ihm zugekommen, und er gefiel ihm. Anstecken freilich, das war irgendwie riskant oder nicht ganz zeitgemäß, weil man sich dann vor rigorosen oder strengen Kollegen als Staatsknecht entpuppte, sozusagen. Und einer, der Goethe ähnelte, dazu Professor in Seattle und Träger des Maximiliansordens war, hatte Eugen einmal aufgezwickt, weil er ein Ordensbändchen hatte sehen lassen. Worauf ihn Eugen nach seinem höchsten Orden gefragt und der andere erwidert hatte, den habe er vergessen.
Ob der ihn auch hinterm Revers trug? Sehr wahrscheinlich. Oder weil nur wenige der vielen Gäste ihre sogenannten Distinktionen sehen ließen, verbargen auch die andern ihre Zeichen freundlicher Anerkennung; überdies waren Land- und Regierungsräte längst mit dem Nötigsten versehen, zumindst was die Ehrenzeichen anging.
Also gut. Heikel war diese Frage nur für Herrschaften wie Schriftsteller undsoweiter, weil die doch aufmüpfig sein sollten, aber nicht affirmativ, wie man früher gesagt hatte; denn jetzt war eine Übergangszeit angebrochen, in der so gut wie gar nichts sicher war, zumindest, was den Zeitgeist, die Gesinnung oder gar den Geschmack anging. Und er sah den Ministerpräsidenten drüben sitzen, nicht weit vom Zelt, wo's brutzelnde Köstlichkeiten gab; denn jetzt wurde gegessen. Franz Josef Strauß war im Gespräch mit einem Herrn zu sehen, und Eugen

dachte, den wolle er jetzt wahrscheinlich für einen Auftrag am Rand des Protokolls gewinnen, um eine seiner Anordnungen abzusichern oder Neues zu erfahren über Widersacher und dergleichen.

Die Damen trugen respektable Kleider. Eine hatte Rüschen über den Oberschenkeln, die sie gebräunt sehen ließ; ein wunderhübsches Mädchen mit Stupsnase. Und dann die Hohe, Königliche, deren Décolleté alles andere verblassen ließ.

Ein junger Mann trat an den Tisch und sagte, er sei früher mal Pfarrer gewesen und arbeite jetzt beim Rundfunk; auch sonst habe er allerlei gemacht. – »Er kann alles«, sagte Eugen zu dessen Begleiterin. Die hatte große dunkle Augen und dichtes braunes Haar. Sie arbeitete auch beim Rundfunk, und weil nun das Gespräch in Richtung Qualität ging und von Sendungen die Rede war, die erst um Mitternacht ausgestrahlt wurden, erinnerte sie an die Einschaltquoten; denn nur, wenn viele Radioapparate eingeschaltet waren, wußte man, daß eine Sendung den Leuten gefiel.

Dem Geschmack der Mehrheit zu entsprechen, darauf kam es an.

Ein über achtzigjähriger Professor, der in Weltblättern über Bücher schrieb und als Literaturkenner brillierte, kam in Begleitung einer Ärztin an den Tisch, die über dreißig Jahre jünger war als er. Eugen fragte sie, ob sie heuer wiederum in Afrika gewesen sei, und sie antwortete: »Ja, in Angola.« – »Das finde ich bewundernswert«, ließ sich Eugen vernehmen, worauf die Ärztin widersprach. Der Professor aber gab Eugen recht und flüsterte dicht am Ohr der Ärztin, wahrscheinlich damit jeder ihn beneide, weil er mit dieser anziehenden Person befreundet war. Ota erzählte, daß er vierzehn Tage lang in Böhmen Urlaub gemacht habe, aber es sei fürchterlich gewesen. – »Inwiefern?« fragte Eugen und erfuhr: »Das fette Essen! Jetzt müssen wir wieder einmal hungern!« Dabei schleckte er sein zweites Eis, nachdem er sich Ente und Rindsbraten einverleibt hatte. Und als Eugen wissen wollte, wie Wald und Fluß in Böhmen seien, erwiderte Maria: »Wenn es still ist, geht der Ota weg.« Also hatte der wahrscheinlich einen modernen Geschmack; denn heutzutage mochte man den Lärm.

Es war noch hell. Der Platz vor dem Schloß dehnte sich mit gelblichem Kies. Wind wehte, und dann stieß Sturm herein. Sofort war alles wie verwischt von Staub, der aus dem Kies herausgewirbelt wurde. Und gleich wurde es finster. Weiße Gartenschirme knatterten und bogen sich in ihren Ständern. Das Schloß mit seinen hohen Scheiben stand düster im Zwielicht. Wind wühlte in Frisuren, die sorgfältig gelegt waren, mischte Sand hinein und zerrte an den Kleidern, als ob Leidenschaft entfesselt worden wäre. – »Wie in einem französischen Film«, sagte eine Dame. Als hätte sich der Zorn der Natur losgerissen, stürze hinein und zerre an Rockschößen. Die Hosenbeine der Offiziere in frisch gebügelten Uniformen wedelten, und ein Amerikaner mit geflochtenen Goldschnüren, die unter seiner Achselhöhle hindurchgingen, drückte ein Sprechfunkgerät an seine Brust. Wahrscheinlich mußte der darauf gefaßt sein, daß er weggerufen wurde, weil es gefährlich werden konnte und eine heikle Situation hätte gemeistert werden müssen. Wobei Eugen sich nach Hanne umsah im Gewühl, jetzt unter den Vestibülgewölben, wo farbige Fotografien an Ständern aushingen. Die waren heute abend aufgenommen und entwickelt worden. Hanne und Maria hofften, unter diesen Bildern ihre Porträts zu finden, obwohl doch beide nervös waren, weil sie meinten, man müsse davonlaufen vor diesem Gewittersturm, um möglichst schnell ins Auto zu kommen und sich vor dem Regen zu schützen, der womöglich mit Hagelschauern niederstürzen würde. Trotzdem ließen sich die beiden Zeit, was Eugen kurios erschien, ein Zeichen der widersprüchlichen weiblichen Seele. Dann tauchte Ota mit rötlichem Oberlippenbart und dunkler Brille auf. Eugen dachte, der müsse sich unter dem Gewölbe wohlfühlen, wo der Raum von Stimmen hallte und Ungeduld, der Wunsch, so bald wie möglich von hier wegzukommen, die Leute antrieb. Und schon war er draußen in der Nacht, wurde vorwärts gedrängt vom Wind, vorbeigedrückt an Autoflanken, bis er in Otas schwarzes Gefährt schlüpfen und sich in der Hut eines Mannes fühlen durfte, der seinen Weg kannte. Und während man zurückfuhr, sagte Eugen: »So etwas wie das Schleißheimer Schloß kann sich sehen lassen... Wenn das Volk damals geherrscht hätte, was wäre zurückgeblieben? Kasernen und Kartoffeläcker.«

Ja, die Festlichkeiten, bei denen gut gegessen wurde, die gehörten zu Bayern, wo man großzügig war und etwas für die freien Künste übrig hatte. Oder waren es die schönen Künste, die am Ende gar so frei nicht waren? Was das Essen im Schloßpark anging, so hatte sich Eugen am meisten auf die Himbeeren gefreut, groß wie Amseleier, die heuer Sonne genug hätten haben können, aber trotzdem halt ein bißchen fade schmeckten. Und er erinnerte sich seiner Kollegen, von denen er in Schleißheim nur Ota und jenem Professor begegnet war. – »Warum sonst keiner kommt?« hatte Eugen Ota gefragt. Und Ota hatte geantwortet: »Ach, weißt du, die wollen nicht. Die sind zu faul.«

Schwierige Herrschaften, das waren die Schriftsteller allemal. Und wenn ein gewisser Eugen Rapp so tat, als ob ihn derlei Feinheiten wie die Frage, ob man mehr oder weniger geachtet werde, nichts angingen, so mochte ihm dies vielleicht weiterhelfen, die andern aber ärgerten sich heimlich und dachten, soviel Ungerührtheit sei nichts anderes als Hochmut.
Nun gut, warum auch nicht. Dann halten dich die andern halt für eingebildet... Und er fuhr nach längerer Pause – denn Berthold hatte ihre Wirtshauszusammenkünfte einschlafen lassen – hinaus nach Pasing, wo sie sich von nun an wieder treffen wollten.
Der empfindsame Anselm war diesmal auch dabei. In seinem Käfer fuhr er vor, stieg aus, sagte, endlich komme er mal wieder dazu, Goethes Gespräche mit Eckermann zu lesen. Nicht umsonst habe Nietzsche dieses Buch gerühmt... Und er trat in die Wirtschaft ein, entledigte sich seines dick gefütterten Stutzers, von dem Kälte ausging, und rieb sich die Hände: »Meine Heizung hat gestreikt. Ich weiß nicht, was das ist. Morgen muß mein Karren zur Reparatur.«
Man setzte sich. Es war ein Kritiker dabei, der als Studienrat lebte, nachdem er dem geistlichen Stande Valet gesagt hatte. Der fragte Berthold, wie sich sein neues Buch verkaufe, Berthold klopfte seine Henkelpfeife aus und sagte, er dürfe zufrieden sein. Die Berliner hätten sich die Rechte für eine Taschenbuchausgabe gesichert und druckten sechzigtausend Stück.
»Kann man sich gefallen lassen«, bemerkte Eugen, und Berthold nickte. Allzu große Freude über eigene Erfolge durfte man unter Kollegen nicht verraten, weil dann die andern spöttisch geschaut hätten. Und weil nun Anselm wiederum von Eckermanns Goethe-Gesprächen schwärmte, gestand Joachim, er habe das Buch nicht

gelesen. – »Was?« erwiderte Anselm und spitzte sein Gesicht zu süffisantem Grinsen: »Wie kannst du sowas nicht gelesen haben?!«
Joachim erwiderte: »Ich mußte deine Bücher lesen. Und besprechen.«

Wenig später stand Joachim auf – ein Mann mit dichter weißer Mähne – und sagte, er müsse heute früher als sonst weg, schaute in die Runde und klopfte mit den Fingerknöcheln auf den Tisch. Gut so ... dachte Eugen und setzte sich zu Anselm ins Auto. Der wollte ihn nach Hause fahren.
Eugen setzte sich hinter Anselm und dachte: wenn der an einen Baum fährt, ist's hinten besser ... Doch Anselm beschwerte sich: »Komm, sitz neben mir. Sonst sieht es aus, als wäre ich dein Chauffeur.«

Eugen war froh, wenn er daran nicht mehr denken mußte.
Er ließ das Gartentor hinter sich ins Schloß schnappen und grüßte die Ärztin, die schräg gegenüber wohnte. Sie war nicht viel größer als er, eine Herzhafte und Kräftige, die heute ein organgefarbenes Kleid trug und einen weißen Schirm dabeihatte. Die strahlt Gesundheit aus und kann nicht krank sein. Vor ihrem Haus mit Zufahrt zur Garage hatte ihr Sohn Florian (der mit dem langen schwarzen Haar) einem Auto den linken Hinterreifen herausgenommen, stand da und grübelte. Dann legte er sich unters Auto, hämmerte auf Blech. Als Medizinstudent reparierte der immer wieder Autos und verdiente sich mit Taxifahren Geld. Er war wohl einer von den Schüchternen und pflegte Eugen zuzulächeln, wenn er ihn grüßte.
Nicht weit von Florian ging nun eine hagere, gebückte

Frau mit weißem Haar, dickgläserner Brille und geschärftem Profil vorbei. Im Arm hing ihr eine große graue Katze, die krank war und von der Frau gepflegt wurde; denn diese kümmerte sich um streunende Katzen, die in einer von Gestrüpp umwachsenen Ruine hausten, einem Überrest des Krieges, und die Katzen, die sich dort eingenistet hatten, kamen zu ihr. Lagen auf dem Blechdach der nachbarlichen Garage, die vor Hitze glühte, während andere Glieder der Katzenfamilie sich balgten und streckten, wenn wieder mal Nachwuchs gekommen war. Am wildesten machte sich ein kleiner magerer Kater bemerkbar, der fuchsrot war. Der stellte den Schwanz hoch und schmiegte sich schnurrend um die wie eine Märchenfigur buckelige Alte, die ihn ins Haus lockte und wie seine Verwandten fütterte. Kein Wunder, daß ihr Garten frei von Katzendreck war. Nebenan bei Eugen und Hanne aber, also auf dem Rasen, im Blumengebüsch und speziell dort hinten, wo sich unterm Gartentreppchen eine Nische für Gießkannen und leere Blumentöpfe öffnete, gaben sich die Katzen ihrem Lieblingsgeschäft hin und hinterließen Duftmarken von verschiedenartiger Intensität. Dies hätte fast zu so etwas wie einem Katzenstreit zwischen Nachbarn geführt. Weshalb der Herr Professor, der vorne rechts und nicht weit vom Bergahorn mit den durchscheinenden gelben Blättern wohnte, Eugen angeboten hatte, er werde ihm mal einen halben Liter Formalin bringen, das vertriebe dann die Katzen. Und Eugen sah im Weitergehen in die Krone des Bergahorns hinauf, der im Nachmittagslicht sonnengelb leuchtete, als ob sich im August der Nachsommer entfaltet hätte.

Am Haus, unter den Blättern des wilden Weins, brauste es von Bienen. Winzige Blüten öffneten sich jetzt und dufteten. Ihr Blütenstaub rieselte und wurde grau, ein

Pulver, das sich in den Blättern wie in Schalen sammelte, während die Blüten nur winzige Zapfen waren, die sich schlossen und zu grünen Kugeln wurden, nicht größer als Stecknadelköpfe. Die saugten sich nun voll mit Saft und wurden dunkelblau, während die Blätter feuerfarben glühten.

Das waren Eugens Freuden, die am Wege lagen. Naturschätze gewissermaßen, und alle mitten in der Stadt zu finden wie Löwenzahnblüten zwischen Trottoirplatten am Rand des Bürgersteiges. Doch Eugen war nicht so recht glücklich, wenn ihm das Wort ›Bürgersteig‹ einfiel (Trottoir war nicht so trampelig).

Aber gleichviel. Ihm wollte heute eine Stammtisch-Szene nicht aus dem Kopf gehen, seit er sich der Zusammenkunft im »Feldmochinger Hof« wieder erinnert hatte und mit Berthold in die Tiefgarage hinabgegangen war, während der Gute – wohl um des Spaßes willen – mit dem Nobelpreis geliebäugelt hatte. Nun also wieder der Kollegenabend in der »Alten Post« zu Stuttgart, wo das preiswerteste Essen ein Schweizer Geschnetzeltes gewesen war, das damals vierzehn Mark gekostet hatte.

Man saß dort im eleganten Raum, als die Abendsonne hereinschaute und die Häupter der Herren beschien, die fürs geistige Leben der Landeshauptstadt verantwortlich waren, falls man so sagen durfte. Von ihnen wurde Eugen in gewissen Zeitabständen als Mit-am-Tisch-Sitzer geduldet; weshalb er sich als »Rapp (Gast)« in die abgewetzte Kladde eintrug, die der alte Egloff zu jeder Sitzung mitzubringen und den Anwesenden vorzulegen pflegte. Seines langgezogenen Gesichtes wegen einem Adeligen ähnelnd, fungierte er als Sekretär dieses Stammtischs. Ein Stammtisch mit einem Sekretär, das war ein feiner Zusammenschluß, weshalb auch manche außenstehende Herrschaften, die gerne Mitglied dieses

Gremiums gewesen wären, die Nasen hochgezogen und gespottet hatten.
Nun aber war man unter sich. Ein Arzt, der dazugehörte, ein gewisser Doktor Wittmann, hatte sich noch nicht eingefunden, während der Journalist Uhl oben bei den durchleuchteten Fenstern vor sich hinschaute und das Gespräch den andern überließ, übrigens wie der Präsident des Schriftstellerverbandes, dessen schwarzer Oberlippenschnauzbart seine Miene noch mehr verdüsterte als gewöhnlich. Er war vieler lustiger und bissiger Geschichten wegen berühmt, und über seine Werke wollte ein schwedischer Student eine Doktorarbeit machen. Auch jener Bärtige, der Schrotzberg hieß, gehörte heut wieder dazu. Seine Eloquenz konnte sich in einer Serie von Fernsehsendungen ungehemmt entfalten. Heute aber schwieg er wie die andern und schaute stieren Blicks ins Weite, bis, neben Eugen auf dem Sofa sitzend, er seinen Kopf zur Seite drehte. Die Augen geschlossen, wurde der Mann ohnmächtig.
Merkwürdiges Ereignis. Eugen war es peinlich, daß er so dicht neben dem in Absence Gesunkenen sitzen mußte und dabei dachte, der sei nicht bewußtlos, tue aber so, als hätte ihn tiefe Ohnmacht heimgesucht; denn warum hatte Schrotzberg immer noch frisch durchblutete Wangen, wenn ihn doch eine Blutleere im Gehirn befallen und auf dem Sofa neben Eugen hatte beiseite sinken lassen?
Da schob dann hinter Eugen der Feuilletonchef der Zeitung ein Kissen über die geschnitzte Rückenlehne aus Nußbaumholz und drückte es unter den Kopf des Bewußtlosen; wobei Herr Egloff sagte, da sehe man, wer von uns allen Mitgefühl empfinde; denn der Herr Redakteur habe als einziger von allen etwas für Schrotzberg getan.

Nun kam der Arzt hinzu, ein Hals-, Nasen- und Ohrenspezialist. Ihm wurde das Geschehene berichtet. – »Und dann ist er bleich geworden«, fügte der Arzt hinzu, worauf Egloff »Ja« sagte. Da schaute der Arzt auf, und es schien, als ob er lächle; doch sah man seinem unbewegten Gesicht schon wieder keine Gemütsbewegung an.
Hernach sagte der bärtige Schrotzberg, nachdem er auf dem Sofa weggesunken sei, habe er von allem hier nichts mehr gesehen und gehört.

Ob Schrotzberg damit auf sich selber aufmerksam hatte machen wollen? Mal wieder eine Show abziehen, damit die anderen sich ärgerten? Möglich war es schon. Doch keiner war zum Telefon gelaufen, um einen Arzt herbeizurufen. Als ob den Herren die Vorführung des Schrotzberg von Anfang an nicht geheuer gewesen sei. Auch dies gehörte zum Stammtisch, und jedenfalls boten die Herren ein buntes und zuweilen sogar kaum entzifferbares Bild jener Zeitgenossen, die zwar dem bürgerlichen Stande angehörten, aber immer wieder ab und an Lust verspürten, sich so zu verhalten, als ob sie freischwebende Gaukler wären. Mehr oder etwas anderes vorspiegeln, als was dahinter war, dies reizte den und jenen.
So meinte Eugen Rapp, daß es sich verhalten habe, jedenfalls damals in der Landeshauptstadt. In München aber durchschaute er die andern weniger scharf, wahrscheinlich seines Alters wegen. Oder wollte er nicht mehr so genau zuschauen wie vor Zeiten? Dies erschien ihm unwahrscheinlich, aber vielleicht dämpfte nun das Alter alles Grelle und verwischte die Konturen.
Munterer Bursche, jener Schrotzberg. Der hatte sich allerlei geleistet. Beispielsweise war er eine Zeitlang nur flüchtig beim Stammtisch erschienen, hatte sich bald

wieder davongemacht. Warum wohl? hatten die andern gerätselt, bis herausgekommen war, daß Schrotzberg jedesmal die Frau von Rechtsanwalt Schnarrenberger besucht hatte, wenn er wußte, ihr Mann saß beim Stammtisch fest.

Undsoweiter. Lauter rührende Geschehnisse, von denen Eugen dachte: aber wenn sich Schrotzberg ernsthaft drin verfängt, wird's für ihn mühsam. Und, in der Tat, Schnarrenberger hatte sich scheiden lassen, und Schrotzberg hatte dessen Frau geehelicht. Was aber schon nach einem Jahr wieder rückgängig gemacht worden war, wahrscheinlich weil Frau Schnarrenberger gemerkt hatte, bei ihrem ersten Mann sei sie doch besser aufgehoben.

Dann stand Stephan Koval vor der Tür und sagte, der Wim habe einen Film nach seiner jüngsten Erzählung gedreht. – »Darf ich bei euch im kleinen Zimmer neben der Waschküche wohnen?« Dort hatte er nicht weit zur Dusche, weil in der Waschküche neben dem kleinen Zimmer eine Duschkabine eingebaut war.

Dort wohnte er unbehelligt, konnte weggehen, wann es ihm behagte. Zum Frühstück holte er Semmeln, war den ganzen Tag außer Hauses und erschien wieder gegen halb zehn, wenn Hanne eine Flasche Wein auf den Tisch gestellt hatte. Dann tranken sie wie früher, als er aus Amerika zurückgekommen war, und er erzählte.

Am nächsten Tag war er einsilbig. Ihm gefiel nichts. Mit nichts schien er einverstanden zu sein, doch milderte sich sein Unmut, und die Zeit, in der er leben mußte, kam ihm nicht mehr so übel vor. Und Eugen freute sich, als Stephan Koval fragte, ob sie beide mit ihm zum Wim gehen würden, wenn er ihn heute nachmittag besuche.

Also fuhren sie zu dritt nach Geiselgasteig, wo Wim eine

Villa gemietet hatte, vor der, als sie bei naßkaltem Wetter dort ankamen, zwei Igel über die gepflasterte Straße liefen.

Bei Wim sah es aus, als wäre der bloß provisorisch eingerichtet und denke bereits wieder daran, abzureisen. Immerhin hing da und dort ein Bild oder eine Landkarte an der Wand. Auf einem altmodischen Tisch waren Schnipsel von Filmen zerstreut. Eine Stahlplatte lag blank und spiegelnd neben den Zelluloidresten. – »Schneidetisch«, sagte Stephan, der vorausging, eine Tür aufmachte und in ein Zimmer zeigte, dessen Wände mit Plakaten und Seiten aus Illustrierten bedeckt waren; die wiesen alle auf Mick Jagger, einen Rocksänger, hin, der jetzt beliebt war. Und ein dünner Draht lief quer durchs Zimmer; an dem hing ein Flugzeugmodell.

»Hier wohnt Patrik«, sagte Wim, und Patrik, ein Junge in hohen Gummistiefeln, wand sich zwischen den Menschen hindurch, die in seinen Bereich eingedrungen waren. Patrik war Lisas Sohn, die hier mit Wim lebte, der später Eugen eine Zündholzschachtel voll Stahlfedern gab, die er in Paris erstanden hatte, übrigens in einem Laden, hinter dem eine weite, grasstruppige Wiese hinausführe in die Gegend und es nichts mehr gebe als Wegwartenbüschel und hohe Königskerzen auf Schutthalden.

Wim trug eine Schürze aus hellblauem Leinen, die auf der Brust eine Tasche mit Reißverschluß hatte. Er holte in der blank geputzten Küche eine Pfanne mit brutzelnden Spiegeleiern, legte die Pfanne auf die Stahlplatte des Schneidetischs und aß die Eier mit Weißbrot, das er zerknüllte.

Koval saß Hanne am Tisch gegenüber, schaute sie starr an und sagte: »Frauen gehören abgeschafft.« Sie erwiderte: »Dann würde euch viel fehlen«, und er warf hin:

»So eingebildet sind nur Weiber!« worauf ihr Tränen aus dem Gesicht sprangen. Es war, als ob die beiden für eine Sekunde zum Liebespaar würden.
Wim und Koval sprachen dann darüber, was sie filmen wollten, also Alltägliches, das anzog, einen Reiz ausübte, nebenbei hinweisen sollte auf Vergessenes, das nur wenige bemerkten und das selten auffiel wie eine vom Fahrtwind der U-Bahn zusammengerollte Zeitung, die zwischen Schienen hinterm letzten Wagen herlief; oder Schatten von Fischen in einem klaren Bach, doch dies war etwas Seltenes. Vielleicht fand man es in der Rhön. Es lohnte sich, dies anzuschauen, um sich hineinzustehlen in die Frische. Oder hinterm Schalter einer abgelegenen Bahnstation, die weitab zwischen Wäldern aufzuspüren war, saß eine junge Frau, die abwesend wirkte und der man etwas anmerkte, das außergewöhnlich war. Es blieb im Unbestimmten, gehörte zur Glasscheibe des Fahrkartenschalters, den sie öffnete und wieder schloß, war in der Luft des Wartesaals mit zwei alten Bänken, wo nie geheizt wurde. Diese Frau hätte Lisa spielen können, die jetzt hier mit Wim in einer alten Villa wohnte, jedem ein Glas Tee mit Süßigkeiten brachte und Hanne mit Eugen durchs Haus führte, in ein Zimmer zeigte, wo auf dem Boden zwei Matratzen lagen, und »Schlafzimmer« sagte.

Improvisiert das Ganze. Nur für einen kurzen Aufenthalt schien das Haus möbliert zu sein. Wenig Gepäck war nicht schlecht, wenn man wußte: es ist nicht für lange.
Eugen kam's vor, als ob die beiden – ein Filmregisseur mit seiner Gefährtin – deutlicher als er wüßten, wie vorübergehend die Erdenzeit war. Die glaubten nicht an so etwas wie Dauer.

Vielleicht bemerkst du etwas Richtiges, wer weiß. Es konnte möglich sein, daß sich die beiden nur lose verbunden fühlten – zwischen dir und Hanne ist es anders. Wenn du dich ärgerst über sie, bereust du jedes scharfe Wort, schon während du es sagst. Und erst hernach... Weshalb du froh bist über jeden Tag, der unbeschmutzt von Wörtern vorbeigegangen ist. Du hast dich zurückgehalten, in der Hand behalten... Und er wunderte sich, weil er fast nie etwas gegen sie vorbrachte, keinen Anlaß gab für einen Streit.

Einmal, als Hanne weggegangen war, um einzukaufen, läutete das Telefon, und er nahm den Hörer ab. Da war eine Frau am Apparat, die war ihm in Braunschweig begegnet, wo sie sich in die erste Reihe ihm gegenüber gesetzt hatte, als er vorlas. Neben ihrem Mann hörte sie ihm zu, und hernach war sie neben ihm in der Weinstube gesessen und hatte erzählt, daß sie ihre schriftstellerische Arbeit mit ihrem Mann bespreche (wobei du dich beinahe geschämt hast, weil du alles allein machst, auch mit Hanne nie über deine Schreiberei sprichst; zumindest während du sie zu Papier bringst).

Jetzt sagte die Dame am Telefon: »Mein Mann ist tot. Ich rufe bei Ihnen an, weil ich Sie liebe. Auch mit meinem Lektor hab ich schon gesprochen. Und jetzt will man mir meinen Mann wegnehmen, aber das lasse ich nicht zu! Er soll nur stinken, aber er stinkt noch nicht. Ich gebe ihn nicht her, denn in der Leichenhalle liegt er so allein. Und jetzt liegt er auch noch in diesem blöden Sarg! Er sieht aus wie ein Engel. Ich bezeige ihm meine Verehrung und meine Liebe, denn er hat meine Arbeit zuweilen sogar initiiert. Mein Kind ist nicht im Haus, weil es sich vor dem Toten fürchtet. Herr Pfarrer Kraft hat zu mir gesagt, ich müsse ihn hergeben, sonst hole ihn die Polizei. Aber die sollen nur kommen! Ich stoße de-

nen gegen die Schienbeine! Die Gesetze machen doch wir Menschen, und wir Schriftsteller sehen besser, schärfer als diese Gewöhnlichen. Ich weiß, daß mein Mann bei mir bleiben muß. Am Donnerstag ist die Beerdigung, da gehe ich mit ihm zur Grube.«
Eugen antwortete, das könne er verstehen, wenn er sich in sie hineindenke. Aber er glaube nicht, daß die Schriftsteller besser oder klüger seien als die anderen. Und was könne er anderes zu ihr sagen, als daß er ihr alles Gute wünsche.
»Ich brauche nichts Gutes«, entgegnete sie, »ich brauche Schlechtes!« Sie hatte eine scharfe Stimme, und wenn er zurückdachte an dieses Gespräch, graute es ihm. Und später erzählte er Doktor Melchior Bengen, der nicht weit von ihm wohnte und dem Eugen verdankte, daß er immer wieder nach Hanne und ihm schaute, ihre Gesundheit prüfte, obwohl er als Arzt pensioniert war, was die Dame zu ihm gesagt hatte. Bengen erwiderte: »Die mit ihren Partnern schlecht gelebt haben, die gebärden sich so. Sie kann verlangen, daß ihr toter Mann im Haus bleibt, aber sie muß ihn auf Eis legen lassen.«

Es war die Zeit des Blätterrieselns im Oktober. Von Nachbarn wehten die Hängebuchenblätter her, und Hanne mußte sie wegkehren aus den Beeten des Vorgartens. Dort war vor der Garagentür die Erde wie ein Grab bepflanzt, und das hieß jetzt »Das Grab des Autos«, wie Stephan Koval sagte; in der Garage lag ein Kohlehaufen, Holz war aufgeschichtet für den Fall, daß die Heizung ausfiel und man sich wie im Krieg in einer Stube drängen mußte, wo ein Ofen geheizt wurde. Dazu Eugens Fahrrad, dessen Vorderreifen zu einem Achter verbogen war, seit im Englischen Garten ein Mädchen mit ihrem Rad in ihn hineingefahren und er vom Rad

geworfen worden war (seitdem gehst du nur noch zu Fuß, weil du keinen Schenkelhalsbruch riskieren willst). Auch andere Überbleibsel, die man nicht mehr brauchte, lagerten in der Garage.
Der Wind regte sich kaum. Vorne an der Ecke hatte ein Ahorn immer noch seine gelben Blätter wie im Juni, und die Kastanien vor dem großen Schulgebäude drüben in der andern Straße ließen ihre Früchte aus flammenden Baumkronen herabspringen; sie rollten Eugen vor die Füße, während das Herbstlicht nachsichtig zu lächeln schien.
Später dann begann die lange Zeit, die meistens grau war; dazu entlaubte Bäume. Im Englischen Garten war der See grünlich grau, und die Insel, auf deren Bäumen Krähen nächtigten, ein schwarzgrünes Astgestrüpp. Im Dunkelwerden näherten sich Krähen aus allen Himmelsgegenden, während die Graugänse in strenger Dreiecksordnung Westen zu flogen, Enten und Bläßhühner aber nahe beim See blieben und am Ufer standen, als wären sie künstlich gemacht. Vielleicht, daß sie, wenn's dunkel war, tiefer ins Ästedickicht watschelten, wo sie das vorjährige dürre Laub unter sich hatten, das sie beim Niedersitzen wärmte.
So legte sich Eugen das Leben der Tiere zurecht, während Hochdruckwetter herrschte, hell, scharf und kalt, und Nebel den Himmel zum grauen Plafond machte. Dann kam der Föhn und reinigte die Luft. Alles wurde warm, mit tiefen Farben, weit. Überm südlichen Seeufer war das Gebirge ausgebreitet. Die Frauentürme überragten laublose Bäume, hinter ihnen glänzten weiße und schattenblaue Höhen, als wäre die Luft in den Straßen vom Licht gereinigt, und alles ruhte in einem unwirklichen Schein.

Wie es sich veränderte, das Fluidum über der Stadt. Während du sitzt und schreibst, zwischendurch die Augen zumachst, um die Wörter ungetrübt heraufsteigen zu lassen, wird draußen die Luft anders, trübt oder klärt sich das Licht.
Er merkte, daß er sich abhalten lassen wollte von der Arbeit, und diesem Bedürfnis gab er nach. Lehnte sich zurück und dachte, gescheiter wäre es gewesen, Anno 37 eine Doktorarbeit zu verfertigen, als eine Geschichte zu Papier zu bringen. Aber die Geschichte war mit deinem Leben verwachsen, und du wolltest dir klarwerden über deine Kindheit und die Zeit danach. Dies erschien dir wichtiger, als dir mit deiner Doktorarbeit eine Lebensbasis zu verfertigen, wenn du so willst... Denn so etwas wie »Lebensbasis« kam dir damals nicht in den Sinn. Du spürtest nur einen Krieg näherrücken. Und deshalb war alles gleichgültig, was nach »Sicherung der bürgerlichen Existenz« oder etwas Ähnlichem ausschaute. Wozu sich derlei lobenswerten (oder klugen) Vorsätzen unterwerfen, wenn bald eine Kugel das letzte Wort sprechen konnte?
So hast du damals gedacht. Wärst du Museumsbeamter geworden, so könntest du ins Anmeldeformular eines Hotels unter ›Beruf‹ hineinschreiben: Konservator oder dergleichen. Das wäre ein solider Schutzschild gegenüber Hohn und Hochmut aller bürgerlichen Leute; und zuerst mal gegenüber deinem Vater. Dem aber hätte es keinen Eindruck gemacht, wenn du ›Konservator‹ geworden wärest. Mindestens zum Museumsdirektor hättest du es bringen müssen. Achtung aber hätte dir dein Vater nur gezollt, wenn du, wie schon oft vermerkt, Regierungsrat im Kultusministerium geworden wärest. Davor aber hat es dir gegraust. Und wieder fiel ihm Wieland ein, der Professor an einer Berufsschule und das

geworden war, was man eine geachtete Persönlichkeit nannte. Jetzt war er längst im Ruhestand, wirkte aber immer noch aushilfsweise an seiner Schule mit. – »Der ist ein Hit. Den mußt du hören, der kennt in der Literaturgeschichte und der Kunstgeschichte alles«, hatte es an der Schule geheißen, wie Eugen immer wieder hörte, ohne nach Wieland zu fragen. Wie der draußen am Katheder gestanden sei und seine braunen Augen geblitzt hätten, wenn er über einen Roman habe fallen lassen: »... merkwürdig verblasen ...«
Ja, die Stuttgarter ... Da meinten viele, Eugen habe in seiner Geburtsstadt, wo er lange gelebt hatte, eine Menge Freunde. Das stimmte nicht, es waren wenige. Die anderen atmeten auf, seit er nach München abgewandert war, und dachten: endlich ist er weg. Und wenn du ein reputierlicher Zeitgenosse mit ›richtigem‹ Beruf geworden wärest, dann hättest du kein Buch fertiggebracht. Und immer wieder hättest du zu dir gesagt: du bist feige ausgewichen ins Wohlanständige und hast nichts gewagt.

Bei Urban war es anders. Der regierte ein Medien-Imperium und hatte Leute um sich, die auf Gewinn aus waren. Sie schrieben für illustrierte Blätter, und Eugen sagte zu sich selber: Was die können, das könntest du nie ... womit er recht zu haben glaubte, obwohl die anderen ihn achteten. Vielleicht sagten sie nur: Der hat seine Meriten, da gibt's nichts, aber bei uns ginge er unter, zermahlen von gewinnbringender Hektik.

Eugen war froh, allein zu gehen, sich die andern anzuschauen, diesmal auf der großen Wiese nicht weit vom Fluß, als es hell und warm war. Hoch oben über einer knorrigen Schwarzpappel flatterte im Mittagslicht eine Fledermaus. Sie taumelte und sank herab, flüchtete ins Baumgeäst, während sich unter ihr zwei nackte Mädchen Gummiringe zuwarfen. Doch denen wich er aus, weil er das Gefühl hatte, es sei unanständig, ihnen zuzuschauen. Wurde angekläfft von einem Dackelhund, der sich wild ereiferte, und sah eine reife Dame mit entblößten Brüsten im Gras liegen. Die rief ihm zu, er gehe hier doch nur, um sich zu ergötzen, weil hier Leute nackt badeten, worauf er lachte und sich fragte, was es an dieser Dame da Ergötzliches zu betrachten gäbe. Doch schien das Erotische heute in der Luft zu liegen, weil später dort neben den Weidenbüschen, wo der Fluß durch lange Zweige schimmerte, zwei Frauen mittleren Alters beieinander saßen, von denen eine sagte: »Also, wenn ihr nur noch ein Mal im Jahr bumst, dann ist es zwischen euch längst aus.«

Das war bei den Schrebergärten, wo die Mirabellen reiften und manche schon gelb und süßfleischig waren, aber meistens angepickt von Amseln unter einem Baum am Wege lagen; doch fand er dann auch ein paar frische, reife. Und er merkte, wie die Zeit näherrückte, wenn die Vögel spärlicher als jetzt sangen, weshalb er dachte, es lohne sich, den Frühling zu begrüßen. Bald wird er sich wieder verflüchtigt haben.

Weil's warm war, zog er sein Hemd aus und ging mit entblößter Brust weiter. Das war dort hinten, wo der Bach floß, junge Buchen und Ahorne ihre Blätter im Licht wehen ließen und fast niemand ging. Dort hielt dicht vor ihm ein Radfahrer mit weißroter Schildkappe, blieb auf dem Rad sitzen und legte seinen Zeigefinger auf Eugens linke Brustwarze. – . – »Du siehst gut aus«, sagte er und fügte nach einer Weile hinzu: »Machen wir uns einen anregenden Nachmittag?« Ein Mann, etwa

um die Vierzig, in einem frischen T-Shirt, auf das gedruckt war: »I am an explorer.«
Eugen erwiderte: »Ach, ich gehe doch nach Hause.« – »Jetzt schon?« fragte der Mann, und Eugen nickte. Der andere fuhr weiter.
Ob er ihn für einen Spielverderber hielt? Und Eugen kam es vor, als wäre heute wieder mal ein Tag, an dem vielleicht die Luftströmung oder Erdstrahlen ihn für andere interessant, am Ende gar begehrlich machten.
In deinem Alter eine Kuriosität, mehr nicht. Und er ging durch den Englischen Garten weiter, nicht weit vom grünlichen Bach, der rasch floß. Vom Brücklein schaute er einem Mann zu, der mit Gummistiefeln im flachen Wasser stand, Steine umdrehte und darunter mit den Händen dann und wann etwas Kleines, Dunkles hervorkratzte und in ein mit Wasser gefülltes Glas legte.
Der zeigte dann Eugen, was er gefunden hatte: Bachkrebse, nicht größer als ein Fingernagel. Die brauchte er für seine Fische im Aquarium. Und sie bewiesen, daß das Wasser im Bach fast so sauber war wie das Trinkwasser hier in München.

Das Frühere wurde weggeschwemmt, als hätte er es in den Bach geworfen.
Auf dem Brücklein zog er sein Hemd an und ging am »Osterwaldgarten« vorbei, diesem Wirtshaus, das er gerne hatte. Unter hohen Kastanienbäumen standen eiserne Gartenmöbel. Jetzt saßen dort muntere Menschen, die im Freien aßen und Bier tranken.
»Was sind Sie denn?«
Es war ein Herr mit kantigem Gesicht, der vom runden Blechtisch aufschaute, grauhaarig wie Eugen. »Sind Sie Maler? Antworten Sie doch.«
Ein bißchen zu direkt und grob, dachte Eugen und

wollte schon antworten, daß er von Wisotzki heiße und Sekretär bei der Stadtverwaltung sei, Abteilung Rauch- und Geruchsbelästigung. Sagte aber dann doch seinen wahren Namen und was er wirklich war.
Da schaute dann der andere verwundert auf und sagte: »Rapp?« Der meinte jetzt den Siegfried. Doch als er ihn aufklärte, schaute der wieder geradeaus.
Immerhin, die Menschenkenntnis dieses Herrn konnte nicht schlecht sein, aber widerwärtig war es Eugen trotzdem, wenn er auf diese Weise angesprochen wurde. Freilich, es durfte ihm gleichgültig sein, weil er längst wußte, daß einer, der Bücher schrieb, immer wieder Neid erregte. Aber er mußte erfolgreich sein und weithin bekannt, sonst galt er nichts. Wonach sich Eugen wiederum auf sich selber besann und über die Wiese ging, die ehemals ein See gewesen war.
Nun ja, du mit deinem historischen Wissen... Nützen tut es dir so gut wie nichts. Außer dem Gefühl, es weite sich ein Raum nach rückwärts, und er werde wieder einmal auf so etwas wie Veränderlichkeit hingewiesen (oder auf Vergänglichkeit), das weitete den Ausblick in die Zeit. Und er sagte zu sich selber: Wenn du von einem nicht weißt, wo er früher war und was er damals getan hat, als du ihn nicht kanntest, ist er für dich weniger ›rund‹. Du kannst gewissermaßen nicht um ihn herumgehen... Und er zog sich gegen Abend um, nahm aus dem Schrank des Urgroßvaters, der Weber in Dürrmenz gewesen war, einen dunklen Anzug und richtete sich für Herrn Norwiks achtzigsten Geburtstag her; denn heute abend wollten sie einen berühmten Übersetzer aus dem Spanischen besuchen, der zwanzig oder dreißig Jahre lang Exportkaufmann in Südamerika gewesen war, dann aber »in die Literatur« gewollt hatte. So war er denn aus der Emigration zurückgekehrt und hatte seine Mutter

mitgebracht, die erst vor kurzem hoch in den Neunzigern gestorben war. Norwik hatte seine Jugend in Ludwigsburg verbringen dürfen, übrigens »im Prinzenstil«, wie er zu sagen pflegte, war ihm doch ein Diener zur Seite gestanden, der für ihn im Ersten Weltkrieg einen Schützengraben ausgeschaufelt hatte. Der kleine Norwik, der heute einseinundneunzig groß war, hatte diesen Schützengraben haben wollen, weil er zu Weihnachten eine feldgraue Uniform geschenkt bekommen hatte. Später war sein jüdischer Vater als Hauptmann von der Front zurückgekommen.

Nun gingen sie also zu Norwiks achtzigstem Geburtstag. Durchquerten den Englischen Garten an einem milden Tag, als die Büsche Knospen hatten und das Gras frisch erschien. Die Bäume waren kahl.

Ein Kind mit verbundenem Auge nahm Eugens Hand und fragte: »Sind Sie Herr Eugen Rapp?« Er konnte es nicht leugnen. Schon waren auch die Eltern da, und die Frau sagte, daß sie Eugens Bücher lese. Eine Freundin, die in Stuttgart, droben am Saumweg wohne, habe ihr gesagt, daß alles wahr sei, was er geschrieben habe. Es war eine Familie aus Stuttgart, die Meyer hieß. Ihr Mann sei Kunsterzieher, sagte sie und gestand, sie habe Eugen schon oft schreiben wollen, es aber dann doch bleiben lassen, weil sie gedacht habe: der sagt dann zu sich selber, ach, diese mittelalterliche Kuh... was Eugen bestritt. Ihn freute und ihn stärkte jede Zustimmung, doch war er trotzdem froh, daß diese Frau ihm nicht geschrieben hatte. Ihr Mann kam dazu, mit ihm zwei größere Töchter. Die kleinste riefen sie »Mimi«. Der Mann lächelte und schwieg, hörte zu, was seine Frau sagte: »Ich habe Sie erkannt an diesem bestimmten Zug...« Sie fuhr sich von der Stirn über die Nase. Dann gab sie Eugen die Hand: »Auf Wiedersehen. Ich habe mein Aha-Erlebnis

gehabt.« Und Eugen dachte: daß du mal zum Aha-Erlebnis werden könntest, hast du dir nie eingebildet.
Es dämmerte, als sie dann in der Villenstraße gingen. Auf der anderen Seite waren hohe Bäume aufgerichtet, die zum Englischen Garten gehörten, und Eugen dachte, früher seien hier Gaslichter angegangen. Jetzt standen hier Laternen, die beinahe ebenso aussahen wie früher die Gaslampen auf dem Trottoir, doch brannte darin elektrisches Licht. Der Schein von früher, dieser ein wenig grünliche, den man zitronengelb hätte nennen können, war im elektrischen nicht drin.
Sie hatten noch ein gutes Stück zu gehen, und als sie vor das Etagenhaus kamen, wo Norwik wohnte, war es dunkel. Hanne schaute auf ihre Armbanduhr, und Eugen merkte, daß es zu früh war. Hanne wollte auf den Glockenschlag hier sein, und also gingen sie noch um die Ecke.
Dann aber war's so weit. Hanne sputete sich auf dem Rückweg, weil sie meinte, jetzt seien sie zu spät dran. Und man ging im Hause aufwärts bis zum Dachstock. Oben wartete der hochgewachsene Herr Norwik und hatte gerötete Backen, winkte und verschwand im Dachbodenraum, wo nun, wie in der Wohnung nebenan, Menschen dicht beisammen saßen.
Eugen erkannte unter ihnen jenen jungen Dichter, der mit sechzig noch einmal geheiratet und ein Kind gezeugt hatte. Er stand neben einem Kamin nicht weit von schräg ansteigenden Dachziegeln. Dicht an dicht war man hier beisammen unter spärlich leuchtenden Birnen, und das Gespräch, Gerede floß zusammen und bildete einen Lärmbrei, sowohl im Gang als auch in den Zimmern.
Im Vorplatz bei der Treppe fiedelte eine ältere Dame im Frack alte Schlager mit nostalgischem Effekt. Zwei Her-

ren begleiteten sie auf Bratsche und Ziehharmonika. Die längst versunkenen Weisen schmeichelten Eugens Ohren, weshalb er sich an einen Türpfosten lehnte und zuhörte. Sonst kümmerte sich niemand drum. Er aber hätte die Geigerin gern gebeten, für ihn »An der Donau, wenn der Wein blüht« zu spielen, wäre nicht Hanne aufgetaucht und hätte dicht an seinem Ohr gesagt, man müsse sich jetzt einen Platz zum Essen sichern, denn es gebe Gutes.

Das hättest du fast vergessen. Und er war sich klar darüber, daß er den altmodischen Klängen lieber lauschte, als sich einer Tischdame zuzuwenden. Doch war dann Hanne neben ihm, und also konnte er das Mahl genießen.

Später begrüßte er Herrn Fritze. Der hatte eine Frau im hellen Kleid dabei, eine in den Fünfzigern mit Halbmondohrring, und der war größer als ihr Ohr. So gehörte es heute dazu, es klunkerte und baumelte neben vielen Gesichtern, und eine in rubinfarbener Jacke hatte ein Konglomerat von Glaskugeln, glitzernd und traubenähnlich, unter den Ohrläppchen hängen. Herr von Czeski, ein Architekt, erzählte, seine Frau habe vor der Haustür plötzlich festgestellt, daß sie unterm Mantel nur den Unterrock anhabe. Czeski verkündete dies lauthals, während er neben Eugen auf einer Couch saß. Die Frau in der anderen Sofaecke fragte: »Gehören Sie auch irgendwie zum Siegfried Rapp?«, und Eugen erwiderte: »Der ist der Berühmte.« – »Dann sind Sie der Unberühmte«, gab die Czeski-Frau zurück.

Sie war die erste, die so reagierte, und Eugen dachte, die sei hineingetappt ins Loch, das er ihr gegraben hatte. Seit langem hatte er diese Antwort auf Siegfried-Fragen parat und war neugierig, wie die andern reagierten. Noch niemand hatte bisher so wie diese Dame geantwortet, wahrscheinlich weil den anderen das mit dem ›Unberühmten‹ zu direkt und zu platt erschienen war. Und Eugen erinnerte sich an den Journalisten Rexroth, der ihm vor sechzehn Jahren in der »Restauration zur Kiste« dort in Stuttgart geraten hatte: »Ich würde sagen, der Siegfried ist der Berühmt*ere*.«

Jetzt lächelte Eugen nach der Antwort dieser Czeski-Dame und wandte sich Hanne zu; er fragte, wie ihr's gehe, hoffte, daß es für sie erträglich sei, merkte aber, daß sie mit der Antwort zögerte. Wenn sie immerzu mit einem fremden Menschen reden mußte, steigerte dies ihren sowieso hohen Blutdruck und brachte ihren Kreislauf durcheinander. Einmal hatte sie zu ihm gesagt: »Sei froh, daß ich keine Schizophrenie habe«, und drum versuchte Eugen, ihre Seele zu besänftigen, indem er ihr zuweilen den Hinterkopf kraulte.

Dann stellte er sich wieder neben Fritze vor die Tür und lauschte den Nostalgie-Klängen der Stehgeigerin. Fritze trug eine vielfältig bunte Weste und eine rote Fliegenkrawatte. Er überlegte, welche Schlager in den Dreißigern modern gewesen waren und kam auf »Valencia... Meine Augen, deine Augen, Hühneraugen Kukirol«, und das Trio spielte es sogleich.

Dazu machte er das entsprechend versonnene oder verklärte Gesicht. Die hochgemute Frau Norwik schaute ihm dabei zu. Dann hob sie unerwartet ihren Photographenapparat vors Auge, knipste blitzend. – »So hab' ich wenigstens ein Bild von Ihnen«, sagte sie, und Eugen lachte. Ihre Freundin Veronika fragte ihn über die Schulter, ob er jetzt tatsächlich von dieser Musik so angetan sei oder nur so tue, was ihn überraschte.

Ein Herr von Alvensleben stellte ihm eine blonde Dame vor, die einen halben Kopf kleiner war als er. Sie fragte ihn: »Haben Sie Kinder?« – »Nein.« – »Warum nicht?«

Und er erwiderte, das habe sich halt so ergeben. Sie verhörte Eugen weiter, wollte wissen, ob er gerne Kinder hätte, und er antwortete mit ja. Wollte auch über Hanne Bescheid wissen, und Eugen sagte, daß seine Frau im sogenannten Dritten Reich als Halbjüdin Straßenbahnen hatte waschen müssen: »Dabei fürchtete sie, von der Gestapo deportiert zu werden.« Und er fügte hinzu, seine Frau habe ihren Doktor gemacht, er aber habe das nicht geschafft. In selbstverachtendem Ton, wie es sich gehörte, ließ er dies die Dame wissen, worauf die kleine ihre Hand auf seine Schulter legte und »daß Sie das jetzt sagen!« ausrief. Es schien sie zu überraschen, und sie hob den Zeigefinger.
Er stand im Gang, wo ständig andere Gäste vorbeidrängten, ein Mädchen, schwarz gekleidet, aus Schönheit-Bewußtseins-Höhen auf ihn niederschaute, der für die Musik Beifall klatschte. Ein dramatischer Dichter durchquerte, den Kopf hoch erhoben, das niedere Gewühl als ein vom Ruhm Emporgehobener, dem in vier Wochen der Büchner-Preis verliehen werden sollte. Seine Mitarbeiterin, Frau und Begleiterin, ließ viel Busen sehen. Bis zu den Knöcheln in hellgrün schillernde Seide gekleidet, eine große rote Kunststoffrose an der Schulter, glitt sie vorbei, während der Dramatiker dem Prosaisten Eugen flüchtig seine Pranke reichte: »Tach, Herr Rapp.« Sonst war er immer liebenswürdig, aber heute hatte er nur Sachlichkeit bereit, hier unter lauter gedrängt stehenden Kollegen. Dem achtzigjährigen Gastgeber wurde ein Lorbeerkranz aufs Haupt gedrückt, worauf er mit kräftigen Armen in die rauchige Luft griff, weit ausholte und dröhnend portugiesisch sprach. Frau Norwick führte Eugen zu Herrn von Czeski, während Hanne Eugen zum Heimgehen aufforderte: »Die Veronika ist bereit, uns nach Haus zu fahren.« Aber Eugen mußte Herrn von

Czeskis Zeichnungen loben, die der im Urlaub gemacht hatte, und er tat's. Da prunkte dann der andere mit Worten und griff leidenschaftlich in die Luft.
Die hochgemute Frau Christiane Norwick schritt erhobenen Hauptes herbei und fragte Eugen, ob er doctor honoris causa sei. – »Nein, aber ich habe den Professorentitel verliehen bekommen«, antwortete Eugen, worauf ihr Mann, der Jubilar, aufstöhnte und, die Wangen dunkelrot, eine Nonsense-Laudatio vom Stapel ließ, in der immer wieder »Herr Professor« vorkam. Doch als Eugen den imposant gewachsenen Mann mit »Durchlaucht« titulierte, war in seiner Suada ein Stocken zu spüren, und er ließ von ihm ab.
»Haben Durchlaucht eine Stärkung Ihres Selbstwertgefühls erfahren, indem Sie mich verhöhnten?« hätte Eugen gern hinzugefügt, doch wandte er sich nur zur Seite.
Vor der Treppe, als er schon im Mantel war, hielt ihn eine Dame fest und sagte, sie sehe ihn oft im Englischen Garten über die Wiesen gehen. Die Christiane – Frau Norwik war gemeint – müsse sie beide mal zu sich einladen.
Das erzählte er dann Hanne, und sie erwiderte: »Da siehst du's. Du kannst doch nicht immer so schlampig angezogen herumgehen!« Und während sie ins Auto stiegen, ließ sich Veronika über die Herrschaften von Czeski aus. Das seien richtig spießige und mediokre Leute, die das Taktloseste und Dümmste verlauten ließen, das man sich denken könne.

An einem klaren Tag fuhr er mit Hanne an den Starnberger See und stieg am Ufer mit den breiten Villen aus, die sich alle hinter Grün verbargen. Und er sagte zu sich selber: All dies gehört zum Gesellschaftstreiben hier in München … Sei froh, daß du es kennen lernst, es ist

was Neues. Und Eugen fand's allmählich fast in Ordnung, daß auch er dazugehörte.
In einer der Villen wohnte jener Dramatiker, von dem es hieß, er sei ein scheuer Mensch, der ohne seine Gefährtin, die Schauspielerin gewesen war, sich nur mühsam hätte behaupten können.
Dies glaubte Hanne nicht. Sie hatte ihn mal in der Obsthandlung gesehen, wie er erhobenen Hauptes und mit raschen Schritten, als rufe er: »Platz da!«, hereingekommen war und sich nach vorne gedrängt hatte, als dächte er: »Jetzt komm ich!« Doch Eugen bezweifelte, daß der so aufgetreten war, und fragte sich, ob er nicht als Theaterfachmann wisse, wie man die eigene Unsicherheit überspiele. »Der Rapp ist ein reizender Mensch, aber was er schreibt, ist sehr langweilig«, soll er im Freundeskreis gesagt haben, weshalb Eugen meinte, der Herr Dramatiker würde seine Arbeit nur beachten, wenn auch er Stücke schriebe, die dem Zuschauer Furcht einjagten und ihn folterten.
Na, und warum nicht? Wenn er sich nur wohlfühlte. Neben ihm hatte ein Karikaturist sein ausgedehntes Besitztum, und Eugen wunderte sich nicht, daß man mit so etwas wie Witzzeichnungen ein Vermögen zusammenkratzen konnte. Da mochte es dem Filmemacher leichter gefallen sein, der hier neben Herrn Knarrkeil wohnte, wie man den seiner lustigen Erfindungen wegen nannte. Die Frau des Filmregisseurs aber, eine Schlanke mit weißer Pagenfrisur, sagte, man könne heutzutage keinen differenzierten Film mehr machen. Dabei kam's Eugen vor, als zwinge sich ihr Mann, mit knalligen Effekten zu verblüffen. Aber ob er damit Eindruck machen konnte, wenn's ihm innerlich zuwider war, aufzutrumpfen, auf den Putz zu hauen?
Schwierige Situation des Künstlers, der sich zwingen

mußte, anders zu schreiben, als es ihm zu Mute war. Eugen hatte sich nie darum gekümmert, weshalb er sich wie ein Geduldeter vorkam. Hätte er versucht, alles anders zu machen und dem Zeitgeist zu schmeicheln, wäre ihm das, was er gemacht hätte, als etwas Verqueres vorgekommen. Und Geld hättest du noch weniger als jetzt verdient.

Bald darauf kam Anton zu Hanne und Eugen ins Haus. Anton hatte ein von gekräuselten Bart- und Kopfhaaren umwuchertes Gesicht, in dem eine Goldbrille mit ovalen Gläsern blitzte. Er schaute sich in Eugens Stube unterm Dach um, wo sich viele Bücher an den Wänden stapelten, und sagte zu ihm: »Du bist alt.« Eugen erwiderte: »Ja, ich bin oft ins Antiquariat gegangen und wollte die Zeit an den Fingerspitzen spüren, in der die Bücher erschienen sind.«

Und wenig später fuhren sie beide hinaus zu Ruth und Anton. Die Luft floß hell, sanft und windig, wie es zum Juni gehörte. An den Ufern der hellen Landschaft mit den hohen Baumwipfeln der Gärten und der Parke glitten sie vorbei, und während das Schiff fuhr, wurden Villen vorbeigeschoben, und Landschlösser zeigten sich mit den heraldischen Farben ihrer Besitzer auf den Fensterläden. Das Schiff war mit Urlaubern und erregten Kindern erfüllt, die vorüberhuschten am Geländer und lebenslustig schrien.

Nun, man kennt's. Aber es war für Hanne und für Eugen neu nach einem kläglichen Stadtwinter, der trüb vorbeigeschlichen war, fast ohne Schneegestöber und in lauter grauen und bräunlichen Straßen.

Nun kamen sie an. Das Schiff ächzte und rieb sich an Holzbalken, während sie ausstiegen. Ruth und Anton warteten auf dem Landesteg, und Anton hob seinen

Photoapparat vors Auge. Ihr Auto wartete an der Straße, und also wurden Eugen und Hanne im Auto abgeholt, als wären sie feine Herrschaften. Und im Fahren dicht am Ufer schimmerte der See durch Blätter, und Villen tauchten auf, die meisten von Männern des Geistes bewohnt.

Eugen freute sich an Antons großzügigem Bungalow, der niedrig und im rechten Winkel sich um einen Garten streckte, der Malven so dicht wie Büsche hatte. Auf Blüten sammelten sich Schmetterlinge, der Kaisermantel mit orange gefleckten Flügeln schob sich über die Blütendolden wie der Schwalbenschwanz, dem Eugen lange nicht begegnet war. Im Englischen Garten jedenfalls zeigte er sich nicht mehr. Dazu der dichte weiche Rasen, von dem Ruth sagte, er sei von Wühlmäusen unterhöhlt. Da stand sie, schlank und hochgewachsen, das Haar sorgfältig geschnitten und im neuesten Schlappel-Look, wie Eugen sagte, der froh war, daß Ruth modebewußt war; bedeutete dies doch seelisches Wohlergehen. Dazu ihre sorgsam überwachte Figur. Sie wußte ihre Schönheit zu bewahren, wie jener Kollege zu sagen pflegte, der mit bunten Hemden und phantasiereich gemusterten Krawatten Aufsehen machte und Lektor beim Fernsehen war. Für ihn waren alle modischen Veränderungen wichtig, und auch er ging, wie Ruth, regelmäßig zur Gymnastik, um seinen Bestand an gestrafften Muskeln zu erhalten.

»Wollt ihr schwimmen?« fragte Ruth. Das war eine gute Idee. Eugen hatte seine Badehose mitgenommen, und also gingen sie durchs Gartentürchen über eine schmale Straße, öffneten gegenüber wiederum ein Gartentürchen und gingen auf sandigem Weg unter Kiefern zum Steg fürs Segelboot, aber die beiden hatten keines. Die Bootshütte diente als Umkleidekabine, und unterm Holunderge-

büsch stand ein runder Tisch mit Lehnsesseln. So war an alles gedacht.
Viele Fischchen wimmelten im Wasser und huschten als Schwarm weg, wenn ein Schatten auf sie fiel. Denen schaute Eugen zu. Im Bretterhäuschen, dessen Türe offenstand, war Ruth nackt zu sehen, doch schaute Eugen schnell wieder ins Wasser. Trotzdem bewunderte er Ruth, weil sie noch ihre Jugendgestalt hatte. Sie war bedeutend älter als ihr Mann, und deshalb hielt sie sich so jung. Kein Wunder.
Doch, es war ein Wunder.
Ruth schwamm im Bikini, und Anton badete nackt. Er legte seinen Bademantel ab und glitt ins Wasser, als Hanne auf die Seite schaute.
Also waren auch moderne Menschen, zu denen sich Eugen nicht zu rechnen wagte, ein bißchen g'schamig, wie man in Bayern sagte. Das verwunderte ihn, denn ihm kam's vor, als versuchten Ruth und Anton die beiden Alten Eugen und Hanne ein bißchen lockerer zu machen, als sie waren.
Peter erschien, der am anderen Seeufer wohnte und um die fünfzig alt war. Der aber hatte seine Badehose mitgebracht, und ihn lockte das Wasser wohl am stärksten; denn er sprang gleich hinein, während die beiden Alten zögerten und schließlich einen Bogen schwammen, hinaus in die Seeweite mit dem im Wasser gespiegelten Himmel.
Nun, einem wie ihm, der über siebzig alt war, mußte dies genügen. Früher hätte es ihm nicht genügt, aber er dachte nicht an früher. Und als er, von der Sonne getrocknet, sich mit Hanne unters Holundergebüsch zurückzog, stieg Peter aus dem Wasser, um Marianne zu begrüßen, die aus ihrer Arztpraxis hierhergekommen war. Anton fragte Eugen, wieviele Exemplare seines

Romans *Neue Zeit* verkauft seien, und er erwiderte, das wisse er leider nicht genau, weil über dieses Buch als Lizenz abgerechnet werde, aber *Verlassene Zimmer* sei als Taschenbuch zwischen sechzehntem und siebzehntem Tausend im Handel. Immerhin etwas.
Na schön. Bei den anderen konnte er, zumindest was den Geldsäckel betraf, nicht mithalten, und immer noch verwunderte es ihn, daß er mit reichen Kollegen befreundet war. Aber du hast mehrere Preise bekommen und das Geld angelegt. Große Sprünge hast du nicht zu machen brauchen.
Und wiederum die Fische, die im Wasser glitzerten, alle winzig und in Schwärmen, während der See matt war. Vorne, wo die Treppe vom Steg ins Wasser führte, lag Anton neben Peter auf Luftmatratzen. Die schwammen dann und stiegen triefend auf den sonnenwarmen Landesteg, beide hochgewachsen, kräftig, wie es sich für solche Männer ziemte. Und Eugen dachte: ohne seinen strabeligen Vollbart sähe Anton besser aus.
Wärst du nochmal so jung wie die, dann wichest du der Wirkung des Liebreizes aus und wärest froh, nicht mehr mitmachen zu müssen... Und es kam ihm vor, als hätte ihn zeitlebens eine Beklemmung heimgesucht, wenn er gespürt hatte, daß man Erotisches von ihm erwartete. (Da ist dir immer Hanne eingefallen.)
Abends dann Essen im Garten. Anton brachte einen gebackenen Butt auf Silberpapier auf den Tisch. Warm gehalten von einer elektrisch geheizten Platte, brutzelte der Fisch, und hinter Eugen flackerte ein Kaminfeuer.
Nach dem Essen gingen sie wieder zum Landesteg, setzten sich unters Holundergebüsch. Die Nacht erschien, der See hatte einen hellen Weg aus Mondlicht, der über das Wasser führte, dorthin, wo ein Kloster stand. Über den Silberweg kam Gesang, und Peter sagte, er habe als

Kind »Maria voller Gnaden« oft gesungen, so wie es jetzt in der Ferne gesungen werde. Es hörte sich wehmütig an, und Eugen dachte, vielleicht überlege Peter jetzt, warum er nicht ein vorgeschriebenes Leben geführt habe und statt dessen so etwas wie ein Intellektueller geworden sei, dem seine Empfindungen wichtig waren; übrigens wie einem gewissen Eugen Rapp. Marianne sah über das mondspiegelnde Wasser. Vielleicht dachte sie an ihren Sohn. Der hatte revolutionäre Broschüren gedruckt, irgendwo in einem Souterrain, und war dann nach Amerika entwichen, wo er jetzt als reicher Mann lebte. Seine Mutter hatte ihr Fernseh-Geschäft als Schauspielerin eine Zeitlang ruhen lassen und ihre medizinischen Examina gemacht. Jetzt hatte sie eine Arztpraxis mit zwei anderen zusammen.

Was für ein Glück du hast... Immer wieder begegnest du Menschen, denen du vertrauen kannst... Und er sagte zu sich selber: Das ist halt München... Und er machte sich klar, daß er erst in München aufgeatmet hatte. In deiner Geburtsstadt, dort in Stuttgart, bist du allein gewesen, als einer, den die andern an die Wand drückten, bist du dabeigewesen und hast dir selber zugeschaut. Bemitleidet hast du dich nicht. Warum hättest du es auch tun sollen? Was du erfahren hast, war das Gewöhnliche, und das war wichtig. Manchmal hast du über dich gelacht, weil du die anderen gegen dich hast hetzen lassen, ohne dich zu wehren. Interessant zu sehen, wie sie sich gebärdeten in ihrer Häme, ihren aus unteren Seelengängen aufsteigenden Haß gegen einen, der anders war als sie, sich aber nicht beirren ließ.

Marianne fuhr Eugen und Hanne zum Stadtbahnhof, zwang ihren Wagen dicht am See in eine Kurve, wo weiß leuchtende Steinblöcke aus der Nacht auftauchten. Die sah Eugen immer wieder vor sich, auch zu Hause und bevor er einschlief oder später beim Hinaufgehen über die breite Treppe in der Residenz, wo die Stufen vor den Sälen mit grünlichen Läufern belegt waren, alle dick und weich sich unter den Fuß schmiegend. Er schaute vor sich hin und dachte an den Nachmittag bei Anton, draußen am Starnberger See. Es kam ihm vor, als wäre inzwischen viel Zeit vergangen, und er überlegte, wie ein Film aussehen müßte, wenn Anton sich bemühte, alles so zu machen, wie es ihm, dem Anton, entsprach. Der hätte überhaupt nicht an die Wirkung seiner Arbeit auf die Filmbesucher denken sollen, die knallige Effekte haben wollten... Und er sah Ruth vor sich, wie sie in einer Straße ging, die hohe Häuserzeile hatte Erker und Türmchen, alle um Neunzehnhundert gebaut. Das war ein fensterglänzender Prospekt aus grünlichem Sandstein, und das Trottoir, auf dem Ruth in Eugens Phantasie ging, sah olivfarben aus. Sie ging aufrecht, das Haar streng gelegt und in hellem Weiß.

»Da geht der Herr Poet und sieht etwas, was niemand sonst bemerkt«, sagte neben ihm eine Stimme. Als er aufschaute, sah er Heinrich. Da war er wieder, der, der jedem auffiel, dieser Hochgewachsene mit dichtem Haar, das immer noch gleichmäßig grau erschien. Als Arzt war er nach Rußland und China emigriert, um nicht in ein KZ gesteckt zu werden.

»Wohnst du immer noch in dieser alten Kaserne unter displaced persons?« Heinrich nickte und ging neben Eugen die Treppe aufwärts. Dabei schien es, als ob er keinen Schatten würfe, wahrscheinlich weil das Licht sich gleichmäßig verteilte. Und er fragte: »Gibt's heut etwas Spezielles für einen Zaungast wie mich?« Worauf Eugen mit »hoffentlich« antwortete.

Heinrich ging voraus, winkte ihm von oben zu und verschwand hinter einer hohen weißen Tür mit messingglänzendem Türgriff. Warum er's eilig hatte, das hätte Eugen gern gewußt, obwohl er dann auch froh war, mit niemand reden zu müssen. Und er suchte sich ein Plätzchen, was schwierig war, weil hier in der Akademie schon viele Sitze mit Handtaschen, Handschuhen oder einem Schirm belegt waren.
Heinrich setzte sich links außen hin, nicht weit vom Gang, wo er sich ungehindert beiseite drücken konnte, wenn ihm danach zumute war.
Ein kleines Podium hatte hinten einen weißen Faltenvorhang. Mit eckigen Bewegungen schob sich dort ein junger Mann in grauen Pluderhosen durch den Vorhangschlitz und stand nun da, das Puppengesicht weiß geschminkt. Darin zwei dunkle Augen, unbeweglich, während der Leib sich wie mechanisch nach rechts und links drehte, als hinge er an unsichtbaren Fäden. Die Finger schienen verkrüppelt zu sein, auch sie durften sich nicht bewegen. Ein Wesen, hereingeschoben von anderswo, so wirkte dieser junge Mensch. Er hielt sich an einem Luftballon, den man nicht sah, wurde vom Wind gedreht, ein Schwereloser, obwohl er am Boden blieb und schließlich als Mensch auf die Bretter plumpste, artig seine Kappe zog und sich verneigte.
Dies war wohl als stummer Prolog zum sechzigsten Geburtstag von Herrn Doktor Weingarts gedacht. Dann redete der Präsident, dem Doktor Weingarts als Generalsekretär zur Hand gegangen war. Blond und hochgewachsen stand er da und sagte, er sei sich dabei wie ein Tourist vorgekommen, der auf Deck im Liegestuhl liegt und sagt: »Kurs in dieser Richtung«. Doch einmal sei Herr Weingarts vor ihm aufgetaucht und habe gemeldet: »Herr Kapitän, die Mannschaft erwartet ge-

faßt den Untergang.« Es war aber nicht so schlimm gekommen.
Dann setzte sich eine ältere Dame frischen Gesichts ans zierliche Tischchen auf dem Podium. Sie las zwei fingierte Schulaufsätze über den neuen ›Schulmeister‹ vor, den sie vor zehn Jahren bekommen hatten; damit war Weingarts gemeint. Die Damen des Akademiesekretariats traten darin als Mädchenklasse in Erscheinung. Dann wandte sie sich ihren eigenen Erinnerungen zu und zitierte Weingarts grimmig humorige Aussprüche, die eine schwarze Phantasie verrieten. Aus seinen sarkastischen Worten wurde Weingarts heraufbeschworen, und Eugen hätte gerne alles aufgeschrieben, doch meinte er, dies passe sich jetzt nicht. Weingarts sagte hernach zu der Dame: »Sie haben mich entlarvt.«

Ob sie verliebt in Herrn Weingarts gewesen war? Vielleicht, aber sie mußte enttäuscht worden sein oder andere Gelegenheiten wahrgenommen haben. Und Eugen überließ das Ganze den Erinnerungen der älteren Dame, die mit allem, was sie erzählte, ein Bild des Herrn Weingarts entworfen hatte, das wahrhaftig zu sein schien. Und als Eugen sie fragte, wie's ihr gelungen sei, derart präzis zu schreiben – »haben Sie sich Notizen gemacht?« –, antwortete sie, jawohl, sie habe Weingarts Aussprüche aufgeschrieben.
Also mußte sie an ihn attachiert gewesen sein; denn vieles, was sie berichtet hatte, lag acht Jahre zurück, und wenn sie damals schon die Ohren gespitzt und mit allen Nerven- und Empfindungsmöglichkeiten seine Aussprüche aufgenommen hatte, dürfte er ihr mindestens nicht gleichgültig gewesen sein.
Und warum paßt du selber immer so scharf auf, damit dir von einem Gespräch nicht nur die Wörter, sondern auch

der Tonfall in Erinnerung bleiben? Wahrscheinlich nur aus Angst und weil du fürchtest, der andere könne hinterrücks und insgeheim einen Pfeil gegen dich abschießen, dem du ausweichen mußt. Dabei bist du keineswegs angespannt und besonders wach, eher halb abwesend; denn alles, was du hörst und siehst, nimmst du nahezu schläfrig auf und mit einem Gefühl, als würdest du belästigt. Im Nachhinein, wenn du in deiner Stube sitzt und schreibst, wird es dir deutlich, und du wunderst dich über dein Gedächtnis, das vieles aufbewahrt und es dir zeigt, wenn du zu ihm hinuntersteigst.

So auch nach der Einladung zu Urbans Mutter, die drüben in Bogenhausen nicht weit von Thomas Manns Villa den ersten Stock eines neuen Hauses für anderthalb Millionen gekauft hatte.

Urbans neuer und breiter Wagen brachte Eugen und Hanne hinüber in das stille Nobelviertel. Dort sollte die Wohnung eingeweiht werden mit einer Party.

In einer engen Straße wurde das Haus neben der Gartentür von zwei Laternen im altertümlichen Stil erleuchtet. Das Vestibül war mit Marmor ausgelegt. Ein großer Stern in Weiß und Grau spiegelte das Licht der Deckenlampen und die beigefarbene Wandverkleidung wider. Eine Treppe, belegt mit dickem grünem Teppich, führte in die Höhe, und oben öffnete sich der Gang vor der Zimmerflucht.

Urbans Mutter begrüßte Eugen und Hanne. Sie trug eine helle Jacke mit gebauschten Ärmeln, der Stoff bunt gefleckt. Sie bewegte sich rasch, reckte ihre resoluten Schultern.

Schon waren viele Gäste da, die Damen alle schwarz gekleidet. Eine Fürstin, hochgewachsen und mit Doppelnamen, die Eugen bei Urban schon des öfteren gesehen hatte, kam ihm runzelig geworden vor. Eine

Unbekannte aber war auffällig, allerdings nur ihres glatten (wohl gerafften) und schönen Gesichtes sowie ihres nackten Rückens wegen, den sie durch ein Spinnennetz aus Glasperlen schimmern ließ. Die Glasperlen glitzerten wie kalte Feuerchen, die vorne in einem reichen Gehänge, einer Art Nofretete-Schmuck, herunterhingen, wie Hanne Eugen zuflüsterte.
Es war ein Perlenkollier, durchsetzt mit Diamanten. Etwas wie ein Halbmond, ebenfalls blaufeuerig blitzend und dick, hing daran; zudem ein Schmuckstück schräg im Perlenkollier. Eine Art Balken und durchsetzt mit rötlich, bläulich und weiß strahlendem Glitzergestein, das sich überm Schloß noch einmal verdickte, dichter wurde.
Eugen sagte zu der Dame: »Dieses Haus hier ist erstaunlich. Wie es außen aussieht, weiß ich nicht mehr genau. Ich hab' auch keine Ahnung, ob es alt oder neu ist.« – »Herr von Stengel hat es so gemacht, daß es neben alten Häusern nicht auffällt«, sagte die Dame, und Eugen erwiderte, daß ihm auch des Architekten Stengel Hertie-Kaufhaus in Würzburg gefalle. »Die Experten verachten es, weil sich's ins Stadtbild einfügt. Eine Kirche in Weißenburg, einen dunklen Rundbau, die hat er auch gemacht. Wahrscheinlich ist die nicht ganz so gut wie das Kaufhaus, kann sich aber trotzdem sehen lassen«, fügte Eugen hinzu.
Eine junge Dame kam dazu. Ihr Gesicht erschien in schöner Leere, hatte aber ein überraschend hervorhuschendes Lächeln. Sie trug schulterlanges, hellblondes Haar wie ihre Mama.
»Das ist die Gabi«, sagte Urban. »Sie sieht zwar aus, als wär nichts hinter ihr, aber sie ist Pianistin. Und studiert im fünften Semester Jura.«
Das Mädchen hörte zu und lächelte. Sie setzte sich ne-

ben Eugen und sagte, von ihrer Mutter wisse sie, daß seine Frau mit dem Ministerpräsidenten in die Schule gegangen sei. – »Wie ist's denn gewesen, damals, als Sie sich kennenlernten?« Die Dame wollte alles genau wissen, weshalb Eugen berichtete, zu jener Zeit, dort hinten im ›Dritten Reich‹, sei seine Frau als Halbjüdin gefährdet gewesen und gegen Kriegsende zur Zwangsarbeit eingezogen worden. Und er fügte hinzu: »Für mich schauen Sie bewundernswert aus.« Es verwunderte ihn, daß er sich zu solch einem Wort aufschwang, wahrscheinlich um die Schöne abzulenken.
Sie sagte: »Wenn man so etwas wie Sie beide erlebt hat, das verbindet.« Es hörte sich ungelenk an, tastend und vorsichtig, wahrscheinlich, weil sie sich nicht nähertraute und deshalb lieber im Abstand blieb. Und sie erzählte, daß sie im Internat Salem erzogen worden sei, wo Gabriele Wohmann ihre Geschichte »Paulinchen war allein zu Haus« bei einer Dichterlesung zum Besten gegeben habe. – »Kennen Sie die?« fragte sie Eugen, und dieser konnte es bejahen, war er doch einmal seiner Kollegin in Darmstadt begegnet, als sie mit ihrem Mann zusammen leere Wein- und Whiskyflaschen ins Auto verladen hatte. Bei einem munteren Kollegenpaar waren sie Frau Wohmann auch begegnet. Von denen hatte Engelbrecht, ein rühriger Publizist, der auch als Lektor tätig war, im Walde zu Eugen gesagt: »Das Besondere, das du in deinen surrealen Geschichten gehabt hast, blitzt bei dir jetzt nur noch selten auf. Es ist wie weggewischt.« Und Eugen tat, als ob er ihm recht gäbe, obwohl er bereute, Hannes Rat gefolgt zu sein und den Engelbrechts das Du angeboten zu haben. Freilich, Hanne hatte später gesagt, in unseren Tagen sei es doch gleichgültig, ob man einander duze oder sieze. Und also blieb alles beim alten bei diesen Vieren aus der Literatenbranche.

Eugen konnte zufrieden sein, wie alles sich abwickelte, der Empfang hier bei Urbans Mutter, die herzhaft plauderte und manchmal zu Eugen hinüberblinzelte. Beispielsweise, als sie gesagt hatte: »Hier setze ich mich manchmal auf den Teppich, breite meinen Schmuck aus und wühle in meinem Besitz.« Sie trug eine dicke Goldkette um den Hals und feine Gelenkarmbänder, alles abgestimmt mit ihrer Bluse und der Kostümjacke. Dazu ihr sorgfältig geglättetes Gesicht, frisch durchblutet, doch wohl auch geliftet vom Schönheitschirurgen. Aber das sollst du nicht sehen, dachte er und schaute auf die Seite. Dann fragte eine Frau mit großer Nase, die ihm gegenüber saß und Sängerin sein sollte, ob er heuer beim Neujahrsempfang dabeigewesen sei ... Eugen konnte es bejahen. Vielleicht wollte sie herausbekommen, ob ihr Gegenüber so prominent war, daß er zu einer derart offiziellen Feierlichkeit eingeladen wurde; doch fügte sie hinzu: »Dort hab' ich Sie gesehen.«
Eitelkeitsgeglitzer also, wie es sich geziemte. Und Eugen war's sympathisch, daß ihn die Dame fragte, wie spät es sei. Aber er hatte wie sie keine Uhr dabei, und das freute die Dame. – »Bloß, wenn es sein muß, nehme ich sie mit«, fügte er hinzu, und sie bestätigte: »Ich auch.«
Gräfin Wallburg oder ähnlich (er verstand den Namen nicht) setzte sich neben Eugen auf das Sofa und sagte, zwar sei sie Expertin, wisse aber trotzdem nicht, ob der Schmuck der Dame mit dem Spinnennetz auf dem nackten Rücken echt sei. Auch seien Spinnen nicht gerade ihre liebsten Tiere. – »Solch einen Schmuck würde ich nie anlegen«, ließ sie Eugen wissen und fügte hinzu: »Sie doch auch nicht?«
Sie lachte und lehnte sich an ihn, und es verwunderte ihn, daß er so leichthin mit ihr reden konnte. – »Die hat ja einen ungeheuer dicken Ring«, sagte er zur Gräfin

und meinte wiederum die Dame mit dem glitzernden Rücken-Spinnennetz. – »Ja, ungeheuer«, bestätigte die Gräfin. – »Das Spinnennetz verführt einen dazu, zu sagen: ›Ich möchte hinter Ihr Netz kommen.‹« – »Das könnten Sie in diesem Rahmen hier wahrscheinlich kaum verwirklichen«, erwiderte die Gräfin und fuhr fort, wahrscheinlich sei es dann auch schwierig, in die Tiefe zu kommen. Eugen antwortete mit ernster Miene: »Ja...« wobei ihm das Zweideutige ihrer Bemerkung erst im Nachhinein klar wurde, hatte er doch beim Wort ›Tiefe‹ an Seelisches, nicht aber an etwas gedacht, was körperlich zu greifen war.

Wie bist du wieder mal naiv gewesen, dachte er und ließ sich am kalten Büfett von einem hübschen Mädchen »alles, was zusammenpaßt«, auf den Teller legen (sie gab ihm Lachs und einen halben Hummer), Urban stellte ihm Blacky vor, alias Joachim Fuchsberger vom Fernsehen. Der sagte zu ihm: »Herr Rapp, ich lese beständig Ihre Bücher«, was Eugen zweifelhaft erschien, doch nahm er's hin. – »So?!« erwiderte er und flocht im Tonfall Herrn Fuchsbergers, der ein zierlicher und weltgewandter Mann war, gewissermaßen lässig ein, er habe sein Interview mit Uschi Glas, dieser charmanten Schauspielerin, gesehen: »Es gefiel mir.« – »Also schauen Sie auch manchmal in die Glotze. Haben Sie eigentlich eine?« fragte Blacky, und Eugen gestand: »Nein. Aber im Bayerischen Wald, wo wir immer Urlaub machen, muß man's tun.« – »Das habe ich mir gleich gedacht, daß Sie keinen Fernseher haben... Und wenn ich Ihre Bücher lese, dann ist das eine Arbeit. Sie aber sitzen bequem vor dem Bildschirm und schauen mir zu.«

Eugen lachte. Fuchsberger hatte die blaue Rosette des Bayerischen Verdienstordens am Revers und verab-

schiedete sich: »Herr Rapp, wir sehen uns wieder, um Komplimente auszutauschen«, ein Wort, das Eugen erfrischte. Und er sagte zu sich selber: Eigentlich hättest du ihm sagen sollen, daß einer seiner Namensvettern in zweien deiner Bücher auftritt: in *Der Kutscher und der Wappenmaler* und in *Dame und Scharfrichter*.
Blacky saß jetzt drüben am runden Tisch unter lauter Klassefrauen, die hochgewachsene und strahlend stabile Männer bei sich hatten, Manager ihres Zeichens, die prächtig gesund lachten. Einer trug eine weinrote, mit Blümchen gezierte Weste.
Durchs rosa getönte Gastzimmer, wo jüngere Gäste beieinandersaßen, ging Eugen aufs Klo und wurde, als er zurückging, von Urban angerufen: »Komm, setz dich ein bißchen zu uns!« Im Schlafzimmer setzte er sich auf eine gelbe Steppdecke und machte Eugen Platz. Das Bett war enorm weich und gab tief nach. Ein großer dicker Kerl mit rundem Kopf und umflortem Blick hielt ein Bierglas in die Höhe und sagte zu Eugen, er sehe großartig aus... »Du bist ein prima Kerl!« Und er griff ihm an die Schulter, streckte ihm die Faust entgegen, aus der sein Daumen ragte. Eugen nahm es als Zeichen der Freundlichkeit.
Der Mann hatte eine Dame bei sich, die kein Wort sagte und zu der er Englisch sprach. Der Dickkopf war Urbans Vetter, fünfundzwanzig Jahre jung.
Die Dame mit dem Glitzerspinnennetz auf dem nackten Rücken tauchte wieder auf und fragte Eugen, ob sie Herrn von Stengel, den Architekten, von ihm grüßen und dem Ministerpräsidenten sagen dürfe, daß sie seine Frau und ihn bei Urbans Mutter getroffen habe. – »Ja, natürlich«, erwiderte Eugen. Die Sängerin in roter Jacke zog die Augenbrauen hoch und fügte lachend: »Aha, Politik...« hinzu. Eugen wiegte seine Hand balancie-

rend hin und her, um das Penible, Unsichere, Schwankende dieser Sache deutlich zu machen. Später, als Eugen und Hanne in Mänteln vor dem Hause standen, war die Straße von einem Auto versperrt, das die Straßenmitte einnahm. – »Ich bestelle ein Taxi«, sagte Urban, und Hanne fragte nach der schönen Blonden mit dem glitzernden Spinnennetz auf nacktem Rücken. Die habe einen Staranwalt geehelicht und sich von ihm scheiden lassen: »Die war gefällig gegenüber vielen Herren.« Worauf Hanne erzählte, die Tochter der Dame mit dem Spinnennetz im Rücken sei mit dem Sohn des Ministerpräsidenten befreundet gewesen. – »Das ist sie immer noch, nur nicht mit Liebe«, hatte die glitzernde Frau hinzugefügt.
Dann Heimfahrt in Urbans Taxi, wo Urban sagte, Eugen sei ein weltoffener Mensch. Das tat ihm wohl, aber er dachte auch, er habe seine ›Weltoffenheit‹ inzwischen nur spielen gelernt, im Grunde sei er immer noch in sich verkapselt. Ein bißchen freilich habe er dazugelernt, oder war's mehr? Nun ja, du wirst emporgehoben von der Zustimmung derer, die dich gelten lassen.

Sie kamen nach Hause, und Hanne sagte: »Froh bin ich, daß ich wieder da bin.« Eugen nickte, legte seine Hand auf das geschwungene Geländer und ging an Bildern vorbei, die sein Vater gemalt hatte. Seitdem war viel Zeit vergangen, 1910 war es gewesen, als der Vater nach Italien gewandert war. Zeichnungen, mit Temperafarben getönt, waren davon zurückgeblieben und konnten sich sehen lassen. Innsbrucks Dachgewinkel zeigte sich, wie es vor dem Fenster seines Gasthofzimmers ausgebreitet gewesen war. Die Bilder hatten einen Hauch von Jugendstil, also etwas Mondänes, denn damals gehörte so etwas dazu. Und sein Freund Hugo Frank, der ihn in

dünnem Sommerhabit mit feinen Schuhen nach Italien begleitet hatte, dem war's gelungen, in seinen Zeichnungen dieses Elegante fast zu kultivieren.
Und du, der Sohn eines kräftigen Vaters, dessen Wahlspruch »Immer positiv!« gelautet hatte, bist ein Vorsichtiger, Zweiflerischer... Er hörte seinen Vater reden, wußte, daß der ehrgeizig gewesen war. Nach dem Mittagessen hatte er jeden Tag in seinem Lederklubsessel geschlafen, die Mutter war derweilen auf dem Sofa eingeschlummert.
Bei Hall in Tirol hatten sie auf der Italienreise übernachtet... Aber Schluß, ins Bett jetzt, über siebzig Jahre später. Und dein Vater ist schon dreißig Jahre tot. Und du bist anders als dein Vater. Dabei erinnerte er sich eines Kollegen aus dem Badischen, der zu ihm gesagt hatte: »Du mit deiner modischen Kontaktschwäche.«
Stimmte dies? Eventuell. Jedenfalls erscheinst du so deinem Kollegen aus dem Badischen... Und Eugen wünschte Hanne eine gute Nacht.

Eine Studentin aus Frankfurt war angemeldet, und ein Apfelkuchen, von Hanne ihretwegen gebacken, stand auf dem Tisch. Die Studentin war hochschwanger. Sie strahlte, als sie den Kuchen sah, und sagte, während sie sich auf das Sofa zwängte: »Ob ich noch dahinter passe mit meinem dicken Bauch?«
Sie machte ihre Zulassungsarbeit fürs Examen über Eugens Bücher, war klein und »im siebten Monat«. Ihr Mann hatte als Biologe an der Universität eine Assistentenstelle und stammte aus Hamburg. Jetzt machte er eine Radfahrt durch Italien und rief täglich bei ihr an. – »Wir haben vor vierzehn Tagen dann auch geheiratet«, fügte sie hinzu.
Man aß und trank. Eugen hatte das Gefühl, als könne ihr

Kind jederzeit zur Welt kommen, jetzt zum Beispiel, während sie ein großes Schreibbuch mit roten Ecken vor sich hatte und erzählte, sie sei am Ostermarsch dabeigewesen. Auch eine Siebzigjährige habe mitgemacht und sich gefragt, warum sonst niemand aus ihrer Generation mitmache.

»Die Dame ist bewundernswert, aber Frieden schaffen ohne Waffen, das geht nicht«, antwortete Eugen und fügte hinzu, die Furcht sei wichtig: »Nur wer Angst hat, hält sich friedlich. Ohne Bedrohung ist der Mensch bösartig. Deshalb gilt immer noch: ›Si vis pacem, para bellum‹.«

Scheppernd lachte sie und rief: »Ich kann doch kein Lateinisch!« – weshalb ihr Eugen den Spruch übersetzte.

Also eine Idealistin... Und Eugen hörte ihr zu, als sie ihm erklärte, nach welchen Gesichtspunkten sie die Motive in seinen Arbeiten untersuchen wollte, doch kam er nicht ganz mit, wahrscheinlich weil die Sache ihn nicht interessierte. Oder war er bloß abwesend? Jedenfalls fragte sie, warum die Frauen in seinen Büchern sich alle umbrächten (aber ›alle‹ stimmte nicht). Freilich, es gab unter ihnen manche, die empfindsamer, schwieriger als die Männer waren, auch gefährdeter. Die waren zu gut für die Welt (mehr sagst du nicht). Und was den Kutscher Kandel anging, so hatte sie das Buch, in dem er vorkam, traurig gestimmt. – »Der einsame Tod des Mannes... und daß er so allein ist«, sagte sie.

Zwei Monate später schickte sie eine Photographie, auf der sie ein Baby hochhielt, und schrieb dazu, sie wolle Eugen ihren Sohn vorstellen. Das freute ihn, obwohl er dachte, sie hätte auch des Apfelkuchens dankbar gedenken sollen, den ihr Hanne gespendet hatte. Und er erinnerte sich an andere Damen, die, ihrer Zulassungsarbeit wegen, sich ihm genähert hatten. Von denen hatte eine, die Roswitha hieß, über eine Stunde lang mit ihm telephoniert. Und eine andere, die hatte angefragt, wo das Gedicht von Hölderlin zu finden sei, das er in seiner Erzählung, in der auch Mörike auftauchte, zitiert habe. Wobei er in Verlegenheit geriet, weil er dieses Gedicht selbst gemacht hatte.

Ja, die Poeten waren Schwindler und legten, was sie schrieben, auf Täuschung an. Und weil dir diese Täuschung geglückt ist, freust du dich. Du mußt also gewissermaßen etwas können, denn sonst hätte diese studierte Dame deine Arbeit nicht für einen echten Hölderlin gehalten. Halt ein Kunststück, au net schlecht.

Ob er, wenn er eingebildet gewesen wäre, mehr Erfolg gehabt hätte? »Du mußt die Menschen verblüffen«, hatte vor langer Zeit Jakob Stern zu ihm gesagt, der in Paris an der École Normale Professor für Deutsch gewesen war und Gedichte gemacht hatte, die berühmt geworden waren. Und Stephan Koval hatte ihn wissen lassen: »Wie du über dich selber denkst, so denken auch die Leute über dich.« Weshalb er sich seitdem darum bemühte, sich selbst höher einzuschätzen, doch fruchtete dies wenig.

Mach so weiter wie bisher... sagte er zu sich und kam sich wie einer vor, der vergessene Ruinen und alte Häuser sorgfältig restaurierte, sich freute, wenn es ihm gelungen war, etwas zu schreiben, das an etwas zu erinnern schien, das zuvor gegolten hatte, aber mit modernen Mitteln aufgebaut worden war, nur auf Papier in Handschrift. Wer's las, spürte einen Hauch wie in einem gerade verputzten Haus, wo es nach frischer Farbe roch, Treppen und Türen wieder weiß geworden waren und Messingklinken glänzten.

Ob dies alles mit Selbstbespiegelung zu tun hatte? Vielleicht. Doch Eugen kam's beim Schreiben nicht darauf an. Er wollte an allem Erfahrenen das erkennen, was für die Zeit, in der er lebte, charakteristisch war. Und beim Lesen sollten möglichst viele denken: so hast du's auch erlebt...

Er meinte, das sei kein zu hoch gestecktes Ziel. Vielleicht tausend Meter hoch, aber so hoch war der Bayerische Wald auch, in dem er herumgestiefelt war. Wenn er dort oben weilte, wurde sein Kopf klar.

Dann wieder im flachen Land, jetzt zum Beispiel in Frankfurt, wo sein Verleger, dieser Mann mit breiten Schultern und kräftigen Händen, zum Ehrendoktor der Johann Wolfgang Goethe-Universität gekürt wurde und ein junger Mann zu Eugen trat und sagte, er erinnere ihn an Hermann Hesse. – »Ach so«, antwortete Eugen und ging weiter. Dabei kam's ihm in den Sinn, er hätte zu ihm sagen sollen: »Ich glaube trotzdem nicht, daß ich den Nobelpreis bekommen werde.«

Dann kam im dämmerigen Gang vor der Garderobe einer auf ihn zu, dessen Gedichte ihm ihrer biegsamen Härte wegen Eindruck machten. Auch die heutige Jugendsprache, den Jargon, konnte der Mann einschmelzen in seine Verse. Sein Gesicht war empfindlich bewegt, und er ging vorsichtig. Er breitet die Arme aus und rief: »Siegfried Rapp!« Dann entschuldigte er sich, daß er den Eugen mit dem Siegfried verwechselt hatte: »Ich habe an das gedacht, was Reich-Ranicki bei der Preisverleihung in Lübeck über Siegfried Rapp gesagt hat. Das ist erst gestern in der Zeitung gestanden.« Und er tippte sich an die Schläfe.

Später, und dies geschah in Heidelberg, begrüßte Eugen der Kollege mit dem munteren Lächeln, der nur französische Bücher las: »Sie haben einen Preis bekommen.

Oder war's der andere? Nicht wahr, es war der andere«, worauf Eugen seine Vermutung bestätigte. – »Darauf werden Sie oft angesprochen?« fügte der Herr hinzu, der sich als Villenkind zu bezeichnen pflegte, was erstaunlich war, weil heutzutage doch so gut wie alle Schreibenden am liebsten proletarischer Herkunft gewesen wären, auch wenn ihr Vater Arzt oder Fabrikbesitzer war. Und Eugen erwiderte. »Ja... Ich pflege zu antworten: Der Siegfried kann doch nichts dafür, daß er so heißt wie ich. Er verdient auch viel mehr Geld.« Und er erzählte, wie er damals Buchkritiken für den Funk geschrieben hatte. Dabei war ihm ein Band von Siegfried Rapp vorgelegt worden, und der junge Rundfunkmann hatte gelächelt, wahrscheinlich weil er dachte: den verreißt er jetzt... »Dabei hatte ich doch keinen Grund, dieses Buch negativ zu charakterisieren.«

Er stand spät auf, was ihm nicht recht war. Vielleicht wäre es möglich, dies zu ändern, doch hätte er dafür ein willensstarker Mensch sein müssen, und als ein solcher fühlte er sich nicht. Und ob es sich lohnte, das war auch nicht sicher; denn lohnen tat sich eine solche Charakteränderung nur, wenn ihm danach mehr eingefallen wäre als zuvor, da er sich ausgeschlafen hatte.
Ausschlafen war für Nachdenken und Heraufholen von Vergangenem aus der Erinnerung zweifellos günstiger. Weshalb er alles weiterhin beim Alten und Gewohnten ließ. Jetzt pressiert's dir ebensowenig wie früher, sagte er zu sich selbst, war aber trotzdem nicht mit sich zufrieden, weil sein Schreibtisch mit Briefschaften, Büchern und Photokopien belegt war, aus denen zwei kleine Leuchter neben dem Fayence-Schreibzeug von 1837 wie Leuchttürmchen aus Papierwellen emporragten.
Also ordne alles, räume Briefe und Notizen weg...

Aber das war höchst riskant. Jetzt in der Unordnung, wußte er, wo das lag, was er brauchte und welche Briefe er noch beantworten mußte. Aber falls der Papierwust geordnet gewesen wäre, hätte er alles wieder neu durchwühlen und das frühere Chaos wiederherstellen müssen, um zu finden, was er suchte.

Eine Zwickmühle der Widrigkeiten also. Und er überlegte, wie es ihm zumut gewesen wäre, wenn Hanne von einem Tag zum andern alle Türen im Haus sorgfältig geschlossen hätte, statt sie offen zu lassen, wie sie es gewohnt war. Dann wärest du wahrscheinlich irritiert gewesen, weil du gedacht hättest: jetzt ist sie nicht mehr unbefangen wie zuvor. Bist du allein im Haus und sind alle Türen geschlossen, dann machst du sowieso immer die Türen auf, die sie offen zu lassen pflegt, oder lehnst die an, die sie angelehnt haben möchte.

All dies gehörte zu den Riten des Zusammenlebens wie die Sorge, ob sie als Fußgängerin die Regeln des Verkehrs beachtete und nur bei grünem Ampellicht über die Straße ging. Und wenn er vom Spaziergang im Englischen Garten zurückkehrte und die Gartenpforte angelehnt fand, dann atmete er auf und sagte zu sich selber: Wunderbar. Sie ist schon da.

Man war ja jetzt, was den Körper anging, nicht mehr so gut beieinander wie in früherer Zeit; übrigens für einen über Siebzigjährigen auch nicht verwunderlich. Und deshalb konnte es vorkommen, daß man den Föhn spürte und, des Herzens wegen, mühsam ging. Früher hat dir der Föhn nichts ausgemacht, aber jetzt merkst du, daß er sich dir an die Füße hängt. Obwohl der Föhn nicht daran schuld sein mußte, weil es vorkommen konnte, daß Eugen auch bei klarem Wetter ... Undsoweiter.

Schluß mit Krankengeschichten. Dir nichts anmerken lassen. Aber eine brüchige Figur bist du im Lauf der

Jahrzehnte jedenfalls geworden; zumindest, was den Leib betrifft... Und er kam, als es stürmisch und hell wurde, im Föhnwind – und gegen ihn mußte er sich stemmen – aus dem U-Bahnschacht heraus. Das Licht blendete. Einer spielte auf der Ziehharmonika eine Melodie, die sich an die Frühlingsluft anschmiegte. Eugen meinte, sie früher gehört zu haben, weit dort hinten in der Jugend. Und es kam auch wieder aus dem Gedächtnis heraus: »Schenkt man sich Rosen in Tirol! Wer weiß, was das bedeuten soll...« Lauter sich dehnende Klänge. Auf dem Trottoir lag ein Mädchen, schwarz gekleidet, in Strumpfhose und Pullover. Wohlig wälzte sie sich, streckte die Arme aus. Schwierig war's, ihr nicht auf die gespreizten Finger zu treten. Ein junger Mann lag neben ihr, seine Stiefel als Kopfkissen im Nacken, während ein dritter auf dem Randstein saß und sich an einen Laternenpfahl anlehnte. Warme Luft, Ziehharmonikaklänge und blendendes Licht machten die jungen Menschen nachgiebig gegenüber der Musik. Auf die wirkte das Einschmeichelnde, obwohl sie sich auch von Rockmusik anschreien ließen, die sie angriffslustig machte. Aber vielleicht wollten sie nur die braven Bürger ärgern, die ihnen ausweichen mußten.
Die Uhrenzeiger an den Kirchtürmen glänzten wie die Zifferblätter neben grünlich oxydiertem Kupfer.
In der Residenz stieg Eugen die breite Treppe aufwärts, auf der es sich, des dicken Läufers wegen, angenehm ging. Da hörte er eine Stimme hinter sich: »Wie ein König...« Es war der Präsident. Und Eugen lachte und fügte hinzu, er gehe doch nur langsam, seiner Herzgeschichte wegen.
Allerdings, die Treppenstufen waren für einen König gebaut, und auf denen ging es sich gelassen, denn hier schritt jeder feierlich nach Art des Königs.

Das Privatkabinett des Königs war im zweiten Stock, und dort saßen die Herren der Literaturabteilung am ovalen Tisch. Der Chef, in blausamtener Jacke mit offenem Hemdkragen, der immer noch als junger Mann erschien, sagte, was notwendig war, und das gefiel dem Eugen. Ihm gegenüber saß ein Herr, der früher korrekt gekleidet bei den Sitzungen erschienen war, jetzt aber ein rotes Hemd zur schwarzen Lederjacke trug. Der las eine Geschichte vor, in der Hermes nach zweitausend Jahren, die er angeschmiedet hatte verbringen müssen, hier bei uns im Westen auftauchte und eine Frau fand, die er zu gewinnen trachtete, eine Nymphe, wie Eugen meinte. Und weil des Hermes Mutter ebenfalls als Nymphe gelebt hatte, wurde die Geschichte kompliziert, als Hermes, dem Flügel an den Füßen und am Kopf gewachsen waren, den Göttern begegnete (solchen mit Flügeln auf dem Rücken). Das war eine neue Idee, und was sich draus ergab im Wirtschafts-Zeitalter, darauf machte der Kollege jedermann am Tisch neugierig. Doch er ließ die Sache in der Schwebe, sagte, das Buch solle im Herbst erscheinen, nur habe er es noch nicht abgeschlossen. Kühner Mann, sagte Eugen zu sich selber, weil er so was noch nie gemacht hatte: Vorlesen aus etwas Unfertigem. Der aber traute es sich zu, und deshalb staunte Eugen, glaubte auch, sich zu erinnern, Hermes sei der Gott der Diebe und der Dichter; sicher war er sich allerdings nicht. Und er nahm sich vor, in seiner Dachstube das mythologische Lexikon hervorzuholen (es lag auf dem Nachttischchen).

Ja, dem gewandten Hermes galt es nachzueifern, falls man ein rühriger Geselle war, ein geschäftiger. Ob dieser Hermes einen wie den Eugen hätte leiden mögen? Unwahrscheinlich... Und Eugen hörte hernach einem Kollegen zu, der Nietzsche in und auswendig kannte, während er selbst sich eingestehen mußte, daß er sich um diesen Unerbittlichen bis heute nicht gekümmert hatte. Und sie redeten über Thomas Mann, dessen Manuskript seines Romans *Lotte in Weimar* Eugen angesehen hatte, als er in der Schweiz gewesen war. Auf Briefbögen mit seiner Münchener Adresse war es einseitig beschrieben, fast ohne Korrekturen. Auch das siebente Kapitel, das aus Goethe-Zitaten zusammengefügt sein sollte, sah aus, als wäre es unter Diktat geschrieben. Und der Kollege pries den *Zauberberg* als sein großartigstes Werk und sagte über Fontanes Handschrift, das sei die schwungvollste und schönste, die es von deutschen Dichtern gebe. Wobei sich Eugen daran erinnerte, daß die Handschrift dieses Kollegen, mit dem er sprach, ebenfalls schwungvoll und großzügig war wie die Fontanes.

Erinnerungen an Manuskripte... Im beginnenden Frühling ein wenig abseitig... Und während der Nietzsche-Kenner seine Nase reckte, dachte Eugen an grünende Büsche, die er beim Kleinhesseloher See gesehen hatte, zusammen mit Erpeln, deren Federn wie frisch gewichst glänzten. Oder Weidenbüsche, die im kahlen Astwerk der noch unerweckten hohen Bäume gelbliche Äste wie ein leichtes Gewand wehen ließen.

Es blies der Föhn. Eugen schaute auf das Wasser, das noch grau war. Das Graue gehörte dazu als Widerpart und Gegenfarbe der Helligkeit; auch war der Frühling noch nicht weit gediehen, und drum hatte das Wasser einen stumpfen Schein. Was auch zu Eugens Innenleben paßte, zumindest jetzt, da er wieder einmal an Stuttgart dachte und ihm einfiel, wie sein Vater mit der Pinzette Briefmarken aus dem alten Album herauslöste, das er

ihm seinerzeit in Künzelsau geschenkt hatte. Eine Widmung hatte er damals aufs Titelblatt geschrieben, und Eugen hatte als Bub immer wieder ein paar Marken, die er vom Vater geschenkt bekommen hatte, ins Album gesteckt, die jetzt der Vater wieder herausnahm, um sie einem anderen Album einzuverleiben, das er seiner Enkelin Franziska schenken wollte. Hätte Eugen dies verhindern, hätte er Einspruch erheben sollen, weil die Briefmarken ihm gehörten? Eventuell. Aber der wohnte ja bei seinen Eltern und wollte seine Ruhe haben (du streitest dich mit ihnen nicht herum). Du spielst, wie sie erwarten, weiterhin den gehorsamen Sohn. Das ist die Rolle, zu der du verpflichtet bist.
So hatte er damals gedacht, und es war nicht mal schlecht gewesen. Um des Hausfriedens willen hast du manches eingesteckt, das andere sich nie hätten gefallen lassen...
Und er erinnerte sich an eine Stelle in einem seiner Bücher. Darin hast du beschrieben, wie du mit deinem Vater in der »Restauration Zur Kiste« sitzt, obwohl du niemals mit ihm dort gewesen bist. Und gesprochen über deine Arbeit hast du nie mit ihm. Das ist alles erfunden, und du hast es nur geschrieben, um mit deinem Vater nachträglich ins Reine zu kommen, als konziliante Geste sozusagen. In Wirklichkeit warst du mit ihm im Trüben...
Und Eugen schaute weiterhin aufs graue Wasser, kehrte um und ging über die Brücke, dann unter hohen Platanen und Buchen, bis er zum Erfrischungshäuschen kam, wo er hoch oben über einer einzeln dastehenden Pappel eine Fledermaus im Lichte taumeln sah.

Zu Hause war Hanne, aus der Stadt zurückgekommen. Nun erzählte sie, was ihr begegnet war. Und weil sie – übrigens wie Eugen – gern durch abseitige Viertel ging, hatte sie diesmal nachgeschaut, wieviele von den alten

Häuslein dort hinten noch standen, nicht weit von der Isar, wo der Eisbach vorbeifloß und früher hundertfünfzig Mühlen getrieben hatte. Wahrscheinlich keine mehr, dachte Eugen und sah ein hohes und breites Blechdach vor sich, das er vor langer Zeit dort hinten entdeckt hatte, fragte aber Hanne nicht danach. Auch an enge Treppen zum Eingang eines niederen und wie geduckt dastehenden Hauses meinte er sich zu erinnern. Davon mußte dort hinten und dort unten in völliger Stille (»also, du hörst nichts, überhaupt nichts, als wärest du in eine andere Zeit gekommen«) dies und das übrig sein; denn Hanne sagte: »Es war natürlich heute auch ein klarer Föhntag und schön warm. Da kommt dir alles, was du siehst, als etwas Besonderes vor, jede Kleinigkeit. Ein hellblaues Kinderdreirad stand mitten auf der Gasse. Das fiel mir auf, kam mir als etwas Besonderes vor. Oder daß in einem Henkelkorb ein frisches Pfund Butter, in Silberpapier eingepackt, neben einem Brotlaib unter Äpfeln lag; die hatten eine glatte Haut. Und ein Opa mit roten Backen kehrte das Trottoir. Aber das sah ich, weil ich heute gut gegangen bin und es mir nicht pressiert hat.«

Nahe stieg das Isarufer mit seiner Hochstraße auf, und die war sicherlich uralt, ein Rennweg aus römischer Zeit. Dort hatten sich Stafettenläufer Büchsen, in denen geschriebene Botschaften steckten, von Hand zu Hand gereicht, jetzt aber standen Villen dort, und vor denen schnaubten Autos.

Von alledem war unten nichts zu merken. Hanne suchte die Buttermelchstraße, wo eine Photographin Bilder ausgestellt haben sollte; die hatte auch den Eugen einmal aufgenommen, und ein Kollege von der Zeitung hatte Eugen erzählt, sie sei vom Besuch bei ihm wie betrunken in die Redaktion gekommen.

Hanne fand die Buttermelchstraße, begegnete einer Dame, die von einem Schwarzen begleitet wurde. Er hielt ein tragbares Telephon ans Ohr. Hanne dachte, dieser Dame könne die Galerie gehören. Nun gingen der Schwarze und die Dame von Welt zu einem Kellergewölbe dort neben dem Jeep, dem ein Zettel mit der Aufschrift »For Sale« ans Fenster geklebt war. Später, als die beiden mit einem Tragerl voll Mineralwasserflaschen aus dem Keller zurückkehrten, erwies sich als richtig, was Hanne vermutet hatte.

Andern Tages wiederum föhnwarmes Wetter, und im Englischen Garten waren alle Büsche grün geworden, eine Mauer aus frischen Blättern, über die hohe und kahle Bäume, dunkle Stämme und Äste wie eine düstere Stadt aufragten, in der es regnete.

Hanne erzählte davon, als sie vormittags vom Spaziergang zurückkam. Schlüsselblumen, Gänseblümchen und Veilchen blühten jetzt, und als Eugen davon hörte, dachte er: du bringst ihr sobald wie möglich ein paar Veilchen, wie du's früher auch getan hast... Und er fand nachmittags unter einer hohen Pappel mit mächtigem Stamm die gesuchten Veilchen, pflückte sie, am Boden kniend, und legte sie in ein Papiertaschentuch. Nahm sie in der Manteltasche mit, hoffte, sie nicht zu verlieren, und steckte sie zu Hause in die winzige Vase, die ein oben aufgeklopftes Ei aus Porzellan darstellte, neben dem ein ausgeschlüpftes Hühnchen stand, das gelbe Federn hatte. Ein kuriose Vase also, in die schon Eugens Mutter Frühlingsblümchen gesteckt hatte.

Er trug's hinunter, während Hanne die letzte Hand an ihr neues Kunstwerk, das Abendessen, legte, und stellte es vor ihren Teller. Dort sah sie dann die Veilchen, als sie die Schüssel mit dem Essen in der Hand hielt, jubelte, als

wäre ihr ein Perlenkollier geschenkt worden, und sagte: »Wunderbar! Da hab ich noch heut vormittag gedacht: Er hat dir früher manchmal Veilchen mitgebracht, aber jetzt bist du zu alt und zu schäbig, um welche zu bekommen.«
Ein Erfolg also. Das freute ihn. Und er dachte an seinen Vater, von dem er geträumt hatte, daß er ihn mit seinem Militärkoppel züchtige. Ein ungerechter Traum, wie ihm jetzt schien, weil ihn sein Vater, als er, der Sohn, ein erfolgloser Student gewesen war, hatte tun lassen, was er wollte; wobei Eugen jetzt dachte: hätte er dich doch gezwungen, daß du ein Examen machst. Als Museumsbeamter hättest du's leichter gehabt. Deine Bücher freilich, die hättest du nicht schreiben können. Du hättest dich so durchgequält, und dein Geschäft wäre dir widerlich erschienen. Und daß dein Vater mit dir zufrieden gewesen wäre, das hätte dir nicht genügt.

Jetzt kräftigte sich der Frühling, obwohl es grau und kühl geworden war, und es freute Eugen, daß trotzdem die Bäume anfingen zu blühen und drüben im Garten hinter Nachbars Haus die hohe Schwarzpappel ihre ersten Blätterspitzen hatte. Doch als er dann mit Hanne zur U-Bahnstation ging, waren beide froh, Schirme dabeizuhaben, um die Graupeln abzuwehren, die herniederprasselten.
In Tutzing warteten sie hinter der Bahnhofstüre, bis Ruth mit halblangem, weißem Haar im Auto vorfuhr. Anton lenkte den Wagen, und Ruth stieg aus, immer noch eine gewandte und biegsame Dame, diesmal in einem langen weißen Mantel, der eine gepolsterte Kapuze hatte und international chic war, denn Ruth pflegte mit modischen Neuerungen immer wieder mal zu überraschen.

Sie fuhren zu Peter und Marianne, die bei Tutzing ein Haus nicht weit vom Walde hatten. Obwohl Peter im Rundfunk eine literarische Abteilung leitete, lebte er in der Musik. Alles, was Mozart und Beethoven an Schriftlichem hinterlassen hatten, stand in großen Ausgaben unter Büchern mit Dichtungen, breitete sich an den Zimmerwänden aus und erschien Eugen später im Traum wie ein Gebirge oder Kunstwerk, zusammengestückt aus vielfältigen Teilen gußeiserner Öfen der sechziger Jahre des vergangenen Jahrhunderts, da Formen alter Baukunst auch an Gebrauchsgegenständen wiederbelebt worden waren. Und bei den Büchern zeitgenössischer Dichter standen Photographien, auf denen Peter mit ihnen zu sehen war.

Vor hohen Fenstern lag der Garten. Ein Magnolienbaum hatte noch geschlossene Blütenbecher, rosa und weiß, und Eugen dachte an Stuttgart, wo bei der Panoramastraße drüben vor der Jugendstilvilla ein Magnolienbaum an der Straßenkehre geblüht hatte. Und er ging für einen Augenblick in Gedanken dort vorbei, während neben ihm der Labrador seinen Kopf auf Mariannes Schoß legte und zu Eugen aus großen Augen aufsah. Ein kleiner schwarzweißer Pudel mit langem Haar schlief währenddessen im Gang vor der Nische mit dem Telephon, und Peter erzählte vom Franzoseneinmarsch, als er, ein Kind, marokkanische Soldaten hatte reiten sehen. Nach ihnen waren Panzer in die Stadt hereingefahren, und ein französischer Kriegsgefangener war wie ein Tier in einem Satz auf einen von ihnen hinaufgesprungen. Der Mann war im Gasthof »Zur Sonne« vom Wirt gemein behandelt worden, eine Witwe aber hatte ihm immer Essen zugeschoben, obwohl ihre beiden Söhne im Krieg gefallen waren.

Als dies der Panzerführer hörte, wollte er den Wirt erschießen, doch hinderte ihn der Kriegsgefangene daran. – »Lassen wir ihn leben«, sagte der.

Da glichen sich doch also manchmal das Grausame und das Edelmütige aus. Zwischen den Menschen aber schien etwas wirksam zu werden, was niemand sehen oder spüren konnte und von außerhalb sich einzumischen schien, sei's von oben, sei's von unten. Und er dachte an die Witwe mit den beiden gefallenen Söhnen, die den Kriegsgefangenen am Leben erhalten hatte. Der war wohl ein liebenswürdiger Mensch gewesen, und die Witwe hatte ihn gemocht ... Und wieder hörte Eugen Peter zu, der ein hochgewachsener Mann war, ein imponierender, der ohne hämischen Unterton über andere redete.

Damals hatte er bei den Großeltern gelebt. Sein Großvater war Forstmeister. Anno 44 erschien in seinem Amt ein Nazi und sagte: »Ich bin der neue Forstmeister.« Da ohrfeigte er den, wies ihn hinaus; worauf ihm nichts geschehen war. Stillschweigend hatten dies seine Feinde geduldet, wahrscheinlich weil er in der Stadt beliebt war. Und später, als die Franzosen Macht ausübten, hatten die bekannt gemacht, daß außer allen Schießwerkzeugen auch alle Munition beim Ortskommandanten abzugeben sei. Worauf Peters Großvater, als es dunkelte, zum Bach gegangen war und Patronen, die er in seiner Jagdtasche gefunden hatte, dort versenkte, ohne zu bedenken, daß er dabei beobachtet wurde.

Das wirkte sich schlecht aus; denn bald danach erschien bei ihm ein Trupp Franzosen, die das Haus durchwühlten und alles mitnahmen, was sie haben wollten: Möbel, Bilder, Geschirr und Vorräte. Doch seltsam erschien dem Großvater, daß eine im Keller errichtete Mauer aus Backsteinkäse von den Franzosen unangetastet blieb. Er hatte diesen Käse aus einem Versorgungsdepot seiner Amtsbrüder geholt, als es geplündert worden war.

Man stieß an, und die Gläser klangen. Peter hatte einen Burgunder auf den Tisch gestellt und schenkte ein. Marianne – sie war Ärztin, arbeitete aber trotzdem fürs Fernsehen – hatte ein Bildchen gemalt, auf dem ein dunkler Hund mit gespitzten Ohren vor einem Mann ging. Von dem sah man nur seine Beine, die in Jeans steckten, und am linken Bildrand tauchte ein Kinderwagen auf. Sonst war nichts zu sehen, aber Eugen schaute sich das Ganze gerne an. Wie lange sie als Schauspielerin gearbeitet hatte, wußte sie nicht mehr genau, und jetzt wurde sie auch noch dazu überredet, Bilder zu machen. – »Was muß ich denn sonst noch können?« fragte sie, als sie die Platte mit dem Lammbraten auf den Tisch stellte. Das war ihre vierte oder fünfte Kunst, die sie auch noch beherrschte, als sei's selbstverständlich. Und erst vor kurzem war sie mit den anderen Ärzten, den Assistentinnen, kurzum mit der ganzen Praxis, der sie angehörte, nach Paris gefahren. Insgesamt siebzehn Menschen hatten sich in den Bus gezwängt. Kroatinnen waren auch dabeigewesen, aber die wurden im Pariser Flughafen abgewiesen, weil sie kein Visum hatten. Worauf Marianne den Polizeibeamten davon überzeugte, daß die beiden niemals an so was wie ein Visum gedacht hätten, sonst hätten sie es sich natürlich geben lassen. Und sie selber, Marianne, habe, ehrlich gesagt, auch nie daran gedacht; die Mädchen seien doch anständig, was der Mann überhörte oder in der Schwebe ließ, weil er seit siebzehn Jahren dieses Geschäft machte und deshalb lieber nichts Endgültiges über den Beruf von Damen sagten wollte. Und er zögerte mit seinem Metallstempel, ehe er ihn auf das Formular drückte. Aber dann tat er's doch, und das genügte.

Ein Flügel stand im Musikzimmer (Peter spielte konzertreif Klavier). Alte Bilder und Zeichnungen hatten goldglänzende Rahmen, und ein Herr im hellen Seidenanzug, der bis unters Kinn geschlossen war, hielt eine lange und dünne Tonpfeife in der Hand und trug einen hohen Hut. – »Es soll Watteau sein«, sagte Peter, doch lächelte der Herr auf diesem Bild, als wäre er immer vergnügt; obwohl Watteau zuweilen als bedrückter oder gemütskranker Mensch beschrieben wird. Wahrscheinlich dachte Eugen dabei nur an den englischen Autor Walter Pater, der fast hundertfünfzig Jahre später ein imaginäres Tagebuch geschrieben hatte, in dem Watteau von einer Frau dargestellt wird, die ihn zeitlebens geliebt hat.

Wie aber war Watteau in Wirklichkeit? Dies konnte heutzutage niemand sagen. Und einer wie Eugen wußte nicht einmal genau, wie er selbst war. Jetzt saß er hier im hellen Zimmer neben Marianne, von der etwas Besänftigendes ausging. Durch hohe Scheiben kam das Sonnenlicht herein. Es war jetzt draußen frühlingshell, nachdem's gehagelt hatte, und Peter hätte auf dem Flügel spielen sollen, was er vor Eugen und Hanne noch niemals getan hatte. Ihn darum zu bitten, wagte Eugen nicht, weil er dachte: er lehnt sowieso ab ... denn mit sich selbst war Peter nie zufrieden.

Wenn du dir vorstellst, wie Peter spielt, denkst du an deine Mutter. Wie die gespielt hat, so würde wohl auch Peter spielen, also mit leichtem Anschlag, der die Töne einzeln glänzen läßt und an Bachglitzern erinnert ... Es war wie das Gefühl, das er empfand, wenn er an Portugal dachte, wo Peter immer Urlaub machte, weil dort die Menschen weniger angespannt als hier lebten. Dort war etwas zu spüren, das man nicht erklären konnte, etwas Gleichmütiges, das jeden begleitete, wenn er in Portugal war; als wäre dort noch etwas von früher lebendig, das bei uns nicht mehr zu finden war. Das Gefühl, es lohne sich nicht, aufgeregt zu sein, kam Eugen portugiesisch vor und war melancholisch gefärbt. Aber du bist nie dort gewesen … Und es fiel ihm ein Abend in Stuttgart ein, wo ihn eine Dame gefragt hatte, ob er gerne einmal nach Portugal ginge, kenne er sich doch, des Dichters Fernando Pessoa wegen, dort ein bißchen aus. – »Nein«, hatte er ihr geantwortet, und das kam ihm typisch für ihn selber vor; denn damals hatte er sich eingeredet, wie Portugal ihm aus der Ferne vorkam, so sei es für ihn richtig. Heute freilich weißt du's anders.

Du hast hier Freunde und freust dich an den Menschen mehr als früher. Jetzt, da er alt war, hatten sich die Widrigkeiten in ihm ausgeglichen oder waren amalgamiert worden von Nachsicht. Und er meinte, früher habe er auch jeden gelten lassen, gleichgültig, ob er ihm zuwider war. Warum auch nicht, es kam bei Streitereien nur eine miese Stimmung zustande wie schlechte Luft. Deshalb war es gescheiter, man gab jedem recht.

Oder du hörst zu, ohne etwas zu sagen. Und er erinnerte sich an moderne Bilder, die in einem Kaufhaus oben im fünften Stock zu sehen gewesen waren.

Im Weggehen hatte sich ihm ein junger Mann zugesellt, einer mit frischen Wangen, der augenblitzend lächelte und sagte: »Sie sind hoch dotiert?« – »Aha«, erwiderte Eugen. Ein anderer erzählte, daß er gefragt worden sei, ob er das Bundesverdienstkreuz annehme. – »Wenn ich so weiterschreiben darf wie bisher«, hatte er geantwortet und wurde von jedem, der jetzt neben ihm stand, achtungsvoll betrachtet; denn er erwies sich als mutiger Mann. Trotzdem kam's Eugen vor, als fände dieser Mut zum Widerspruch unter Kollegen nicht mehr die Resonanz, die ihm noch vor zehn Jahren zugekommen war; denn solch ein Bekenntnis zur Aufmüpfigkeit schien zu erschlaffen, als ob der Gesinnungswind allmählich umgeschlagen hätte oder nicht mehr mit der alten Frische wehe. Und woher kam's? Das weißt du nicht.

Vielleicht, daß sich im Politischen etwas verändert hatte, von dem Eugen nur solche Meinungslüftchen zu spüren bekam, wie jetzt dieses mit dem Bundesverdienstkreuz für einen aufrechten Kollegen. Dabei fiel Eugen eine Diskussion ein, damals vor vielen Jahren, in einem Schlößchen am Starnberger See. Um Nazis und Antinazis war's gegangen, viele Menschen hatten sich im Auditorium versammelt, und nach dem Essen war Eugen in seinen dunkelblauen Mantel geschlüpft, den von 1937. Bis er merkte, daß dieser hier ein anderer war, ein moderner mit schrägen Schultern und aus flauschigem Stoff. In einer Tasche fand er eine Rückfahrkarte nach Rom, und als er damit ins Freie ging, wo auf der Straße hartgewalzter Schnee lag, rutschte er aus und fiel. Im Weitergehen begegnete er Hermann Kesten, der schmunzelnd auf ihn zukam, ihm in die Manteltasche griff und sagte: »Sie ist noch drin.« Dann zogen beide die Mäntel aus, und jeder schlüpfte wieder in den seinen. Doch darauf kam es Eugen bei seiner Erinnerung ans Tutzinger Schlößchen nur nebenbei an. Wichtig war für ihn, daß nach der Diskussion Prinz Konstantin von Bayern gesagt hatte: »Wir wollen Kritik.«

Du willst nicht kritisieren, wozu auch, aber du tust's halt doch. Kritik mischt sich hinein, auch wider deinen Willen. Wenn du Menschen beschreibst und was jedem zustoßen kann, dann merkt doch jeder, der deine Worte liest, ob dir der andere sympathisch ist oder nicht. Dazu die Landschaft im wechselnden Licht, oder wie das Wetter gewesen ist (das vielleicht auch). Die Zeitstimmung sollte in deinen Sätzen spürbar werden und daß sich alles beständig verändert. Wie dir Berthold erschienen ist, als du gedacht hast: heut hat er ein stillgestandenes Gesicht. Wie starr geworden kam er Eugen vor, als er auf dem blauen Sofa saß. Seine Frau saß neben ihm und tat, als ob sie nichts bemerkte. Ihr Haar war goldglänzend und »aufgeschneckelt«, wie man auf Bayerisch sagte. Berthold war tief abgesunken in seine Verdüsterung.

Ein Seelenkranker, der nun eine dunkelrote Pille schluckte, vom Wein einen schweren Schluck draufsetzte und mit mühsamem Zungenschlag loslegte. Er bewegte einen Arm beim Reden, und Hanne stellte sein gefülltes Weinglas aus der Gefahrenzone seiner weiträumigen Gesten.

Er redete über Stephan Koval, sagte, mit seinen letzten Büchern sei er nicht mehr angekommen. – »Nun ja, ein paar Freunde sind für ihn eingetreten. Er ist doch als Rebell bekannt geworden, aber seit er das nicht mehr ist, lassen sie ihn fallen oder wollen nichts mehr von ihm wissen«, fügte Berthold hinzu, was Eugen nicht glaubte. Für ihn war Stephan Koval einer, der immer wieder etwas schrieb, was die Menschen aufweckte.

»Bisher hat er immer eine Witterung für das gehabt, was kommt«, sagte Hanne, und Eugen gab zu bedenken: »Die Mode kann ja auch mal Stephan Koval folgen.«

Ob Berthold meinte, Eugen könne doch jetzt aus sich herausgehen und verraten, was er ›wirklich‹ dachte? Es mochte unwahrscheinlich wirken, wenn er über Stephan Koval immer Positives sagte oder schrieb und nie vergaß, daß er ohne ihn nie bekannt geworden wäre; denn seine Dankbarkeit kam den Kollegen nicht ganz ehrlich vor. Warum der Eugen Rapp immer zustimmte, wenn einer ihm unter die Nase rieb, was er Koval verdankte? Und er erinnerte sich eines Malers der konkre-

ten oder gegenstandslosen Kunst, der ihm zu erzählen pflegte, ein französischer Maler, der wie er (Eugen Rapp) von einem Berühmten nach vorne geschoben worden war, setze jetzt diesen Meister herab und bezeichne seine Kunst als Irrweg und Ausdruck der Verachtung jeglicher Sympathie und Liebe. Damit konnte Eugen allerdings nicht dienen. Und er hörte Berthold zu, der ihm erzählte (wieder mit Zungenschlag und schwerer Stimme), daß ihn der Lyriker Bernatzik gebeten habe, er solle etwas über sein neues Gedichtbuch in die Zeitung setzen. – »Aber nein, das mache ich nicht mehr, ich habe all dies von mir weggeschoben«, dröhnte Berthold und fuhr mit dem Arm über den Tisch.
Hanne schob sein gefülltes Weinglas noch weiter von ihm weg und erzählte von Stephan Kovals letztem Brief. Darin hatte er geschrieben, er habe Eugens Buch *Der Wanderer* im Garten gelesen und die Katze bedauert, weil sie nicht lesen kann. – »Den Brief möchte ich sehen«, sagte Berthold, doch Eugen erwiderte: »Ich weiß nicht, wo der liegt. Es dauert zu lange, bis ich ihn finde.«
Jetzt ging Berthold aus sich heraus, nur hätte Eugen ihn gern weggebracht vom Reden über Literarisches. Und es kam ihm vor, als quäle Berthold immer der Gedanke: die andern werden alle hoch geachtet, von mir aber will niemand etwas wissen... Und er legte wieder einmal dröhnend los, sagte: »Dein neues Buch *Der Wanderer* hat am meisten... Na, wie heißt das jetzt... Es gibt ein neues Wort, das man oft im Fernsehen hört. Ach...« Und er schnippte mit den Fingern, rief dann: »Action!« und fuhr fort: »Das ist das Buch von dir, das am meisten Action hat.«
Eugen verwunderte dies, weil er das Gefühl hatte, in seinem *Wanderer* geschehe auch nicht viel. Und kurioserweise sagte Berthold noch: »Dein Ruhm ist ja

enorm!« – »Was?« erwiderte Eugen und fügte hinzu: »Von meinen Büchern werden doch nur wenige verkauft, verglichen mit Bestsellern. Allerdings, besser geworden ist es gegenüber früher schon. Mich braucht doch niemand zu beneiden.« – »Aber an den Universitäten beschäftigen sie sich mit dir.« Darauf Eugen: »Ach, du liebe Zeit, was ist das schon, wenn dort ein paar Damen und Herren meine Bücher lesen.«
Berthold fügte noch hinzu, daß jeder, der ihm schreibe, etwas von ihm wolle, und Eugen gab zu bedenken, daß dies kein Wunder sei: »Denn du bist auch noch Herausgeber.« Und er machte große Augen und wiederholte diesen Satz. Hoffentlich tat es Berthold wohl, der auch noch wissen wollte, wer alles, was hier im Haus ist, und wer das Haus selbst nach dem Tod bekomme. Die Frage richtete er an Hanne, doch sie schwieg.

Solch ein Abend war für Eugen mühsam, und es ging ihm nahe, daß Veronika nichts redete. Hanne versuchte zwar, sie ins Gespräch zu ziehen, während Eugen sich um Berthold kümmerte, der immer tiefer in sich selbst hinunterrutschte.
Deshalb war Eugen froh, einen Tag später bei Erlenbachs am Tisch zu sitzen. Die wohnten im Erdgeschoß eines Hochhauses draußen in einer neuen Siedlung. Dort war nun alles so, wie es sich für ein junges Ehepaar gehörte. Der Hausherr trug einen dichten braunen Bart und war zunächst da und dort beschäftigt gewesen, ohne fest angestellt zu sein. Nun hatte er's als Gymnasiallehrer geschafft, war Vater von zwei Buben und versuchte immer noch, nebenher Material für seine Doktorarbeit anzusammeln, die er über die Einsamkeit in Eugens Büchern plante.

Nun ja, du publizierst halt immer noch, und Erlenbach will auch dein letztes Wort, das du wohl einmal schreiben wirst, durchleuchten. Also gut, an dir soll es nicht liegen, daß er immer wieder Neues bei dir findet, sagte Eugen zu sich selber, als er mit Hanne zu Erlenbach ins Auto stieg, der ihn abholte. Der zweijährige Erdenbürger in roten Samthosen saß dann vorne neben dem Papa und sagte, wenn ein Auto vorbeifuhr, »Honda« oder »Audi«; denn er kannte alle Automarken.
Beim Abendimbiß mit frischen Tomaten, die rezent schmeckten, deutete Constantin auf Eugen und sagte: »Weg!« Der wollte ihn also weghaben, wahrscheinlich, weil er spürte, daß sein Vater sich diesem unbekannten Kerl zuwandte, der auch noch mit ihm zu Tische saß. Du kannst mitfühlen. Der Bub mußte sich vordrängen und jeden wegscheuchen, der ihm als Nebenbuhler vorkam. Hanne gab ihm drei dicke Schokoladenkäfer. Die wickelte er sofort aus ihrer farbigen Staniolhülle und steckte sie als süße Schmiere in den Mund. Er aß nichts anderes, auch als die Alten zugriffen und Suppe löffelten, sich Käse abschnitten und Brot aus dem Körbchen nahmen.
Dann wurde er in den Schlafsack gesteckt, damit er endlich stillsaß, aber es nützte nichts. Lachend humpelte er im Schlafsack durch das Zimmer, lachte, wenn er stolperte und fiel, stand auf und humpelte weiter, als mache es ihm Spaß, vom Schlafsack eingeengt und am Gehen gehindert zu werden. Die Eltern hatten den Schlafsack für ihn gekauft, damit er im Bett ruhig blieb, doch strampelte und hampelte er trotzdem damit im Zimmer herum, rief »Hängeball!« und schlug mit einem kleinen Tennisschläger einen weißen Zelluloidball ins Zimmer hinaus. Er rollte oft unter die gelbe Ledercouch, und Eugen durfte ihn dort hervorholen, damit Constantin

weiterspielen konnte. Eine Gelenkigkeitsübung gewissermaßen, damit Eugen prüfen konnte, wie beweglich er als alter Mann noch war.

Constantin wurde nichts verwehrt. Seine Eltern setzten ihn nicht in ein Gatter hinein, weil sie gelesen hatten, sein Intelligenzquotient werde gemindert, wenn man ihn einengte.

Tagsüber durfte er schlafen, so lange er wollte, manchmal sogar bis sechs Uhr abends; doch kam's dann vor, daß er bis zwölf Uhr wach blieb und die Eltern Mühe hatten, ihn ins Bett zu kriegen. Seine Unrast hinge mit seiner Eifersucht auf den jüngeren Bruder zusammen, der noch im Gitterbettchen lag und an der Schoppenflasche saugte, sagte der Vater, fügte aber hinzu, auch vorher, als sein Bruder noch nicht da war, sei er wild gewesen. Also war Constantin als Wildfang auf die Welt gekommen.

Und dann wieder die weißen Polster in Urbans Gesellschaftszimmer, alle um den Kamin gruppiert, wo Buchenscheite knisterten. Eugen saß neben Uwe und wartete aufs Fußballspiel, bei dem es um die Weltmeisterschaft ging. Der Fernsehapparat zeigte eine Rasenfläche, auf der sich Fußballspieler formierten. Und Kollege Uwe sagte neben Eugen: »Heut bekommen wir eins auf den Deckel«, meinte also, daß das Spiel für Deutschland aussichtslos sei. Dies hoffte Eugen auch, weil deutsche Zeitungen zuvor gewaltig auf den Putz gehauen hatten.

Es entfaltete sich langsam, die Argentinier näherten sich zögernd, wollten wohl herausbekommen, wo die schwache Stelle der deutschen Mannschaft sei, und erschienen unschlüssig. Bis dann einer losstürmte – und es hieß, der sei der große Star, mit Namen Maradona – und schoß und daneben traf.

Immer noch waren die Deutschen nicht besonders einfallsreich oder taten so, als ob sie sich aufsparten für die zweite Halbzeit. Jedenfalls wartete Eugen, der nichts vom Fußball verstand, auf gewisse Dreh- und Wirbelkünste seiner und der argentinischen Landsleute, die doch bei einem Fußballspiel oft überraschende Zirkusartistik zu vollführen schienen und manchmal sogar elegant spielten. Aber dann schoß ein Deutscher einen Elfmeter ins Tor. Und schließlich weinte sogar Maradona.
Sieg für Deutschland? Ja, so hatte es sich wieder mal ereignet. Es war nichts mit dem Auf-den-Deckel-bekommen, das Uwe und Eugen gewünscht hatten. Es war zuviel des Glücks. Schließlich war die Wiedervereinigung der beiden Deutschland auch schon vorbei, und man hatte gejubelt und auf der Mauer getanzt. Im nachhinein wußte Eugen nicht mehr, welches der beiden Glücksereignisse auf nationaler Ebene zuvor und welches hernach sich ereignet hatte. Jedenfalls war er nach dem Weltmeisterspiel mit Urban auf die Leopoldstraße beim Siegestor gegangen und hatte dort weder auf dem Trottoir noch auf der Straße gehen können, weil überall alles von Menschen verstopft war. Zwei Mädchen lagen auf dem Kühler eines Autos, johlten »Ole!«, und ein bärtiger Mann, wohl dreißigjährig, wurde von einem Reporter gefragt, was er von alledem hier halte. – »Ich bin stolz, ein Deutscher zu sein!« antwortete der, und Eugen wunderte sich.
So überfielen umwälzende Ereignisse die Menschen und machten sie – zumindest vorübergehend – glücklich. Doch daß man jubeln konnte, das verstand Eugen nicht. Nun ja, für den Moment vielleicht.
In der Nacht schob sich die Menge weiter, auf der Fahrbahn und auf den Trottoirs. Es war, als würden alle von

so etwas wie Zeitstimmung vorwärtsgepreßt, und du kannst dich nicht dagegen wehren. Wir gleichen wieder einmal einem Brei.

In Schwabing, dort hinten beim düsteren Beton-Hotel, vor dem zwei Fahnen wehten, sah Eugen nicht weit von einer Eibe ein Paar stehen. Der Mann, einer mit dichtem grauem Haar und breiten Schultern, überraschte ihn, weil er meinte, es sei Heinrich. Doch dieser trug einen Bart und umarmte eine Frau, die Rouge auf die Wangen gerieben hatte. Sollte Heinrich, vielleicht als Alterstrost, es noch einmal mit einer Dame versucht haben? Aber dann merkte Eugen, daß es ein anderer war. Der redete mit seiner Freundin, als fiele es ihm schwer, ihr das zu sagen, was er sie wissen oder spüren lassen wollte. Und während Eugen vorbeiging, hörte er sie sagen: »Willst mi los sein?«

Das Erotische, die sogenannte Liebe also. Eine schmerzhafte Sache. Und Eugen versuchte, herauszubekommen, was dabei intensive Zuwendung und was so etwas wie ›Sinnentaumel‹ war. Dabei ließ sich das eine nicht vom andern trennen. Oder glaubst du zu wissen, wo die echte Liebe aufhört und nur noch Triebhaftigkeit, oder wie man's nennen wollte, herrscht?

Es war unmöglich. Und er machte sich klar, daß Sympathie am erfreulichsten war, wenn sie nichts zu tun hatte mit Erotischem; oder wenn sich das Erotische versteckt hielt, nicht mit allen Extremitäten fuchtelte, sondern so tat, als gehörte es nicht dazu und sei abwesend.

Was es wahrscheinlich auch war, wenn er an so etwas wie den Bayerischen Wald dachte, dort, wo er ursprünglich anmutete, so wie er früher überall an der böhmischen Grenze gewesen war: Mischwald, Buchen, Eichen und Fichten samt Buschwerk am Waldesrand alle beieinander oder durcheinander stehend, damit das Licht eindringen und die Blätter erhellen konnte. Dann wieder dunkle Stellen, wo zwischen Tannen schwarzgrüne Düsternis nur da und dort von silberigen Sonnenspuren durchrieselt wurde. Und er ging wieder einmal in Gedanken gegen Abend den Goldenen Steig hinunter. Manchmal wurde der Himmel weit über dem Buschwerk, und es leuchtete ein Ausblick Böhmen zu. Dann kam Eugen auf eine Lichtung, und dort lag über einer Wiese, die am Hang hinunterging, die böhmische Gegend ausgebreitet mit Tälern, von denen Kornfelder gelb herüberschauten, und am Ende, weit draußen vor blauen Wälderstreifen, ein Dorf mit seiner Kirche angeschienen wurde als ein kleines Riesenspielzeug, eine Siedlung, die der Wald duldete; denn er war es, der seine Mächtigkeit spüren ließ.

Und wie bist du dorthin gekommen?

Mit der Eisenbahn, und in Regensburg habt ihr Halt gemacht. Aussteigen, sich vom Taxi zum »Münchener Hof« fahren lassen, dort zwischen engen Gassen, wo es schattig war. Antiquitätenläden ließen Glitzerndes in ihren Schaufenstern sehen, und im Dachzimmer schallten vormittags die Domglocken mächtig herein. Eugen und Hanne standen gerne auf, wenn Sonne in das weißgetünchte Zimmer fiel, wo Dachbalken frisch gestrichen waren.

Daran erinnerten sie sich, als sie dann wieder einmal nach Regensburg fuhren, wo Strohmaiers Buchhandlung »Atlantis« ihr fünfundzwanzigjähriges Jubiläum feierte. Eugen hatte aufgeschrieben, wie er zum ersten Mal bei Strohmaier vorgelesen hatte, dort hinten im Zimmer mit gotischen Fenstern in der Buchhandlung unter alten Gewölben. Aber das war längst vorbei. Und ihm fiel ein, wie sie seinerzeit mit Rucksäcken aus einem

Abteil erster Klasse ausgestiegen waren. Eugen hatte es Herrn Strohmaier erzählt, und der hatte bemerkt, wenn er ihnen damals begegnet wäre, ohne sie zu kennen, hätte er gedacht, das seien Leute, die zur Bundesbahn gehörten, denn sonst hätten die sich niemals Erster-Klasse-Billetts leisten können.
Dann kamen sie an, und Strohmaier wartete schon auf dem Bahnsteig. Der Mann erschien Eugen unverändert, seit er ihm zum ersten Mal begegnet war. Immer noch hatte der sein frisches Bubengesicht mit strabeliger Kurzhaar-Frisur, von der Eugens Vater gesagt hätte, die Haare stünden ihm wie gefrorener Saumist über der Stirn. Strohmaier griff lachend nach Hannes und Eugens Koffern, ließ es sich nicht nehmen, sie zum Auto zu tragen, und fuhr die beiden zum Hotel.
Strohmaiers rötliches, kurz geschnittenes Haar, dazu das helle Licht mit frischem Wind, das ließ sich Eugen gefallen. Durch geschwärzte Gassen gingen sie hinunter zum Runtinger Saal, und Eugen erinnerte sich, wie er hier mal eine enge Treppe in einem fremden Haus aufwärts gestiegen war und über einem elektrischen Zähler einen ausgestopften Distelfinken gesehen hatte, während er sich in dem winkeligen Hause fürchtete, gefragt zu werden, was er hier zu suchen habe. Aber er hatte sich nur umgeschaut und auf ein Plätzchen in einem Dachwinkel gesehen, wo er, wenn er dort gesessen hätte, seine Ruhe gehabt hätte, um zu schreiben. Und wieder fand er sich nicht weit von der Kramgasse und bald darauf im Saal mit gemeißelten gotischen Säulen und steinernen Tierköpfen ein, wo unter den Kapitellen der stützenden Säulen auch Kollege Stapel herumging, der sich jetzt mit rauhem Pullover und Bart zeigte, indes er früher elegant wie ein Politiker dahergekommen war. Wie einer aus dem Nachtasyl sah er jetzt aus, obwohl er

redete und auf den kleinwüchsigen Eugen herabschaute. Und jede Geste des Herrn Stapel erschien zwar imponierend, wirkte aber herablassend. Vielleicht rührte es daher, weil Herr Stapel, der jetzt wie ein Clochard daherkam, seinerzeit sich als Präsident aller Schriftstellerverbände steif präsentiert hatte.

Nun gut, die Wandlung seiner äußeren Erscheinung sei Herrn Stapel zugebilligt, und vielleicht wollte er damit anzeigen, daß er immer noch ein ›links‹ gerichteter Schriftsteller sei.

Abends trug dann Stapel eine Jacke aus grünlichem Sammet, dazu eine rote Krawatte, und Strohmaier begrüßte Eugen: »Sind Sie aber elegant!«, obwohl der nur seine dunkelblaue Jacke aus solidem Wollstoff angezogen hatte.

Der Saal war mit Stimmengewirr bis zur Decke angefüllt, und es begannen Jubiläumsreden, alle witzig oder glitzernd von Humor. Eugen las seine vier Seiten vor und sah sogar Herrn Stapel in der ersten Reihe lächeln. Die Gäste schienen ermuntert zu sein von Eugens Sätzen, während Hanne zu ihm sagte, er verkleinere sich in diesem Jubiläumstext. Aber wenn man sich nicht selbst spöttisch anschaute, durfte man auch der Welt, oder wie man's nennen wollte, keine trübsinnige Miene zeigen. Frau Strohmaier umarmte Eugen nach seiner Rede.

Hernach bestellte sich Professor Emmerig, der Regierungspräsident gewesen war, im »Bischofshof« eine Pfannkuchensuppe und bekam sie ums Numgucken, während Hanne und Eugen lange auf ihr Mastochsenfleisch warten mußten. Aber dann hatten sie's auch vor sich, und es schmeckte würzig. Herr Emmerig hatte Eugens Strohmaier-Rede für den Regensburger Almanach mitgenommen, den er herausgab, und das freute Eugen. Hier gehörst du dazu, sagte er zu sich selber. Und er redete mit Emmerig und sagte, als Schwabe müßte er eigentlich ein Suppenschwab sein, aber er sei ein Soßenschwab, weshalb er seiner holden Gattin als Gegenstand des Spottes diene; auch gelte er bei ihr als ›Obstwüstling‹, weil er für sie nahezu hemmungslos Äpfel, Pfirsiche, Zwetschgen und so weiter vertilgte, wenn er ihrer habhaft werde. Jetzt freilich, im April, wachse hier noch nichts. Auch redeten sie von Regensburgs alten Häusern, die für Eugen eine Seelenspeise waren; denn hier konnte er sie anfassen und hatte sie nicht nur auf Photos vor sich. Er spürte sie, als lebten darin noch die Toten. Wenn aber von einem Palais alles außer der Fassade weggeräumt sei und nur noch der Giebel mit den Säulen neben dem Eingang stehe, ohne daß man durchs Portal eintreten könne, weil dahinter nur der graue Kaufhausbeton sich breitmache, so sei das deprimierend. Was Herrn Emmerig wider den Strich ging, weil der den Kaufhausneubau als Regierungspräsident gebilligt hatte und der Meinung war, eine lebende Stadt müsse sich Neues einverleiben. – »Hätte man Regensburg stehen lassen, wie es war, dann wär es heute ein Schutthaufen.« Was nun auch wieder richtig war, obwohl Eugen immer noch lieber Altes schnupperte als die Benzingasdünste seiner Zeit.

Aber man verstand sich. Und drüben in der Wahlenstraße bei Strohmaiers im von einem Baugerüst umgebenen Haus, das erneuert wurde, fand Eugen von früher vielerlei an den Wänden, deren Verputz weggehackt worden war. 1309 war's erbaut worden, und dicke Rußspuren hatte außen ein abgebrochener Kamin hinterlassen, wo nun ein Freiluftplätzchen zum Ausruhen freigelassen worden war. Bis jetzt war's allerdings nur eine oben offene Stube, und Frau Strohmaier sagte, vielleicht fände dann dort auch mal ein Sonnenstrahl herein. Eugen aber

überlegte, ob's noch eine Klinke im Haus gab, die eine Menschenhand vor sechshundert Jahren gespürt hatte. Immerhin schien's so, als wäre aus der damaligen Zeit noch ein auf den nassen Verputz gemaltes Ornament zu sehen, das hellgrün war und als Rest eines Frieses gelten konnte. Und dann natürlich die hellbraunen Bretter, die von den Holzwänden der uralten Zimmer übriggebliebben waren, alle aus dem vierzehnten Jahrhundert. Wenn es nach dem Denkmalpfleger gegangen wäre, hätte Strohmaier die dicke schwarze Schicht an der Wand des Nachbarhauses ablösen und chemisch untersuchen lassen müssen, damit ergründet werden konnte, was die Vorfahren seit 1309 hier verbrannt hatten (Holz wahrscheinlich und sonst nichts).
Also gut, dann durfte alles bleiben, wie es war, und Strohmaier konnte froh sein. Kuriose Sache, solch ein altes Haus, unter dem wahrscheinlich eine Abortgrube lag, in der zwischen Fäkalien weggeworfene Schüsseln oder Leuchter, vielleicht auch ein verlorener Ehering zu finden waren. Doch schwieg Eugen, als er dies dachte, weil Herr Strohmaier wahrscheinlich erschrocken wäre, wenn er sich vorstellte, daß er auch noch fürs Ausräumen einer Abortgrube Geld hätte hinlegen müssen.
Andere Gäste trafen ein, darunter auch Herr Stapel, der zu Eugen sagte, seine Rede auf Strohmaier habe ihm gefallen; es klang ein wenig herablassend. Eine Dame, die, weil sie rundlich war, ein weites Kleid trug, kam Eugen verschüchtert vor, obwohl sie einer reichen Familie entstammte. Wer Geld hatte, krümmte sich doch nicht vor Leuten wie dem Eugen Rapp. Und was sie schrieb, das konnte sich sehen lassen.
Sie sagte: »Es fehlt Sandra Paretti.« Die stammte auch aus dieser Stadt, war ebenfalls mit Glücksgütern gesegnet und hatte sich dazu noch viele hunderttausend Mark

erschrieben. Weshalb sie zu beneiden war, anders als der Herr, der sich in jeder Tür tief bücken mußte, außer er hätte in einem Schloß gewohnt. Er war Koch und Arbeiter gewesen, bevor er sich als Autor bewährt hatte. Nun las er eine kraftvolle Geschichte vor und hatte sich wie Eugen eine Krawatte umgebunden, während Stapel mit der feinen Herkunft aus dem Generalsmilieu wiederum im zerrupften Pullover und offenen Hemd erschienen war, einem Apostel nicht unähnlich. Und Eugen sagte zu sich selber: daß dich der Stapel seinerzeit aus dem Schriftstellerverband hinausgeboxt hat, wird er wohl vergessen haben. Seltsam aber ist es schon, wenn du ihm hier begegnest.

Wieder einmal mischten sich die Empfindungen, und Eugen ging abwesend durch die Gassen. Hanne zeigte ihm, wo eine Durchfahrt in einem hohen Gebäude zunächst düster war, dann aber überraschend hell wurde, weil nach hinten eine Tür offen stand und davor das Kopfsteinpflaster schimmerte. Und es wehte ein frischer Wind, wie es sich im April gehörte.

Eugen schaute auf den Boden, dort hinten beim Römling, wie der enge Winkel hieß, wo auch ein Gärtchen war. Hanne sah sich um und lächelte, nickte Eugen zu, der an Strohmaiers dachte. Die wollten in ihrem Haus einen zweiten Dachboden einziehen lassen, um eine weitere Wohnung zu haben, wo Schriftsteller wohnen sollten. Zum Beispiel jener Hochgewachsene, der früher Koch gewesen war und jetzt eine deutsche Adresse brauchte, damit er seine Sozialversicherung weiterbezahlen konnte, wenn er, wie jetzt, beispielsweise in Wien lebte, obwohl ihm diese Stadt zuwider war.

Ob deine Kollegen irgendwo eine Gegend und eine Stadt finden, die ihnen gefällt? Schwierig auszumachen.

Vielleicht gehörte es sich heutzutage, daß ein kritischer Geist überall unzufrieden war, während du alles, was dir begegnet, so hinnimmst, wie es ist.

Strohmaiers und Regensburg, die gehören jedenfalls zu Eugen Rapp wie der Bayerische Wald. Wenn er dort herumging oder dorthin fuhr, wo weite Ausblicke auf böhmische Höhenzüge ihn erwarteten, dachte er an Strohmaiers zurück. Und jetzt, auf der Rückfahrt nach München, saß Hanne neben zwei alten Damen, und weil sie Hosen und solide Wanderstiefel anhatte, flüsterte die eine der anderen das Wort »Mannweib« zu. Dabei zog sie die Nase hoch. – »Die hat den Stallgeruch aus Wachtveitels Haus an mir gerochen«, flüsterte Hanne Eugen zu, und er dachte zurück ans Haus des Schneidermeisters, wo's im Gang nach Heu gerochen hatte und im Juni Rauchschwalben im oberen Flur durchs Fenster hereingeflogen waren und auf dem elektrischen Zähler genistet hatten. Das war ein Flügelflattern und ein Zwitschern gewesen, und die roten Brüstchen der Schwalben hatten wie frisch gewaschen ausgeschaut.
Inzwischen freilich war all dies verschwunden, und es roch im Schneiderhaus weder nach Heu noch nach Stall. Seit Wachtveitel gestorben war, hatten die Jungen, also der Sohn Helmut und seine Frau, die halbtags in Haidmühle als Buchhalterin arbeitete (Helmut war Schneidermeister wie sein Vater), alles im Haus modern verschönt, zum Glück nicht den breiten Öldruck mit Goldrahmen von der Wand genommen, unter dem Hanne und Eugen in alten Ehebetten schliefen. Und wenn sich Hanne nachts umdrehte, war ein Geräusch wie ein dumpfer Schuß zu hören, weil im Rost des Betts eine Feder gesprungen war.
Wie lange du noch nach Bischofsreuth gehen kannst?

fragte sich Eugen. Allmählich und beinahe unmerklich war er im Lauf der Zeit über siebzig Jahre alt geworden und hatte das Gefühl, es werde sich ändern, warte nur... Die Jungen mit ihrem sechsjährigen Buben hatten sowieso keine Lust, Fremde bei sich aufzunehmen, und Frau Wachtveitel, die Schneiderswitwe, wollte nicht mehr für andere Leute kochen. Die Rapps waren ihr auch zu penibel mit dem Essen (Schweinefleisch mochten sie nicht), und schließlich brauchte man das mit den Gästen nicht mehr, weil Frau Wachtveitel eine Rente hatte und die Jungen gut verdienten. Allmählich hatte sich das Geschäft mit den Gästen überlebt wie das Beisammenhocken abends, als die Burschen aus dem Dorf auf Kämmen geblasen hatten und getanzt worden war, meistens drunten beim Matthiasl; denn jetzt hatte jeder einen Fernsehapparat. Man zog sich auf dem Bildschirm die schärfsten Krimis rein und was man sonst noch zum geistigen Leben brauchte. – »Ihr habt keinen Fernseher? Ja, was habt ihr dann von eurem Leben?« hatte in München die Frau eines Kollegen von Eugen wissen wollen.

Anders war alles geworden mit der Zeit. Und was noch kommen würde? Abwarten halt... Und Eugen dachte zurück an früher, als sie bei Franz und Helene Baldauf zum Neujahrstag eingeladen gewesen waren und ein Photograph, der für die Zeitung arbeitete, mit gerissenem Lächeln Eugen beobachtet hatte, und warum? Weil eine Dame, die auffallend interessant aussah (die Frau eines Syndikus, die Eugen fragte: »Sind sie auch im Lehrfach tätig, wie Ihr Vater?«) nahezu hinreißend schön wirkte und etwas Besonderes zu versprechen schien. – »Du wirst sofort von ihr begeistert sein«, hatte Helene Baldauf Eugen prophezeit, und nun sah er die Dame. In der Tat, sie bewegte sich wie eine, die einen großzügigen Lebensstil gewohnt ist. Sie war auch approbierte Rechtsanwältin, übte ihren Beruf aber nicht aus. Jetzt hatte sie zwei Kinder, und nur ihr Bub gefiel ihr nicht. Der hing herum und schien etwas zu wollen, das er nicht verriet, das Mädchen aber war in Ordnung. Und sie sagte zu Helene Baldauf: »Wenn ich den so sehe, diesen lommeligen Kerle, könnt ich ihm eine herunterhauen!« Auch ihre Handschrift war Eugen zu Gesicht gekommen, und die erschien ihm ausfahrend und spitzig, weshalb er dachte: nimm dich in acht.

Nun saß sie also neben ihm, und Eugen kam es vor, als hätte man ihn so plaziert, damit Franz und Helene beobachten konnten, wie er sich verhielt. Vielleicht erwarteten die jetzt, daß er sich von einer neuen (und komischen) Seite zeigte, wenn er, heimlich entflammt, von der lodernd Schönen ermuntert wurde, nur recht unbekümmert aus sich selbst herauszugehen. Sie sagte: »Herr Rapp, ich möchte Sie befeuern«, was ihn überraschte, doch hielt er sich zurück, als schnappte in ihm eine Bremse ein. Die Dame zeigte ihre Beine in feinen Seidenstrümpfen, und er traute nicht den schönen Augen, die sie machte, strich aber einmal mit der Hand über ihr Knie und sah sofort den Pressephotographen sein gerissenes Lächeln aufsetzen, damit man merkte, er habe alles beobachtet. Franz und Helene zeigten ungerührte Mienen, und auch Hanne ließ sich nichts anmerken. Das kommt noch ... dachte Eugen und erwartete eine Verachtungsbezeigung ihrerseits, sagen wir mal: auf dem Heimweg oder in der Küche. Und er trug sein Geschirr in die Küche, stellte es dort auf einen weißen Tisch und war verwundert, als dicht neben ihm die Dame stand, in deren Gesicht ihm nun jene Pferdekopfähnlichkeit auffiel, die Franz Baldauf öfters zu preisen pflegte, wenn er die Anziehungskraft eines weiblichen Gesichts charakterisieren wollte.

Ob sie hernach, wenn du gegangen bist, eine Art Manöverkritik abhielten, in der jeder den andern fragte, was er beobachtet habe? Die hatten sich doch zuvor abgesprochen: Zieh alle Register, die dir zur Verfügung stehen, dann sehen wir zu, wie er sich verhält.
Nun ja, dies hatte sich vor dreißig Jahren abgespielt, als die Geldquellen frisch gesprudelt hatten und jeder neugierig gewesen war auf alles, was sich an Amüsantem außerhalb des Gelderwerbes noch ergattern ließ. Da bot sich Seelisches an, oder wie man's nennen wollte, das erotische Seelische, und also war auch diese kühle Dame gerne mit von der Partie, wenn's galt, solch einen Träumer wie den Eugen einmal vortanzen zu lassen. Wie sich der gebärdete, wenn ihm etwas Verlockendes angeboten wurde, das war den Herrschaften der großbürgerlichen Sphäre das Zuschauen wert. Und Eugen sagte zu sich selber: Du als Anschauungsobjekt... Dabei fielen ihm die Autos ein, die der Herr Syndikus und seine Frau besaßen, beides Wagen von der anspruchsvollen Sorte, also ein niederer und enger Porsche und ein dicker Amerikaner.
Ihm gefiel's, daß die sich etwas leisteten und Freude an geräumigen Autos hatten. Und er blätterte in einem alten Tagebuch, weil er meinte, er habe den Sylvesterabend damals genau beschrieben, fand aber nur eine Notiz mit dem Satz: »Ich Esel.«

Gut so. Da hatten sie also mit ihm ihr Spiel getrieben, und so etwas war immer gut. Wenn sie sich über dich lustig machen, schauen sie auf dich herab und fühlen sich wohl... Damals, Anno 56/57, hatte er so getan, als ob er nicht bemerkte, was mit ihm gespielt wurde, sich aber gequält gefühlt. Kein Wunder, wenn wie damals einige Damen wünschten, daß er sie verstehen und mitfühlen könne.

Sie wollten alle das Gefühl in ihm hinterlassen: du hast etwas versäumt. Schade, daß es schon wieder zu Ende ist… Er aber war froh, allein auf seinem Rad zur Nippenburg zu fahren, hinauszuschauen, einen verschrumpelten Apfel von einem alten Baum zu reißen und zu essen. Wenn dann dazu ein heller, in der Ferne dunstiger Septembertag Luft und Sonne spendete, waren äußere und innere Stimmung miteinander in Einklang. Und er schaute vor sich hin am Schreibtisch, während die Lampe brannte, meinte im Gras zu sitzen und den Apfel zu schmecken, während eine Heuschrecke raschelte und hinter Münchingen die Eisenbahn vorüberklapperte.

Auf dem Rad bist du in Stuttgart oft gefahren. Hier in München traust du dir das nicht mehr zu, nachdem ein Mädchen, ebenfalls zu Rade, in dich hineingefahren ist… Eugens Rad hatte einen ›Achter‹ im Vorderrad gehabt, und er war vom Sturz am Knie verletzt. Blut tropfte aus der Wunde.

Lange war das her, über ein Jahr, und jetzt ging er lieber als Rucksackspaziergänger mit Hanne durch die Gegend um Grafrath. Bei solchen Schlendergängen war ihm die Rast am Wichtigsten. Da lagen sie am Waldesrand nebeneinander, aßen Äpfel, Käse, Brot und Eier, tranken Tee aus ihren Rotkäppchenflaschen – die nannten sie so, weil sie einen roten Becher als übergestülpten Deckel hatten – und streckten sich aus. Hanne drehte sich zur Seite und schlief ein bißchen. Da sah er dann, wie das Licht ihre Samthose und ihre Bluse hell machte. Schlaf gut, fühle dich wohl.

Als sie weitergingen, hörten sie einen dünn zirpenden Vogel. Den hatten sie schon oft im Bayerischen Wald gehört, aber wie er hieß, wußte weder er noch Hanne. Doch brauchte man den Namen nicht zu wissen, es ge-

nügte sein Gesang und daß es sonnig war, das Licht gemischt mit Blätterschatten auf dem Weg.
Ein Mann im hellblauen Leinenkittel, der Mist auf eines seiner Felder hinausfuhr, sagte zu Hanne, wie sie gehen müßten, um zum Moor zu kommen. – »Dort ist das Moor«, sagte er und zeigte hinaus. Es lag als braune Wiesenwildnis da und hatte Büsche und Bäume zwischendrin, sah abweisend aus, eine mürrische Landschaft. Hanne fügte hinzu, da drüben liege der See.
Er hatte ringsum Zacken dunkler Tannenwälder. Die lagen draußen als hoher, schattiger Zaun, und auf dem Wasser glitzerte zerspritztes Licht. Sie kamen auf eine Straße dicht am Ufer, die sie schon einmal gegangen waren und wo ein Kirchlein stand. Das war innen mit Blumen geschmückt gewesen, und Hanne hatte zu einer Frau gesagt: »Wie wunderschön haben Sie alles gemacht.« Die Frau hatte sich gefreut. Jetzt aber wehte es kalt aus der Kirche, ihr Inneres war immer noch erhellt von den Altären, auf denen Blumensträuße standen.
Bescheidene Freuden, wie? Hanne und Eugen genügten sie. Neben einem Strandbad lag eine Gaststätte, und sie dachten, dort sei es bequem zu sitzen und hinauszuschauen auf den See.
Sie gingen in dieses Wirtshaus hinein. Auf einem Tischchen, nicht weit von der Gartentür, lag neben einem Teller und einer Serviette ein Taschenbuch, auf dem Parmeggianinos Selbstporträt abgebildet war, wie sich der Maler in einem Konvexspiegel, mit gewölbtem Glas, gesehen hatte. Seine rechte Hand war vergrößert mit spitz zulaufenden Fingern. Eine Damenhand... hätte man denken können, und zu ihr paßte auch das lächelnde Gesicht des Malers mit mädchenhaften Zügen. Das Buch hatte den Titel »Die Ursprünge der modernen Kunst« oder so ähnlich. – »Da siehst du, wie

gebildet die Kellnerin ist«, sagte Hanne, und Eugen sah zwei Kellnerinnen, die eine hübsch, schlank und schmalhüftig. Sie trug ein Dirndlkleid und Schnürstiefel mit hohem Hals, die er zum ersten Mal bei österreichischen Kellnerinnen gesehen hatte. Die andere war im schwarzen Kleid mit weißer Schürze und trug eine Brille. Die sah wie eine fleißige Studentin aus, und Hanne sagte: »Der gehört das Buch.« Eugen stimmte ihr bei. Und später, nachdem Hanne und Eugen gegessen hatten (einen faden, tiefgekühlten Fisch), hatte die mit der Brille das Buch unterm Arm, als sie der Hübschen die Hand gab und ging.

Der See blendete, die Sonne schien Eugen ins Gesicht. Hanne wollte im Schatten sitzen, doch nirgends gab es Schatten. Vor ihr saßen ein grauhaariger Mann und ein Mädchen, das eine Zigarette nach der andern rauchte, einen breiten Po hatte und die Hand impulsiv bewegte, wenn sie sprach. Der Mann, ein eher fülliger Typ, nickte und schaute ihr lächelnd zu. Weil Eugen sie von hinten betrachtet hatte, versuchte er beim Weggehen ihr Gesicht zu sehen, doch ging sie dicht vor ihm in das Wirtshaus hinein, übrigens mit gewandt geschwenktem Hinterteil, weshalb er wieder dachte, vielleicht sei sie eine praktikable Dame.

Er fragte Hanne, wie die ausgesehen habe, und sie antwortete: »Üblich. Nichts Besonderes.« – »So habe ich's mir vorgestellt«, bemerkte Eugen und dachte an den Sekt, in dem Erdbeeren geschwommen waren und den das Mädchen nach einem Salatgericht getrunken hatte. Vielleicht Chef mit Sekretärin. Vater und Tochter konnten's auch gewesen sein.

Allmählich näherte sich der Sommer, doch jetzt war immer noch Frühling, und Eugen ging im Englischen Gar-

ten, dort, wo eine weite Fläche wie für einen See ausgegraben worden war, hinter einem hohen Erdwall auf einem Trampelpfad durch hohes Gras. Der Wall war mit gelb blühenden Ackersenfbüscheln überwuchert. Breitlappige Blätter machten sich zwischen rosafarbenen Storchschnabelblüten breit, kniehoch stand der Hahnenfuß mit gelben Blüten, und eine Salbeiwildnis breitete sich aus. Beim Buschwäldchen standen Brennesseln dunkel beisammen, als wären sie sich über Eugen schweigend einig. Unsichtbar jubelte ein Laubsänger im Blätterdikkicht. Immer wieder fing er zu tirilieren und zu schnalzen an, er drängte seine Töne zu einer Tonsäule ineinander. Das klang wie ein Springbrunnenlied, und Eugen kam das Vögelein mit braunen Federn, wahrscheinlich eine Grasmücke, in den Sinn, das in einer Buschwildnis beim Eckartshaldenweg in Stuttgart unbeirrt zwischen Blättern gesessen war und Eugen angeschaut hatte, nicht länger als sein Unterarm von ihm entfernt.
Jetzt hörte Eugen dem Laubsänger zu, sah auf dunkle Brennesseln neben hohen gefiederten Gräserfransen. Ging weiter, sah durch eine Lücke im grün überwucherten Erdwall drüben drei Mohnblüten leuchten. Die holte er sich. Mohn war hier aufgeblüht, es gab ihn in Büscheln da und dort, und er hatte Knospen. Vielleicht wirst du sie bald als Blüten sehen.

Eugen sollte dann mit einem Fernsehteam nach Hohenlohe reisen. Frau Doktor Mutius hatte mit Hanne am Telefon gesprochen. Nun rief sie wiederum an, und Eugen fragte, was sie wünsche.
Sie hatte sich vorgestellt, die beiden Rapps machten in Hohenlohe Urlaub, und sie käme dann mit ihrem Team dazu, um mit Eugen drei Tage lang herumzureisen. Als er fragte: Wozu das Ganze? kam heraus, es solle ein Land-

schaftsfilm werden, der zehn Minuten dauerte, und in dem sie auf sein Buch *Der Wanderer* hinweisen wollte. – »Es braucht ja nicht gesagt zu werden, daß es ein Buchfilm wird«, fügte sie hinzu, und Eugen erwiderte, er könne nur mitmachen, wenn er ein Honorar und alle Unkosten ersetzt bekomme: »Darüber möchte ich eine schriftliche Nachricht haben.« Worauf Frau Doktor sagte: »Ich habe nicht gewußt, daß Sie ein Honorar wünschen. Erst kürzlich hat es eine Malerin empört abgelehnt, als ich sie nach ihrer Honorarforderung fragte.«
Eugen lachte, sagte: »Was? Abgelehnt?«, und Frau Doktor fügte hinzu: »Nach Ihren Büchern habe ich gedacht, Sie legten keinen Wert auf Geld«, was Eugen kurios erschien, hatte er doch nirgendwo geschrieben, er mißachte den ›Mammon‹, wie es in der Bibel hieß. Und er erwiderte: »Ich weiß schon, daß die Fernsehanstalten, um ihr Programm zu füllen, möglichst kostenlose Filme drehen wollen«, worauf Frau Mutius erklärte, sie arbeite für den Südfunk in Heidelberg und für den Südwestfunk, weil sie drei Kinder zu ernähren habe. Eugen war nahe daran, die Frau darauf aufmerksam zu machen, daß er dafür nicht verantwortlich gemacht werden könne. – »Dann werde ich also den Südfunk bitten, daß er an Sie schreibt«, ließ sich Frau Doktor Mutius vernehmen, und Eugen sagte: »Ja. Gut so.« Doch kam sie wieder auf Eugens Urlaub zu sprechen und erzählte, sie sei in Hohenlohe drei Tage lang mit ihrem Team unterwegs und wolle Eugen in einem Ort seiner Wahl besuchen, wenn er dort weile. Darauf er: »Mein Urlaub steht nicht fest, und ich weiß nicht, ob ich in dem Häuschen unterkomme, wo ich zu verweilen pflege.« – »Ach so«, sagte die Dame, und Eugen dachte, das sei ein gepflegtes Gespräch gewesen.

Eugen hatte das Gefühl, er müsse sich bei dieser Dame davor in acht nehmen, nicht in ein Fettnäpfchen zu treten. Er begrüßte sie im »Hotel Post« in Langenburg und sah sie dann die alte Treppe mit dem breiten Geländer abwärts gehen und auf die Stufen schauen. Sie hatte ihre Augenlider im selben Dunkelblau geschminkt, das auch ihre Strümpfe sehen ließen, und wenn sie im Freien ging, setzte sie eine dunkle Brille auf. Die Frau war zierlich und nicht größer als er.

Heiße Sommertage. Das Land hatte orangefarbene und gebleichte Kornfelder als gelbe Streifen und Flecken zwischen dunkelgrünen Wiesen. Noch schwiegen die Mähdrescher, aber so ruhig, daß der Tontechniker Eugens ins ›Off‹ gesprochene Sätze aufnehmen konnte, war es nicht. Ein Hubschrauber verschwand und schwieg, und schon summte ein Flugzeug hoch oben; um vom niedrig dahindonnernden Düsenjäger ganz zu schweigen.

Auch der Wind machte in einer Pappel, unter der Eugen saß, allzuviel Lärm. Er sollte aus seinem Buch *Der Wanderer* vorlesen, aber dafür war's im Jagsttal zu unruhig. Sie suchten einen Platz drüben am Hang auf einer Wiese, doch summten dort Insekten allzu laut. Decken wurden aus dem Auto geholt und mit einem Kissen so um das Mikrophon des Tontechnikers gewickelt, daß es wie eine schwarze Keule aussah. Ein junger Mann, der mit französischem Akzent sprach und das Stativ herbeizutragen pflegte, sagte: »Jetzt kommt wieder der idiotische Typ mit dem Stativ daher und macht hier ein bißchen Naturzerstörung...« Dabei trampelte er einen Flecken mit hohen Gräsern und Hahnenfußpflanzen nieder. Der Kameramann sagte: »Was machst du da? Die Gräser brauch ich doch fürs Bild«, worauf der andere den zertrampelten Flecken mit den Händen so auflokkerte und natürlich machte, wie er zuvor gewesen war. Sonne schien schräg in die Gräser, und draußen lag das Tal im Dunst mit blauen Talhängen. Als altersbraune Siedlung war das Dorf Unterregenbach neben einer glänzenden Flußschleife zu sehen, ein ideales Naturbild, hätte nicht hoch oben wieder ein Flugzeug gesummt.

Dann aber war es still. Eugen las aus seinem Buch, während Sonne ihm ins Gesicht brannte (einen Strohhut aufzusetzen war ihm nicht gestattet worden). Das Bild sollte vollendet sein.

Eugen versprach sich und mußte wiederum von vorn anfangen. Eine Neueinstellung der Kamera wurde notwendig, und der Kameramann, Herr Bertling aus dem Bayerischen Wald, erhob sanft Einspruch: »So was auf niedrigstem Niveau...« und korrigierte sich: »Auf finanziell niedrigstem Niveau.« Eugen stimmte ihm zu: »Für sechshundert Mark diese Strapaze.«

Der Wald schaute herab. Der Fluß wand sich wie eh und je in den Talwiesen. Gräserduft wehte her, und die Hitze machte Eugens Hemd schweißfleckig. Weiße Scharfgarbendolden waren neben seinen Knien, während er auf einer Decke lag und Schwebwespen zuschaute. Im Auge der Kamera sah er sein Gesicht gespiegelt, und Frau Doktor Mutius saß abseits mit blau gefärbten Wimpern und einem ebenso gefärbten Fingernagel am Ringfinger der linken Hand. Ihr Mund schien hochmütig gekrümmt zu sein. In ihren Blusenschmuck hatte sie Blumen gesteckt, und der schmale Goldring, der ihren Hals umschloß, erinnerte teils an jugendstilerne Verfeinerung, teils an Archaisches.

Der lustige Franzose, der das Aluminiumstativ herbeischleppte und zu sagen pflegte: »Jetzt kommt wieder der idiotische Typ mit dem Stativ«, lieh Eugen in den Drehpausen seinen Strohhut.

Dann fuhren sie in ihren Autos wiederum hinunter in das Tal. Bei der alten Steinbrücke mit den spitzen Pfeilern, die den Fluß wie Schiffskiele zerteilten, dachte Eugen an den Reiher, der vor einem Jahr hier am Ufer gestanden war. Die Jagst rauschte über das Wehr, glitt dunkelgrünlich weiter, während Blätter das Wasser beinahe berührten. Man ging zum Dorf hinüber, und Eugen saß vor einem blumenüberwucherten und verwilderten Bauerngarten, neben dem Frau Doktor mit den blauen Strümpfen auf einer Bank saß. Zwei Buben lehnten an ihren Fahrrädern, ein Blonder und ein Rötlicher. Der Blonde hatte ein steifes Messer im Lederfutteral am Gürtel, und Eugen sagte zu ihm: »Ein tolles Messer hast du.« Der zog es aus der Scheide, Eugen fragte, ob es geschliffen sei, und der Bub antwortete: »Natürlich.« Er freute sich, als Eugen staunte.
Dann fragte er: »Was gibt denn das?« und meinte alles, was der Kameramann hier aufnahm. Eugen antwortete: »Einen Film über das Land. Die Sendung heißt ›Miniaturen‹.« Die habe er schon oft gesehen, erwiderte der Bub, und Frau Doktor sagte: »Sehen Sie...« Der Bub bestätigte ihre Meinung, über eine Million Zuhörer und Zuschauer pflegten diese Sendung anzuschauen.
Halb stehend, halb auf ihren Rädern hockend, redeten die Buben miteinander, und der eine sagte: »Wenn du ins Bild läufst, haut's den Kameramann um die Ecke.« Darauf der andere: »Und bei dir zerreißt's die Kamera.« Währenddessen schrien Tauben, und dann flogen drei über den Dächern, verfolgt von einem Sperber.
Die Buben gingen weg, und der Blonde schaute dann aus einem Haus herunter, dessen Verputz abgeklopft war; dort sah jetzt das Fachwerk heraus. Eugen überlegte, was der Kameramann hier reizvoll fand, denn außer dem verwilderten, mit Blumen überwucherten

Garten sah alles andere trist aus. Aber dort, wo der Kameramann seinen Apparat mit dem schweren und dicken Rohr vors Auge hielt, war auf zwei steinernen, von Moos dunkelgrünen Pfosten die Jahreszahl 1755 eingemeißelt.

Andern Tags auf dem Judenfriedhof, der niedere Mauern hatte und in den Feldern beim Wald lag.
Wieder war es heiß und hell. Ockerfarbene Kornfelder lagen zwischen Wiesen, als wären's Tafeln oder gelbe Bänder. Wind ließ die Pappelblätter droben beim Weg nach Morstein zittern und rauschen, was den Tontechniker betrübte, der Stille haben wollte. Im Friedhof standen die Lebensbäume auf dem Grab eines Bankiers still, als berührte sie kein Wind. Der Stein des Grabes war Basalt, und das Grab war das einzige, das dem auf einem christlichen Friedhof glich. Sonst standen nur Steintafeln da, viele verwittert und eingesunken, manche mit grauen Moosflecken. Ein Bussard schrie, während er über dem Wald kreiste, als erhöbe er sich aus den Wölbungen der Blätterbäume. Weil Eugen nicht gebraucht wurde, legte er sich auf einer Decke ins Gras und erfuhr vom Tontechniker, im Alter könne man die hohen Frequenzen des Heuschreckenraschelns nicht mehr hören. Deshalb hast du gemeint, die Heuschrekken seien durch Pestizide ausgerottet, sagte Eugen zu sich selbst und erinnerte sich, einer Heuschrecke beim Flügelwetzen zugeschaut, sie aber nicht gehört zu haben. Und er merkte, wie falsch es war, wenn er dachte, er sei fast unbeschädigt durch die Jahrzehnte gekommen. Aber es machte nichts. Und er freute sich, als die Doktorin ihm erzählte, einer von den Jungen habe gesagt: »Wenn ich mit dreiundsiebzig auch noch so viel draufhabe wie der…«

Sie fuhren ins Jagsttal hinunter, fragten einen bärtigen Urlauber, wo es hier etwas zu essen gebe, und der antwortete auf schwäbisch (was Eugen wohltat), in Liebesfeld sei ein nettes Wirtschäftle; dort könnten sie vielleicht etwas bekommen, doch Eugen bezweifelte dies.

Vor dem Wirtschäftle unter hohen Buchen stand dann ein offener Jeep, in dem ein Jagdgewehr in einem Halter zwischen den Vordersitzen festgemacht war, eine Kugelbüchse. Ein großes Fernglas lag auf dem Brett neben der Tür. Aus dem Wirtschäftle tönte eine amerikanische Männerstimme, lautsprecherstark. Frau Mutius, im langen Rock mit blauen Strümpfen, wich vor einem alten Hund zurück, der schnuppernd schwänzelte. Eine Frau mit grauem Haar kam aus der Wirtschaft heraus, und Michael, der Tontechniker, fragte sie, ob es etwas zu essen gebe. Wortlos schüttelte sie den Kopf, schaute geradeaus und ging zwischen Frau Doktor und dem Kameramann hindurch.

Also zum Glück wieder nach Langenburg, doch wollten dort die andern nicht in der »Post« essen, was Eugen ärgerte. Die sehnten sich nach dem »Ochsen«, weil man dort im Freien sitzen konnte. – »Sie können ruhig zu Ihrem Postillon gehen«, sagte der Tontechniker zu Eugen, doch wollte der kein Spielverderber sein und ging mit ihnen.

Was war im »Ochsen« so neuartig, daß man die »Post« missen konnte? Gar nichts. Man saß vor dem Wirtschäftle, es war kühl nach einem Gewitterregen, und die Maultaschen, die man ihm vorsetzte, kamen aus der Dose. In der »Post« hätte dir Frau Ziegler einen Pfannkuchen mit feinem Fett in einer Pfanne gebacken, die aussah, als wäre sie zweihundert Jahre alt; oder du hättest dir einen serbischen Reistopf einverleibt.

Sie fuhren auch nach Kocherstetten, wo der Kameramann badende Kinder filmte, wie sie sich unterm sprühenden Wasser einer Dusche dehnten. Der Fluß glänzte, und Uringeruch wehte aus einem Bretterhäuschen. Weidenblätter erschienen gelbgrün, und Kinder liefen in das Wasser unter einem Wehr. Eugen ging am Fluß entlang, und neben ihm bewegten sich Hafer und Mohn. Im verschilften Ufergras klatschte ein Fisch. Blaue Libellen flogen (die hast du an die fünfundsechzig Jahre lang nicht mehr gesehen). Ein buckliger und magerer Bauer mit geschärftem Gesicht, der Mund eine Ritze, mähte mit der Sense Gras, während sein Sohn einen Traktor in der Wiese wendete und die blaustrumpfige Frau Mutius beschimpfte, weil sie mit dem Auto zum Fluß fahren wollte.
Das war kurz nachdem Eugen an einem Kornfeld mit hohen Ähren vorbeigegangen und gefilmt worden war. Hier wurde noch nicht der sibirische Weizen angebaut (der mit den niederen Halmen), was ihn verwunderte. Ein kleines Feld hatte noch Ähren, die ihm über das Knie reichten, wie er sie aus der Kindheit kannte, und er ging daneben als ein alter Mann.
In Künzelsau waren sie am nächsten Tag, und wieder herrschte helles Wetter. Dort stand er vor dem Haus mit dem Türklopfer und der Inschrift von 1711, wo er aufgewachsen war. Wie vor dreiundsiebzig Jahren waren die beiden Schwalbennester in der Ecke unterm vorragenden ersten Stock bewohnt, aber die interessierten Frau Doktor Mutius nicht. Sie wollte das Hörza Gängele sehen, diesen schmalen Durchschlupf zwischen alten Mauern, den sie aus Eugens Buch *Verlassene Zimmer* kannte und der gleich dort neben Benners schiefem Haus vorüberführte, in dem jetzt Griechen wohnten.
Eine junge Amsel flatterte am Boden, die Amselmutter

schrie und keckerte von der Dachrinne her, flog herunter und versuchte Michael, den dürren Tontechniker, wegzulocken; denn der wollte die junge Amsel fangen. Dann waren – von einem zum anderen Augenblick – die Amseln verschwunden, und Eugen wurde im engen Weg gefilmt. Die Häuser hier sollten abgerissen werden, aber das wär schad gewesen.

Sie wollten hier noch einmal filmen, aber dafür war's zu spät. Man hätte eine Scheinwerferlampe aufstellen müssen, und während sie das taten und probierten, wie man's am günstigsten machen könnte, kam eine Frau auf Eugen zu, etwas kleiner als er und fein gekleidet, mit dünner Brille. Die fragte ihn, ob er sich an Pauline Benner noch erinnere.

»Ja, grüß Gott, Päule!« rief er aus und fügte hinzu: »Wenn's früher so schön heiß wie heut gewesen ist, hat dort drüben deine Mutter Wäsche gebürstet, wo es schattig war.« Päule sagte: »Das war eine herrliche Zeit!« Ihr Vater war Arbeiter in der Gerberei gewesen, und ihre Mutter hatte als Waschfrau Geld hinzuverdient. Trotzdem tat's Päule wohl, daran zurückzudenken, und das gefiel dem Eugen.

»Wo wohnst du jetzt?« fragte Päule, und Eugen sagte: »In München.« Sie wiederholte »in München«, und er fügte hinzu: »Ich mußte ausziehen aus meinem elterlichen Haus. Meine Schwester wollte es verkaufen.«

»Ja so was … Oh!« sagte Päule.

»Manchmal ist's halt nicht so, wie es von außen ausschaut«, sagte Eugen, und Päule nickte, sah vor sich hin. Es kam dann noch einer hinzu und sagte, er sei auch Jahrgang dreizehn. Eugen erinnerte sich seiner nicht mehr. Und drunten im Honigzipfel bei der Nagelschmiedgasse hatte die alte Lene gewohnt, von der Malermeister Härle zu erzählen wußte, daß sie Metzger

geheißen habe und an keiner Holzbeige vorbeigegangen sei, ohne ein paar Scheiter mitzunehmen; an die erinnerte sich Eugen auch.
Härle trat mit nacktem Oberkörper auf die Gasse. Schmale Hosenträger hielten seine blaue Arbeitshose fest. Er hatte kurz geschorenes weißes Haar, einen runden Kopf und war klein und beleibt... Er fragte, weshalb hier gefilmt werde. Dann nahm ihn und Eugen der Kameramann auf, wie sie beisammenstanden, redeten. Hernach wurde Härle in seiner Werkstatt gefilmt, wie er ein staubiges Kummet mit dickem Pinsel säuberte. Durchs Fenster fiel das scharfe Licht einer Filmlampe, die draußen aufgestellt war. Ein Bild, das Eugens Vater gemalt und das Härle aus Bauschutt hervorgeholt hatte, stand auf dem Regal hinter ihm und wurde mit ihm aufgenommen.
Eine Frau Färber kam hinzu, die war wie ein Teenager aufgeputzt und an die sechzig Jahre alt. Sie strahlte den Kameramann an, redete, als wäre sie betrunken, bedachte ihn mit bewundernden Worten, fragte, wie er heiße, sagte: »Oh!« und hob die Hand: »Ganz groß!« Zuvor hatte Härle erzählt, daß der Sohn des Schmiedes Färber ebenfalls Schmied geworden war: »Vor ein paar Minuten ist er hier gewesen.« Ob die Frau mit ihm verwandt war?
Eugen sah ihn vor sich als einen schmalen und blondhaarigen Buben, und es verwunderte ihn, daß aus dem ein Schmied geworden war. – »Mich freut's, daß hier so viele Schwalben nisten dürfen«, sagte Eugen. Am Haus gegenüber war ein gemauertes Schwalbennest neben zwei aus Kunststoff unter den Dachvorsprung geklebt... Die künstlichen waren leer. Härle sagte: »Früher wurde der Kalkstaub auf den Straßen durch Regen in Mörtel verwandelt. Da hatten es die Schwalben leicht, Baustoff für ihre Nester zu bekommen. Aber jetzt sind

die Straßen geteert.« Und er fügte hinzu, heuer seien nicht alle Schwalben zurückgekommen: »Die Italiener haben sie verspeist.« Härle sprach das Hochdeutsche feiner aus als Eugen und lächelte verschmitzt.

Nun ging es gegen Abend, und Eugen war froh, als die andern sagten, man fahre nach Langenburg zurück. Wenn die dort wiederum im »Ochsen« essen wollen, gehst du trotzdem in die »Post« ... nahm sich Eugen vor und ging mit ihnen zum Schloßgarten, diesem sorgfältig gepflegten Rasenparterre mit Blumenbeeten und niederen Buchshecken, über das man weit hinausschauen konnte in das Tal ... An der Brüstung vor dem weiten Ausblick stand ein steinerner Tisch mit Bänken, und dort wollte Frau Doktor mit Eugen ein Gespräch führen, obwohl's ihr nicht gestattet worden war, den Garten zu betreten. Jetzt aber versuchte sie es trotzdem. Und sie kletterte über die verschlossene Gartentüre, wobei sie ihren Rock so hoch über die Knie hinaufziehen mußte, daß ihre glatten weißen Schenkel im Dämmerlicht schimmerten.

Auch Eugen mußte über den Zaun klettern, und das fiel ihm schwer. Da schob ihn dann der lustige Typ mit dem Stativ, der Deutsch mit französischem Akzent sprach, am Hintern nach, und er kam rüber.

Sie redeten, der Tonmeister saß am Boden, der Kameramann richtete sein langes Rohr auf Eugen, und nun hätte man anfangen können. Da rief ein Herr, der jenseits des Gartens an der Brüstung stand, herüber: »Haben Sie eine Genehmigung, hier zu filmen?«

Frau Doktor Mutius nannte zwei Namen von Herrschaften, mit denen sie konferiert hatte, sagte aber nicht, daß ihre Bitte abgeschlagen worden war. Doch war es nun fast Nacht geworden, und also raffte man die Utensilien zusammen und ging in die »Post« zum Essen.

Andern Tags versuchten sie dann wieder bei Unterregenbach zu filmen. Das Ganze zog sich hin, und Eugen dachte: wenn die so weitertrödeln, langt's dir nicht mehr auf deinen Zug, der in Blaufelden abfährt... Und er redete rauh daher (sonst beachten sie dich nicht), und Frau Doktor Mutius sagte, das sei ein Wutausbruch. Darüber wurde dann nicht mehr gesprochen, und Eugen dachte: es soll dir recht sein... Wartete, während die anderen filmten, und erinnerte sich, daß Frau Doktor zu ihm gesagt hatte, sie sei fünfmal verheiratet gewesen, zuletzt mit einem viel jüngeren Mann. Worauf Eugen gesagt hatte: »Das ist ja furchtbar.« Es war ihm herausgerutscht, und sie erwiderte: »Sie sehen es so...« Ihm schien's, als wäre sie überrascht, und sie deutete an, daß andere darauf mit Spott reagierten. Dir aber graut es, und du siehst vor dir fünf schwarze Löcher im Boden, wo die fünf Ehemänner der Frau Doktor, einer nach dem anderen, verschwunden sind... Aber es muß ihr doch gefallen haben, immer wieder mit einem anderen Menschen zusammenzusein... Dir würd' es davor grausen... Da hat sich die Frau Doktor also fünf Mal an einen neuen Menschen gewöhnen müssen. Äußerst mühsam... Und er bedauerte die Dame, sagte aber trotzdem zu sich selber: ohne Spaß daran zu haben, hätte sie nicht mitgemacht.

Willst du weiter in sie dringen? Lieber nicht... Und Eugen hörte vom Kameramann, daß er Eugen gern in seinem Wagen nach München mitnehme, wenn er sich ihm anvertrauen wolle.

Warum auch nicht? Und er dankte ihm, war erstaunt, als er des Kameramanns Auto sah, eins von der niederen und komfortablen Sorte.

Da ging es dann hinab in weite Felder wie in eine Erdmulde; eine gerade Straße tauchte in sie hinab. Draußen

lagen Wälder. Die waren bald durchquert, kaum, daß man in sie eingedrungen war. Der Kameramann sagte, er komme aus dem Bayerischen Wald, und wenn er dort mit den anderen beisammensitze, erzähle er manchmal, wie ihm etwas geglückt war mit der Kamera; eine besonders gute Einstellung, ein seltenes Motiv und so. Da sei man dann halt auch ein bißchen stolz. Die andern hörten zu und fragten hernach: »Ist das was?« Worauf Eugen vom Dorf erzählte, wo er bei einem Schneidermeister Urlaub machte. Dort hatten sich inzwischen einige Berliner angesiedelt, und die waren beliebt, weil sie den Dorfbewohnern ihre Fernsehapparate reparierten, ohne etwas dafür zu verlangen.
Der Kameramann lachte und sagte: »Ja, bei denen gilt nur das Handwerkliche.«

Das war etwas Solides, Festes, was man lernen konnte; weshalb Eugen die Handwerker beneidete. Und er dachte wieder einmal: du kannst gar nichts; denn was ist Schreiben? Immerhin auch eine Fertigkeit, die Geschick erfordert wie das Handwerk. Und schon wieder hatte er sich mit diesem Gedanken gestärkt: Sei froh, daß du es durchgehalten hast, zu sitzen und zu schreiben. Und er erinnerte sich seiner Jugendjahre, als er immer wieder von seiner Studienarbeit abgesunken war in etwas, was er zu Papier hatte bringen wollen, dies aber nicht fertig gebracht hatte, weil ihn das Lernen daran hinderte. Und immer wieder schob sich wie eine Kulisse aus Pappe ein Lerngegenstand vor die Buchenblätter und Vogelstimmen seiner Phantasie. Weshalb es klüger gewesen wäre, nur noch zu studieren. Dann hättest du etwas haben können, das wie ein Erfolg ausgesehen hätte... Bald darauf wurden ein paar seiner Gedichte gedruckt, und in einer Zeitschrift erschien eine Erzählung. Das war allerdings wenig, doch für die Erzählung bekamst du hundertfünfzig Mark, ein damals erklecklicher Batzen Geldes. Und du meintest, der Abglanz des freien Autorenlebens habe dich angestrahlt, oder wie man's nennen wollte.

Es kam ein langer Regen über Pfingsten. Jeden Regentropfen empfand Eugen als Zerstörer, weil er durchs kaputte Dach hereintröpfelte und vor seiner Türe im Dachbodenkämmerchen neben dem Kamin herunterrann, wo Eugen Exemplare seiner Bücher in Paketen aufgeschichtet hatte. Dort war die Wand vom eingesikkerten Regen naß, und manche Bücher waren angeschimmelt.

Die trug er dann alle heimlich in den anderen Dachbodenraum, der trocken geblieben war. Hanne durfte nichts davon bemerken. Wenn sie gewußt hätte, daß es hereinregnet, wäre sie verzweifelt und entsetzt gewesen und hätte über Pfingsten nur noch vom undichten Dach geredet, weil in den Feiertagen kein Dachdecker half. Am Pfingstmontag aber mußte er's ihr sagen. Und sie sprach durchs Telephon mit dem Dachdecker, der kam, bei Eugen durchs Fenster stieg und nur einen Dachziegel zurechtrücken mußte, den der Sturm verschoben hatte. Schon war alles wieder repariert.

Eine Erleichterung. Und Eugen setzte sich im Garten unter den Rosenbusch und sah Flugwespen in der Luft stehen, blitzartig wegzucken. Das tat ihm wohl. Dazu Stare, die jetzt wieder eilig flogen und kräftig im hellen Licht schnarrten, immer wieder wie in heftigem Geschäft begriffen, oder elegante Amseln, die, bevor sie drüben auf dem Blechdach der Garage aufsaßen, ihren langen hochgestellten Schwanz sanft sinken ließen. Der Star aber mit seinem kurzen Schwanz, der erschien ihm als ein ruppiger Geselle, während die Amseln als die Feineren und Hochmütigen oft hysterisch keckerten. Die Spatzen aber – von Staren und Amseln wurden die immer wieder weggescheucht mit Schnabelhieben – waren wuseliger als die Stare, also umtriebig und unverwüstlich. Und die Katzen – eine große Alte, deren Schwanz nur noch ein Stummel war und die eine nekkische Tochter hatte, beide schwarz, dazu ein roter Kater –, die kamen wie die Vögel zu den beiden Damen im Nebenhaus.

Dies alles gehörte dazu, aus ihm fügte sich's zusammen. Welches es? Das Leben halt. Schau's an, lasse dir nichts entgehen. Im engen Umkreis ist dasselbe wirksam wie vor einem weiten Horizont. Und er wurde wieder mal zu Urban eingeladen, als Gerhard und Dorli aus der Schweiz gekommen waren, beide auch schon über sechzig Jahre alt. Ihre Tochter war dabei, eine Muntere im scheckigen Sommerkleid.

Im Garten hinterm Siegestor hängte sich Gerhard bei Eugen ein. Als weiß angestrahlter Klotz ragte das Tor hinter hohen Bäumen aus der Nacht, während Fackeln im Gras brannten und eine schwarze Dame aus Erz im langen Gewand spätrömisch aussah; doch hütete sich Eugen, Urban zu fragen, ob diese Plastik aus der Zeit Hadrians stamme, weil er befürchtete, Urban antworte: »Oh, viel später!«

Wie ein Gast aus einer andern Sphäre stand die Skulptur aus Bronze im Licht der Fackeln da, und Eugen hatte das Gefühl, als ob die Figur noch vor kurzem gelebt hätte, irgendwo fernab. Und Gerhard sagte: »Eugen!« was bedeutungsvoll klang, worauf Eugen hinzufügte: »Wer hätte gedacht, daß wir einmal in solch feiner Umgebung zu Haus wären?«

Gerhard nickte ihm zu. Der kostete es aus, für den war es

ein Labsal, mit namhaften Windmachern der Literaturszene beisammen zu sein und rosa Fleischstücke, die man Filets nannte, zu verspeisen, dazu Bohnen, auf dem Teller sorgfältig geordnet, als wären sie ein von einem Designer entworfenes Kunstwerk. Und eine Redakteurin, die eine Modezeitschrift leitete, sagte zu Urban: »Du hast jetzt sogar einen Koch?« – »So gehört's zu meinem verschwenderischen Lebensstil«, antwortete Urban, und der Koch, ein junger Mann, erschien in der Tür und lachte verlegen. Jubelnd begrüßten ihn die Gäste.
Hernach, bei Nachtkühle, saßen sie im Freien. Gerhards und Dorlis Tochter, die Volksschullehrerin war, redete laut, ja geradezu kreischend. Dorli mit Stahlbrille und glatter Scheitelfrisur erzählte Eugen, daß in ihrem Dorf bei einer Erbschaft zwei Familien sich um ein Wäscheseil gestritten hatten und seitdem nicht mehr miteinander sprachen. Gerhards kühn gekrümmte Nase, deren Spitze die Oberlippe zu berühren schien, ermunterte Peter, zu sagen, Gerhard stamme von einem Römer ab, der beim Rückzug über die Alpen in der Schweiz hängengeblieben sei, während Eugen etwas Wendisches in seinem Gesicht habe. Sofort stimmte Hanne zu und erwähnte Eugens Tante Luise in Michelau, die mit ihrem pechschwarzen Haar, den hohen Backenknochen im breiten Gesicht und blauen Augen wie eine echte Wendin ausgesehen habe. Worauf Eugen vom Dorf Etzlenswenden bei Welzheim erzählte, das ein Wende namens Etzel gegründet haben könnte.
Am nächsten Tag kamen Gerhard und Dorli mit ihrer resoluten Tochter zu Eugen und Hanne, die einen selbstgebackenen Apfelkuchen auf den Tisch stellte. Da war nun wieder alles sorgfältig geordnet mit schmalblättrigen Azaleenblüten in der Mitte und weißem Porzellangeschirr.

»Ich möchte deine Drechslerei sehen«, sagte Gerhard, und Eugen ging vor ihm die Treppe aufwärts, führte ihn in seine Dachstube hinein. Auch Dorli und ihre Tochter waren dabei, während sich Eugen verwunderte, daß deren durchdringende Stimme den Eltern nicht auffiel; aber die waren lange schon daran gewöhnt.
Gerhard sah Eugens Bücher an, die dicht bis an die Dekke wuchsen und die Dachstube noch enger erscheinen ließen, als sie war. Er fragte, ob Thomas Mann Eugen noch etwas bedeute, zeigte auf die blaue Reihe von Hermann Hesses Werken und fragte, was denn mit Doderer sei. Eugen nickte, sagte: »Oh ja, schon... Aber seine *Tangenten* verstehe ich nicht.«
Gerhard ging es ebenso. Dabei kam's Eugen vor, als kenne Gerhard von Doderer wenig. Vor der Tür schaute er das Leutnantspatent von Eugens Vater genau an. Dort stand: »Wir, Wilhelm II., von Gottes Gnaden König von Württemberg«, und Gerhard fragte Hanne, ob ihr Schwiegervater unterm König Leutnant gewesen sei.
Da reichte also wieder einmal die längst vergangene Zeit herein, und Eugen meinte, allmählich werde er zu einem Fossil; aber das machte nichts, weil jeder aus dem Vergangenen lebte, gleichgültig, ob es lange her war oder gestern sich ereignet hatte. Und unten am Tisch sagte Gerhard, am liebsten seien ihm die Artisten im Zirkus, in der Literatur jedoch könne er sie nicht ausstehen. Und er liebe die Stotterer mehr als die gewandten Sprecher. – »Robert Walser!« rief er aus und reckte einen Zeigefinger, hatte große Augen. »Ich habe von ihm nur wenig gelesen: *Jakob von Gunten*, *Kleist in Thun* und *Brentano zwei*«. Und er wiederholte *Brentano zwei!*, als spräche er ein heiliges Wort aus. »Robert Walser nimmt sich selber ganz tief in seinen Text hinein.« Dabei krümmte er sich, als verkröche er sich in sich selbst, und

redete in beschwörendem Ton. Was er sagte, hatte einen Anhauch von Bedeutung, wahrscheinlich weil seine Erfahrung die Wörter durchdrang.
Dann sagte Dorli, Gerhards Frau: »Mein Mann ist ein Ordnungsfanatiker.« Und er erzählte von seiner Schreibstube: »Auf meinem Tisch liegen hier leere Blätter und dort Bleistifte. Im Regal stehen nur wenig Bücher. Ich schaffe immer wieder Bücher in die Scheune.« Sein Haus war fünfhundert Jahre alt, und er hatte eine Scheune dicht daneben ausgebaut, wohl zu einer Art Bücherspeicher; denn Gerhard gehörte zu jenen Kollegen, die nur solche Bücher um sich dulden, die sie ertragen können, während du... Und Eugen dachte: auch das Widerwärtige hat für dich einen Reiz.
Gerhard erzählte, wie er gelebt hatte. Da war er also dreißig Jahre lang im Industrie-Design tätig gewesen, hatte Lampenschirme, Plakate und dergleichen entworfen und zwanzig Jahre lang kein Buch gelesen. Aber Marcel Proust, den kannte er, dessen sieben Bände hatte er sich einverleibt. Die Tochter war inzwischen Volksschullehrerin geworden, und nun dachte er: die braucht dich nimmer . . . Also, gut, dann machst du Schluß mit der Designerei . . . . Und er nahm sich zusammen und wagte es, von einem Tag zum anderen nur Schriftsteller zu sein.
Die Leute sagten alle: »Die Meiers sind verrückt geworden.« Dorli mietete einen Zeitschriften-Kiosk und verkaufte Illustrierte und dergleichen, auch Romane für den täglichen Bedarf; denn Dorli war nicht so radikal gesinnt wie Gerhard, der alles auf eine Karte setzen wollte. Und Eugen erinnerte sich seines Lebens, damals in Stuttgart, wo er jeden Abend und bis in die Nacht in seinem Dachstübchen gekritzelt hatte, tags aber drunten in der Stadt als Büromensch, oder wie man's nennen

wollte, einem Kulturverein und einem Schriftstellerverbande gedient hatte, dem einen sieben Jahre lang, dem andern zwanzig Jahre. Sozialversicherung hatten diese Vereine nicht für ihn bezahlt, was Eugen sonderbar erschien, weil seine Chefs doch alle sozialistisch gesinnt und Mitglied einer sozialistischen Partei gewesen waren.

So suchten Eugen manchmal seine versunkenen Jahre heim, und er wurde trübselig gestimmt. Das taugte nichts, weshalb er froh war, als Hanne sagte, sie sei schon lange nicht mehr bei Diana draußen in Gräfelfing gewesen, morgen müsse sie sie wieder mal besuchen.
Nun, warum nicht? Er war damit einverstanden, doch als sie hinzufügte, Diana wolle auch ihn wiedersehen, zögerte er. Aber vielleicht fahre er mit Hanne hinaus und mache draußen dann einen Spaziergang, bevor er zu ihnen komme. Sie könnten dann derweil einen »Weiberschwatz« machen, fügte er hinzu und dachte: man wird auch dich durchhecheln. Seit er bekannt geworden war, wollte Diana sich seiner wieder mehr versichern.
Seltsame Geschichte dieses Hin und Her von Empfindungen, Antipathie- und Sympathiegefühlen. Es war abhängig von dem, was andere dachten und ob etwas über ihn in der Zeitung stand. Dann redete man über ihn, und manche wurden erst auf Eugen aufmerksam, wenn irgendwo zumindest angedeutet worden war, er sei ein dubioser Vogel.
Kuriose Sache, ziemlich ›menschlich‹, wie gewisse feinsinnige Leute zu bemerken pflegten, wenn sie sich als überlegene Geister profilieren wollten, wie man heute sagte. Und Eugen machte sich mit Hanne auf nach Gräfelfing, wo er ihr vor Dianas Häuschen auf Wiedersehen sagte und hinüberging zum Bach, der unter Erlen und

Ahornen dahinglitt. Hier hatte sich ein schattiges Wäldchen ausgebreitet. In ihm ging es sich leicht und unbehelligt. Niemand außer ihm war hier zu sehen, und das gefiel ihm. Dabei erinnerte er sich an Dianas eilfertige Redeweise, die unerschöpflich sprudelte, nur manchmal von der Zungenspitze unterbrochen wurde, mit der sie ihre Lippen feuchtete.

So kannte Eugen sie seit über vierzig Jahren. Und daß sie immer munter plauderte, das gehörte auch zu ihr. Die nahm nichts krumm und erzählte ebenso gern allerlei Gerüchte von anderen Leuten und wie die ihre Enttäuschungen und mißlichen Erfahrungen offenlegten. Die erzählte ohne Hemmung, und jedermann durfte sich anschauen, was ihr widerfahren war. Zum Beispiel die Geschichte mit den beiden Studienräten, die zusammenlebten wie ein Ehepaar und Diana seit ihrem Spanienaufenthalt anhingen. Einen von denen hatte Eugen mal bei einer Abendgesellschaft gesehen, die Diana zu ihrem sechzigsten Geburtstag in Szene gesetzt und auf der sie einen der beiden Studienräte umarmt und gesagt hatte: »Das ist mein Freund Manfred.«

Verheiratet war sie auch einmal gewesen und dabei in der Welt herumgekommen; von Südamerika bis Moskau, wenn du dich recht erinnerst. ... Und Eugen bewunderte Diana, weil sie immer den Kopf oben hielt, wie man gemeinhin sagte. Jetzt lebte sie in ihrem elterlichen Haus mit ausgedehntem Garten, den hohe Bäume zierten. Die Zimmer, mit alten Möbeln ausgestattet, zeigten sich, als wäre seit zweihundert Jahren alles gleichgeblieben, und als sich Eugen in einen der hochlehnigen Stühle gesetzt hatte, sagte sie, darin sei wahrscheinlich Goethe gesessen, als er den Herrn von Cotta besucht habe; denn sie war mit Cotta verwandt.

Diesen Stuhl jedoch samt einigen Silberbestecken hatte

Diana dann den beiden Studienräten geschenkt. Und verkracht hatte sie sich mit ihnen auch. Aber das bekümmerte sie ebenso wenig wie ihre Brustkrebsoperation und daß sie, was ihre Gelenke anging, nie schmerzfrei gehen oder liegen konnte. Sie sagte kein Wort davon und wollte nicht daran erinnert werden. Wichtig allein schien ihr der Garten zu sein, dieser großzügig angelegte mit gepflegter Rasenfläche, Kiefern und Ahornen, dazu einem kleinen Weiher, neben dem zwei Truthahnhennen aus Bronze so dastanden, als gingen sie im nächsten Augenblick vom Weiher weg. Der hatte Kröten und Frösche angezogen, deren Brut nun als Kaulquappen sich darin tummelte, während Seeliliensterne auf dem Wasser lagen.

Das Haus hatten Dianas Eltern aus der Hinterlassenschaft einer »Zehnerlfrau« erworben, wie man hier statt Abortfrau sagte. Und weil Diana nicht alleine leben mochte, hatte sie einer Bildhauerin, mit der sie befreundet war, einen Teil des Gartens für einen Anbau zur Verfügung gestellt. Die beiden Damen schienen in ihrem nahen Beisammenleben keinerlei Schwierigkeiten überwinden zu müssen, wahrscheinlich weil Diana nachsichtig und großmütig gesinnt war.

Trotz alledem, du hältst dich lieber von Diana ferne, und warum? Weil dir all das, was um dich herumwuselt, nicht gemäß ist. Freilich, ein Schriftsteller mußte für jeden Erdenrest dankbar sein, den ihm der Tag zubrachte. Deshalb bist du auch heute hierher mitgegangen. Und er schlenderte weiter unter Bäumen, wo das Bachwasser glänzte, wartete und überlegte, ob er jetzt umkehren und zu Diana gehen sollte, blieb aber lieber hier. Dort müßtest du schwätzen, während du unter den Bäumen nur dem Wasser zuzuschauen brauchst.

Zwei Buben planschten im Bach unter den Zweigen,

und Eugen ging zurück. Er kam in die Straße mit den Villen und gepflegten Gärten, wo Dianas Häuschen hinter Tannen sich verbarg und am Gartentor ihr Rauhhaardackel kläffte.
Als Eugen hineinging, biß er ihn ins Bein, doch zwickte sein Biß nur ein bißchen, weil Eugens Hose aus solidem Stoff war. Und also duldete er den Rauhhaardackel, übersah ihn, während er neben ihm kläffte, und freute sich am Gartentümpel, in dem Kaulquappen wegruderten oder sich tiefer sinken ließen, wenn sein Schatten auf sie fiel.
Die Haustüre stand offen, und innen schnatterten bereits mehrere Damenstimmen. In der Diele stand die Hausherrin abseits bei einer Freundin und sagte: »Der Eugen kommt nicht.« Dann schaute sie ihn an, schien ihn aber nicht zu sehen; denn sie redete weiter, jetzt als eine etwas gebückte Dame, deren Gesicht Spuren früherer Schönheit hatte.
So ging er denn an ihr vorbei und suchte Hanne. Fand sie in Dianas Salonzimmer, wo sie vor einem Regal voll alter Bücher mit einer Eugen unbekannten Frau ins Gespräch vertieft war, und hörte wenig später einer von Dianas adeligen Freundinnen zu, die sich ans Kriegsende erinnerte, und wie sie damals strikt und stolz jede amerikanische Zigarette von sich gewiesen hatte. Sie erzählte dies mit spöttischem Unterton, während Eugen daran dachte, wie er um 1947 Zigarettenstumpen vom Trottoir aufgelesen hatte und eine Schachtel ›Old Gold‹ oder ›Lucky Strike‹ ihm als eine Kostbarkeit erschienen war.
Ja, damals hast du noch geraucht, und jetzt erscheint es dir als größte Leistung deines Lebens, daß du dir das Rauchen abgewöhnt hast.
Die Bildhauerin, die sich ein Häuschen neben Dianas

Domizil errichtet hatte und durch einen Gang mit deren Wohnstätte verbunden war, bat Eugen, mit ihr in ihr Atelier zu kommen. Dort zeigte sie ihm das Modell einer Bronzeplastik, die im Hof einer Metallfabrik aufgestellt werden sollte. Es war eine liegende Spirale, die in drei blanken Schwüngen als Bänder aus Bronze den Boden berührte und in der Luft weiterschwang. Ein kühnes, aber einfaches Gebilde, über das sich Eugen möglichst so äußern sollte, wie es ihrer Intention entsprach. Er aber konnte nur eine Beschreibung seines Eindrucks liefern und stoppelte ein paar Wörter zusammen, die den Absichten der Künstlerin zumindest entgegenkamen. Und sie war's zufrieden, nachdem er versucht hatte, in seinen Sätzen auch der Funktion der Plastik im industriellen Raum als einer Anregung zu Lockerung und Lösung von Spannungen gerecht zu werden. Wer vom Maschinensaal nach Hause ging und vor dieser Spirale stehenblieb, der konnte seine Empfindungen auf ihr ausschwingen lassen, falls man so sagen durfte.

Die Künstlerin war damit einverstanden, und als sich ihre Tochter Sylvia ihm näherte, hoffte er von ihr etwas aus ihrem Leben zu erfahren, aber weit gefehlt; denn Sylvia führte ihn zu ihren Bildern, die von Überlegungen gezügelt und aufgebaut erschienen, lauter Fügungen strenger Formen, die sich teils tropfenförmig, teils wasserfließend ineinanderdrehten und voneinander lösten, um als selbständige Gebilde die Bildfläche zu beherrschen.

Alles präzis komponiert, und Eugen dachte: die könnte berühmt sein wie viele andere ... Außerdem gönnte er's der jungen Frau, die Lehrerin an einer Berufsschule war, allerdings nur als Angestellte, nicht beamtet. Der Mann, mit dem sie zusammenlebte, war Studienrat und Kunst-

erzieher und duldete jede ihrer Launen, wie Hanne zu sagen pflegte, die Eugen jetzt nicht sah. Vielleicht war sie im oberen Stockwerk, wo sich ebenfalls Gäste drängten.
Sylvia zeigte auf ein Bild, das ihr verstorbener Vater gemalt hatte, und sagte, das sei »so bürgerlich«. Es war eine Landschaft, sozusagen derb impressionistisch, eine gefällige Sache, allerdings in üblichem Geschmack; Sylvia sagte, das sei ein abstraktes Gemälde. Ihre eigenen Bilder bezeichnete sie als »konkret«, was Eugen sonderbar erschien, doch nickte er, sagte »Aha« und stimmte ihr bei, indem er ihr versicherte, jetzt habe er wieder mal etwas gelernt.
Diana kam und führte ihn zu einem Sofa in der Ecke. Dort erzählte sie von Max Schmöller, ihrem geschiedenen Ehemann, der nun wieder nach Bonn berufen worden war. – »Und natürlich macht die Eva alles viel besser als ich. Die paßt zu ihm, von ihr hat er ja auch zwei Mädchen.«
Ja, der Max, ein hoher Regierungsbeamter ... Eugen kannte ihn seit dem Kriege, als er erster Ordonnanzoffizier beim Stab gewesen war.
Er traf sich manchmal mit Diana, seiner geschiedenen Frau. Ein Hochgewachsener mit strahlend gebräuntem Gesicht, gekleidet wie ein Gentleman alter Schule. Und Eugen versuchte herauszubekommen, was der über ihn dachte, weil Eugen als Soldat zu ihm gesagt hatte, er trage ihm später seine Mappe nach, sei also sein Diener oder etwas in der Richtung; denn Max hatte großzügige Gesten, gab sich souverän. Auch eines von Eugens Büchern hatte er gelesen.
Leider kam Eugen immer wieder Widerliches in den Sinn. Wie sich die Leute verhalten hatten, als zwar Bücher von ihm erschienen waren, aber die Kollegen so

taten, als gäbe es ihn nicht. Oder Mufath, jener Arzt, den Eugen seit Studententagen kannte und dem er dreißig Jahre nicht begegnet war, tauchte nach einer Veranstaltung im Literaturarchiv neben ihm auf und sagte in spöttischem Ton: »Du kennst hier alle wichtigen Persönlichkeiten, wie?« Eugen antwortete nicht, worauf der andere einen Mann herbeiwinkte, von dem er sagte: »Das ist ein echter Niedernhaller.« Er meinte Niedernhall in Hohenlohe, wo dieser Herr, vielleicht als Sohn des Ortspfarrers, aufgewachsen war und jetzt wohl Studienrat sein mochte. Der fragte Eugen: »Aber in die Schule sind Sie doch gegangen, nicht wahr, Herr Rapp?« was Eugen töricht vorkam. Und Mufath fügte hinzu: »Wenn man's wie du zu nichts Rechtem gebracht hat.«

Die wollten also unverschämt sein, weshalb Eugen erwiderte: »Ja, so sind die Menschen. Ich meine: wie Sie beide.« Da gingen die dann weg.

Als Eugen in München lebte, tauchte der Arzt Mufath aus Marbach wieder auf. Nachdem Eugen vor Buchhändlern vorgelesen hatte, stellte sich der andere neben ihn. Jetzt wollte sich der mit ihm zeigen und meinte wohl, jetzt strahle von Eugen etwas auf ihn über, ein gewisser Glanz vielleicht.

Ja, diese Zeitgenossen und Mitmenschen... Loschek, dessen Ruhm ziemlich verblaßt war und der jetzt als offizielle Figur und Präsident einer Akademie fungierte, auch zweiter Vorsitzender des Schriftstellerverbandes war, dem Eugen als Sekretär zu dienen hatte, stand nach einem Vortrag vor einer ansehnlichen Gruppe von Schriftstellern, als Eugen auf ihn zuging, um ihn zu begrüßen. Da deutete Loschek auf ihn und sagte laut und halb zu seinen Kollegen gewendet: »Da kommt Schiller!« Eugen verbeugte sich und ging vorbei.

Gut so, dachte Eugen heute. Loschek zeigte sich dabei als selbstbewußter Herr, wenn man so wollte, aber wenn sich derartiges nicht ereignet hätte, wäre es Eugen vielleicht zu wohl geworden. Und du schuldest diesen Leuten nichts. Darfst sie dahinten liegen lassen.

Hätte er damals in Marbach Loschek antworten sollen: Und wie geht es Ihnen, Exzellenz von Goethe? Nein, weil Loschek seinen Spott nicht gemerkt hätte.

Eugen kam dann wieder auf den Boden der Tatsachen, löste sich von seinen Erinnerungen und war schon wieder im Jahr 87, als er mit einem Schmerz im Fuß aufwachte, der auch nicht wegging, wenn er auftrat. Das durfte ihn jetzt nicht bekümmern, weil er nach Tettnang fahren mußte, um dort in einem Gymnasium vorzulesen. Froh war er, daß er sich den Lehrern dort nicht angeboten hatte, weil's ihm dann gleichgültig sein durfte, ob sein Geschriebenes bei den Zuhörern ankam, wie man gemeinhin sagte. Wär nur der Schmerz im Fuß nicht gewesen, der ihn hinken ließ, was nicht besonders vorteilhaft ausschaute; aber Hanne sagte, man merke es kaum.

Zum Mittagessen waren sie beim Rektor eingeladen, dessen Frau Studienrätin war. Beide stammten aus Stuttgart, und weil in Eugens Büchern öfters Stuttgart vorkam, gefielen sie den beiden. Die Frau kochte wunderbar und kannte sich wie ihr Mann in antiker Literatur aus, als ob sie Horaz persönlich begegnet sei; auch hatte sie zwei Söhne in die Welt gesetzt, von denen einer Eugen eine Rheumasalbe lieh. Trotzdem verflüchtigte sich sein Schmerz nicht. All dies aber: die Söhne und die Eltern, bewunderte Eugen (du hast davon nichts zustande gebracht). Und es tat ihm leid, als er oberhalb Meersburgs, wohin er und Hanne im Auto gefahren wurden, die Stadt seines schmerzenden Fußes wegen nicht anschauen konnte, wo er anno 33 im »Wirtshaus zum Becher« seinen ersten und einzigen Rausch hatte ausschlafen müssen. Dein Vater hat dir den Nachttopf unters Kinn gehalten und gesagt: »No kotzt!«, und dein Bett hat sich am Fußende aufgerichtet, wenn du dich zur Seite gedreht hast.

Meersburg quoll über von Touristen, und ringsum waren Äcker und Wiesen in Baumplantagen umgewandelt. An einem Baum hing noch ein Apfel, fast so groß wie ein zehnjähriger Kinderkopf. Den pflückte er und schnitt für Hanne und für sich von ihm einen Schnitz ab. Der schmeckte wie kein Apfel, den er bisher gegessen hatte. Die Lehrer und die Gymnasiasten fanden's dann sogar manchmal zum Lachen, was er geschrieben hatte, und das erfrischte ihn.

Wieder zu Haus, sagte Melchior Bengen, der drei Häuser entfernt von ihm wohnte und pensionierter Arzt war, jetzt solle er sich mal ausschlafen. Und anderntags rief er bei Eugen an und ließ ihn wissen, er fahre ihn jetzt gleich ins Krankenhaus, denn Eugen habe eine Embolie. Damit war nicht zu spaßen, es mußte rasch geholfen werden, nur waren jetzt der Chirurg und die Anästhesieärztin zu einem Kongreß nach Wien gefahren. Und Eugen wurde eine Nadel ins linke Handgelenk gestochen, die Heparin ins Blut träufelte, damit es sich verdünnte und der Emboliepfropfen nicht ins Gehirn hinaufgeschwemmt wurde. So jedenfalls legte es sich Eugen zurecht, der Tag und Nacht die Nadel in der Ader stecken lassen und den schweren Apparat auch aufs Klosett mitnehmen mußte, was recht unbequem war. Doch er fand sich damit ab und wunderte sich, weil der Schmerz nicht allzu scharf zubiß.

Dann die Operation.

Er wurde in den Saal gefahren und lag unterm Scheinwerferlicht. Die Narkoseärztin fragte, ob er von der Beruhigungsspritze etwas gemerkt habe, und er antwortete mit nein. »Beim einen wirkt's, ein anderer spürt nichts davon«, antwortete die Ärztin und senkte ihm zwischen zwei Rückenmarkswirbel eine Nadel in die Wirbelsäule. – »Glück gehabt«, sagte sie dann, und Eugen fragte: »Weil manche Wirbel verkalkt sind?« – «Ja.« Als Pfeifsignal hörte er, auf dem Bauch liegend, seinen Herzschlag und merkte, wie er von den Hüften abwärts zu einem fühllosen Block wurde, fast als vereiste er. Der Chirurg, ein munterer Mann, sagte zur Narkoseärztin, in Wien habe sie sich wohl in Kabaretts herumgetrieben, ehe er seinen Schnitt in Eugens Wade machte und »Das ist ja uralt«, sagte. – »Zeigen Sie's ihm«, fügte er zur Narkoseärztin hinzu, und sie ließ Eugen auf einer Porzellanschale einen fingerlangen roten Wurm sehen, der seine Ader verstopft hatte.

Das war, sozusagen, eine gemütliche Sache, jedenfalls tat der Chirurg so, und Eugen war gern mit ihm einverstanden. Freute sich, als derselbe zwei oder drei Tage später nach ihm schaute, den Verband aufschnitt und fragte: »Warum liegen Sie im Bett? Im Bett sterben die Menschen. Also, heraus und herumgelaufen! Unser Park ist groß genug.« Und er erwähnte die Zeitschrift »Playboy«, die sich pornographisch gab und für die Eugen auch mal hatte schreiben dürfen, allerdings nichts Sexiges, sondern über die Morgenstimmung eines Schriftstellers, auf den sein leeres Papier wartete.

Du hättest das mit Witz durchtränken sollen, dachte er, jetzt, im Krankenhaus, als es längst zu spät war. Immerhin, du hast ein erkleckliches Honorar bekommen... Aber wenn du für die »Playboy«-Herren geschrieben hättest, dir sei das gemäßigte Schreiben zuwider und du griffest gern ins Volle, Saftige (Schmalztopf der Gefühle plus Würze für Zweideutige), dann hätte es sich ins Lesergedächtnis eingeschlichen, dem Hautgefühl von heute angeschmiegt.

Milder Oktober. Eine Kastanie stand farbglühend vor dem Fenster, wo er auf den Weg hinabsah, der in der Sonne lag. Nach dem Mittagessen fanden sich dort Gruppen von Kranken schwatzend zusammen. Zu denen sollte nun Eugen hinuntergehen, und er versuchte es.

Da sackte er bei jedem Schritt zusammen. Hanne stützte ihn, er aber wollte allein vorwärtskommen. – »Das muß ich jetzt lernen«, sagte er, weshalb sie ihm drüben bei den Schwestern einen Stock besorgte, auf den gestützt er dann, Stufe um Stufe die Treppe im Krankenhaus abwärts hangelnd, wie ein vom Rausch Hin- und Hergeschleuderter ins Freie kam.

Auch dort torkelte er mühsam vorwärts, während der Schmerz immer wieder in ihn hineinschnitt, als wollte er ihn auseinanderreißen. So schleppte er sich bis zur ersten Bank, neben der Zigarettenstummel so dicht beieinanderlagen, als wären sie zu einem Teppich ausgebreitet. Milden Lichts wärmte die Sonne, und es war eine Helligkeit verbreitet, die Rasen und Bäume wenn nicht durchsichtig zu machen, so doch derart zu erhellen schien, daß sie zu einem Bilde wurden, das aussah, als ob es sich verflüchtige.

Dann begegnete er einer Frau, die im Rollstuhl saß. Ihr waren beide Beine abgenommen worden. Sie schaute Eugen unbewegten Gesichts an, und er dachte, die habe sich mit ihrem Los abgefunden. Jetzt zwang sie sich zum täglichen Rollstuhlfahren. Nimm die Veränderung in deinem Leben hin, als ob sie dir nichts Überraschendes oder Niederdrückendes zufüge, mochte sie zu sich selbst sagen. Bei Marc Aurel stand: »Das hat dir Asklepios verordnet«, etwas anderes galt nicht. Und er schaute über die Wiese mit den Parkbäumen hin, humpelte am Stock weiter und war froh, daß ihm dies Humpeln bereits leichter fiel. Ein Haus stand allein im Licht, das ihm milde und gütig vorkam, und er meinte, dies sei eine Mahnung zur Gelassenheit. Das einsame Haus war ein Wasserwerk, und er hörte darin Maschinen sausen. Dann schlüpfte er durch Unterholz, dessen gelbe Blätter von den Sträuchern fielen und ihn einhüllten, während er weiterdrängte und zu einer Waldstraße kam, wo der Krankenhauspark endigte. Hier stand kein Zaun, nur ein Straßengraben setzte eine Grenze, und die Straße führte in die Weite, nach rechts und links geöffnet und bläulich an beiden Enden, weil der Morgennebel in die Ferne gedrängt wurde, während das Licht ruhig blieb. Er ging jetzt leichter, torkelte nicht mehr. Dabei kam es ihm vor, als ob sein Zimmer, wo er allein lag, heller würde, vielleicht weil vor dem Fenster die Blätter der Kastanie feuergelb geworden waren. Und er freute sich, wenn er auf dem Gang Hannes Schritte hörte. Dann klopfte sie an die Tür, und er hob beide Arme, als sie ins Zimmer trat.

Sie war die einzige, denn viele Frauen, denen er begegnete, kamen ihm neben ihr einfach vor, manchmal wie im Backfischalter stehengeblieben. Weil es ihnen langweilig wurde und das Leben vorbeirutschte, ohne daß man's merkte, meinten die: der Eugen Rapp könnte anders sein als ihre Männer. Der schrieb doch Bücher, war unglücklich. Anmerken ließ er sich allerdings nichts; es blieb verborgen, was er dachte, spürte und empfand, doch ging von ihm ein Gefühl aus, als ob er sich vor Schmerzen fürchte. Liebenswürdig war er, freundlich.

Er näherte sich keiner Dame, aber manchmal meldete sich eine am Telephon im Büro und sagte, sie wolle ihn besuchen. Und als sie bei ihm war, verriet sie ihm, daß sie beim Telephonieren mit ihm gedacht hatte: der freut sich gar nicht. Später ließ sie ihn wissen, sie wolle auch bei ihm mitmischen, hineinstochern in das, was er gerade schreibe. Er lächelte und sah beiseite. Und nachdem er ihr zu schwach oder gar nicht reagiert hatte, sagte sie: »Du hast mir nichts Böses angetan, aber auch nichts Gutes!« Eine dritte wollte, daß er eine Geschichte schreibe, in der sie beide vorkamen, und er willfahrte ihrem Wunsch. Sie las die Sache und bemerkte: »Dich haben nur die Fußspuren der Dame im frischen Schnee interessiert. Wie der nasse schwarze Asphalt in den Spuren herauskommt.« Dann hatte sie gewollt, er solle ihren Kindern bei den Schulaufgaben helfen. Eine hatte gewünscht, er möge an ihrem Haus vorbeifahren (auf dem Fahrrad, denn ein anderes Gefährt besaß er nicht) und zum oberen Fenster hinaufschauen. Dort hinge ein Teppich heraus, und den werde sie gegen halb vier Uhr mit einer Bürste säubern. Kein übles Verlangen und wohl harmlos. Auch schaute eine, wenn ihr Mann dabei war (am Frühstückstisch vielleicht), auf die Seite, und der Mann sagte, »das da« nähme allmählich Formen an, die... Worauf es nötig wurde (sie bekam es mit der Angst zu tun), Eugen einen bösen Brief zu schreiben. Danach rief sie ihn an, und er sagte: »Danke schön, für Ihren eindeutigen Brief. Gut so und bravo! Ehrlich währt am längsten.«
Eine Seelenlast das Ganze. Lediglich die Teppichbürsterin war eine warmherzige Frau gewesen. Und ob eine ihm erzählt hatte, bevor sie sich im Wald getroffen hätten, habe sie gedacht: Jetzt halt' ich's nimmer aus... Du darfst jetzt, oder ob er's von einem anderen erfahren

hatte, das wußte er nicht mehr. Jedenfalls wären dann die beiden Liebenden unter kahlen Buchen in einer Erdmulde beisammengelegen, beide in Mänteln. Wenn sie sich gedreht hätten, hätte unter ihnen das dürre vorjährige Laub geknistert, und sie hätten sich hernach Schnee von den Mänteln klopfen müssen.

Dies war unwahrscheinlich, aber lachen konnte man darüber. Eugen erzählte es Hanne, die berichtete, viele Patienten ließen sich mit Bier vollaufen und rauchten eine Zigarette nach der andern, weshalb es sinnlos sei, wenn sie ins Krankenhaus gingen. Das gehöre zum Leben im Krankenhaus. Und was Eugen betraf, so schaute er mit seinem Hausarzt, der ihn wie Hanne jeden Tag besuchte, das Röntgenbild seiner Lunge und seines Herzens an. Der Chefarzt deutete auf eine Stelle, wo Eugen nur schwarze Flecken erkennen konnte, und sagte: »Mitral-Stenose«. So hieß die Herzkrankheit, an der er wohl schon seit Ende des Krieges litt als Folge seines Gelenkrheumatismus, doch hatte dies bis heute noch kein Arzt bemerkt. Erst jetzt war's offenbar geworden nach dieser Embolie.

Über diese Krankheit redete er nicht gerne; am besten war's, die Sache zu verschweigen. Dieser Herzklappenfehler bedrängt dich jedenfalls noch nicht... Und also fragte er den Chefarzt, ob er mit einem Fernsehteam nach Wien fahren dürfe.

»Ja, natürlich. Gute Ärzte gibt es auch in Wien.«

Immer wieder mußte der Gerinnungsfaktor seines Blutes gemessen werden, damit eine weitere Embolie vermieden wurde. Und er fuhr mit Hanne nach Wien, wo er im »König von Ungarn« wohnte, einem alten Hotel zwischen alten Häusern, das im Krieg unverletzt geblieben war. Anno 57 hatte Eugen es zum ersten Mal gesehen, hineingetraut hatte er sich aber nicht; denn damals wäre es für ihn allzu teuer gewesen, doch jetzt war er ja eingeladen vom Fernsehen. Und außen hatte es alte gotische Goldbuchstaben, die noch Grillparzer gelesen haben konnte. Innen freilich war der Gasthof renoviert. Wo früher ein Hof gewesen war, hatte man eine Glasdachhalle aufgebaut, und in ihr wuchs ein Baum bis zur hohen Decke, durch die der Himmel leuchtete. Zu Füßen des Baumes, dessen Blätter auch jetzt im November hellgrün waren, vielleicht weil er vom Herbst nichts gemerkt hatte, standen Ledersessel locker beieinander, doch in ihnen wollte sich Eugen nicht räkeln.

Es kam dann auch Gisela auf ihn zu, die Dame, die das Team leitete. Er kannte sie von Stuttgart und freute sich, ihr hier wieder zu begegnen. Wie damals war sie schwarz gekleidet, trug einen Hut mit breitem Rand und hatte sich geschminkt. Ihre Stimme war sehr leise und hörte sich geschmeidig an, als hätte Gisela lange geübt, bis sie sich dieses Timbre anerzogen hatte.

Frau Nebischaroff, eine kleine Schwarzhaarige mit grauen Augen, war bei ihr. Sie redete mit schwäbischem Akzent, obwohl ihr Vater serbischer Herkunft war. Dazu der Kameramann, der in Stuttgart hinter Eugens elterlichem Haus bei der Witwe Mennigheim gewohnt hatte. Frau Nebischaroff wurde von einem jungen Schweizer begleitet, der nicht zum Team gehörte und wohl nur hier war, um auf sie aufzupassen; der war immer neben ihr. Im Foyer, wo der Baum hochwuchs, sah ihn Eugen zu Füßen seiner Dame knien, die eine herrische Geste machte, als ob sie etwas Unsichtbares von sich abwehren oder ihn wissen lassen wollte, sie lehne es ab, sich auf etwas einzulassen, das ihr unmöglich erschien. Saß sie unter den andern, so klappte sie einen Kalender auf und schrieb, sorgsam die Füllfeder

führend, alles auf, was Gisela anordnete. Ihre Handschrift gefiel Eugen, zu dem sie einmal sagte, ach, ihr Bruder in Berlin, der habe zuviel Geld. Frau Nebischaroff kannte Wien und hatte viele Orte aufgesucht, wo der Film gedreht werden sollte, beispielsweise zwischen hohen Häusern, die, tief gestaffelt, hintereinander standen und nur auf einem langen Weg mit Buckelpflaster zu erreichen waren. Der Weg führte durch kleine Höfe und unter Gewölben aufwärts, wo der Kameramann aus Stuttgart mit seinem Apparat wartete, während Eugen neben Stephan Koval von oben herunterkam. Beide blieben in einem der vielen Höfe stehen, die Kamera summte und Gisela fragte, wie Eugen sich vorkomme neben Stephan Koval, der ihn sozusagen »entdeckt« habe, obwohl er dreißig Jahre jünger sei. Ob es ihm peinlich sei, wenn man ihn daran erinnere.
»O nein, immer noch bin ich ihm dafür dankbar.«
Guter Anfang für einen Film, der sich um das Handwerk eines Schreibers drehte. Und Eugen ging hernach mit Stephan Koval durch eine Straße, als die Sonne hervorkam. Stephan lachte und sagte: »Die Frau« (er meinte Gisela) »hat eine Stimme, als hätte sie Kreide gegessen. Aber wahrscheinlich gehört's so zu ihrem Beruf.«
Sie gingen in ein Kaffeehaus, wo früher Heimito von Doderer gesessen war. Die Möbel waren noch dieselben, die Anno 1890 hier aufgestellt worden waren, dort drüben in den Nischen und hier vorne an der schwarzen Marmorsäule, wo Hanne und Eugen plauderten. Ohne daß er daran dachte, wurde ihr Gespräch aufgenommen, denn immer noch hatte er das Mikrophon im Knopfloch seines Revers stecken. Oder wußte Eugen trotzdem Bescheid? Immer noch war das Kameraauge drüben in der Fensterecke auf ihn gerichtet, und das bemerkte er, kaum daß er den ersten Bissen eines sauren Essens zum Mund führte.

Am nächsten Tag waren sie in Carnuntum, als die Sonne herauskam und nicht weit von den Trümmern der Kaiservilla, die ein paar Handbreite aus dem Boden ragten, mildes Licht auf Wiesengras legte. Sarkophage, alle geöffnet und leer, standen hier, wo die Auwälder der Donau begannen.

Der Blick führte ins Weite. Eugen ging zwischen den Sarkophagen und sah die Donau durch entlaubte Bäume schimmern. Dann wünschte der Kameramann, Eugen möge die lange Allee, die zu den Sarkophagen führte und deren Weg grasbewachsen war, von oben langsam heruntergehen. Und also machte er sich auf, diesen Wunsch zu erfüllen, ging zwischen hohen Pappeln, schaute vor sich hin und vergaß, daß er gefilmt wurde. Kam wieder zu seinen Herrschaften bei der Kamera, die auch noch summte, als er dicht davorstand und Frau Nebischaroff sagte: »Sie sind geschritten, Herr Rapp.«

Ihm kam's so vor, als hätte ihr die Art, wie er gegangen war, gefallen, und er dachte, hoffentlich seien die anderen auch damit einverstanden. Gisela äußerte sich nicht. Denn nun, da der Wind blies, mußte man sich zum Heidentor aufmachen. So lang es windete, fiel wenigstens kein Regen, und man mußte die Zeit nutzen.

Da stand das Heidentor, dieser mächtige Steinklotz, und öffnete seinen hohen Bogen. Dazu sauste der Wind und drang durch Eugens dunklen Lodenmantel, während Gisela in ihre leichte, schwarze elegante und gepolsterte Seidenhülle schlüpfte, die absolut wetterfest war. Eugen mußte etwas über das Tor sagen, und er tat so, als wäre er sich sicher, daß Marc Aurel vor diesem Bauwerk, einem Heldendenkmal, gestanden sei; denn Marc Aurel war hier gewesen, und ein Teil seines Buches trug die Überschrift »In Carnuntum«.

Er hatte also hier seine Sätze notiert oder diktiert. – »An

einem Tag wie heute hätte der Kaiser eine dicke Toga anziehen müssen«, sagte Eugen und erinnerte sich, daß dieses Tor hier nicht unter Marc Aurel, sondern unter Septimius Severus gebaut worden sein sollte.

Wer wußte etwas über die Vergangenheit? Eugen sah auf Ackerschollen und hoffte, es werde darin eine Münze glänzen, doch waren es nur Steine, die aufblitzten. Einmal auch eine Tonscherbe von einem römischen Krug. Die nahm er mit und wunderte sich, daß ihn Tonscherben erfreuten. Es wurde offenbar, daß sich alles auflöste, die Scherben als Staub mit Erde sich vermischten und die Seele nach dem Tode sich vielleicht in Luft verflüchtigte, um anderswo weiterzuleben, ohne zu wissen, wo sie früher geweilt hatte und was ihr begegnet war.

Nicht weit vom Stephansdom trat er in ein Wirtshaus, wo Kutscher an der Theke beieinanderstanden und ein Gedränge herrschte. Eugen suchte den Herrn, dem der Wagen mit dünnen schwarzen Rädern gehörte, denn nur mit dem wollte er fahren. Gisela hatte bestimmt, daß eine Kutschfahrt gefilmt werde, und das war Eugen recht. Dann sitzt du zum ersten Mal wieder in einer Kutsche, dachte er und fand den Kutscher, zu dem die andern sagten: »Ah, der Ferdl kriegt eine elegante Fuhr!« Den zwickten sie also ein wenig auf, vielleicht weil seine Kutsche echt altmodisch war und keine Autoreifen an den Rädern hatte.

Es regnete, und Schneeflocken wurden vorbeigeweht, als sie einstiegen. Der Kameramann war dabei, und der Tonmeister zwängte sich neben Hanne in die Polster, während Eugen so zu sitzen kam, daß er dem Kutscher auf den Hintern schaute und oben ein Stück grauen Himmels sah. Unterm Lederdach konnte er das Trottoir sehen, wo Scheiben von Schaufenstern spiegelten.

Dann redete der Kutscher, während man an Palais vorbeifuhr. Er wußte, wann sie erbaut worden und welche Ämter heute darin untergebracht waren. Alles sagte er in leierndem Ton, während Autoreifen auf nassem Asphalt rauschten. Wenn die Straße Buckelpflaster hatte, spürte Eugen, wie dünn die Reifen waren, und wunderte sich, weil die Menschen die Kutsche nicht derart schwer machten, daß die Räder zu Bruch gingen. Und er erinnerte sich, wie sein Vater gesagt hatte: »Vorsicht, Kutscher, der Wagen bricht.«
Der Kutscher fuhr gemächlich. Langsamer Pferdehufschritt klappte. Der Kameramann hob seinen Apparat hinter dem Kutscherrücken, wenn eine Fassade mit Säulen vorbeiglitt und neben ihr ein Platz weit wurde, wo eine Kirche sich erhob. Dann bogen sie wieder dort ein, wo andere Kutschen standen und die zierliche Nebischaroff am Trottoir in die Hände klatschte, als Eugen, aus der Kutsche huldvoll winkend, vorbeifuhr. Weiter vorne hielt man beim runden Wetterhäuschen, wo ein Thermometer hinter einem Drahtgitter neben einem großen runden Wetterglas zu sehen war, dessen Zeiger auf ›Regen‹ deutete.
Dies war ein altmodisches Wetterhäuschen. Eugen gefiel's. Gisela schmunzelte, als er's genau betrachtete und auch noch von Stuttgart erzählte, wo am Rand des Schloßplatzes, nicht weit vom Brunnen an der Ecke der Alten Kanzlei, ein solches Wetterhäuschen stand. Frau Gisela kannte sowohl den Brunnen als auch das Wetterhäuschen.
Sie wußte, was Eugen geschrieben hatte, und seine Sympathie für alte Dinge war ihr vertraut. Nachmittags saß sie mit ihm und Hanne im Hotel-Foyer, wo Tische mit weißen Decken und Blumen standen und gleichmäßiges Licht herrschte. Gisela hatte sich das Gästebuch des

Hauses ausgeliehen, und nun blätterte Eugen neben Hanne in dem schweren Lederband, deutete auf dieses und jenes Blatt, während der Kamermann filmte. Da waren auf die Seiten, die Anno 38 beschrieben worden waren, viele rote Fahnen mit Hakenkreuzen hingemalt, und große Namen wie Starhemberg und Kinsky waren im Gästebuch zu lesen, doch keiner davon stand unter den gemalten Fahnen.

Gisela fragte ihn, wie er sich vorkomme, hier in diesem feinen Hotel. Ob er, wenn er hier wohne, sich nicht als einer fühle, der sich vor der Wirklichkeit unserer Zeit in einen Traum flüchte? In den Traum einer besseren Zeit unterm Kaiser Franz Joseph? Und Eugen fragte zurück, ob er lieber in einer rauhen Herberge hätte schlafen sollen, nur um dem Zeitgeist zu genügen? »Und wenn's das Fernsehen bezahlt, ist's doch besonders angenehm«, fügte er hinzu.

Damit wollte ihn Gisela wahrscheinlich ein bißchen aufzwicken. Sie rieb ihm hin, daß er vielleicht so etwas wie ein ›Eskapist‹ sei, der sich zumindest in seinen Träumen fortstehle aus der rauhen Gegenwart? Aber sie übernachtete doch auch nicht in einem Nachtasyl für Obdachlose, sondern in einer netten Pension um die Ecke, nicht weit von Mozarts Wohnung, wo aus einer Bodenritze ein silberner Kreuzer herausgekratzt worden war, den vielleicht Mozart verloren hatte.

Ob Gisela seine Antwort auf ihre Frage nach seiner eskapistischen Gesinnung in den Film aufnahm? Er konnte es sich nicht vorstellen, aber warten wir mal ab... Und er fragte Hanne, als sie wiederum im Schnellzug saßen, was sie dazu meine, doch konnte sie sich an die Szene nicht erinnern. Wenn auch noch Sommerwetter geherrscht hätte, wäre dieser Film vielleicht zu schön geworden, jetzt aber sorgte der November für eine graue Folie, auf der sich alles weniger idyllisch zeigte; denn es mußte eine herbe Stimmung spürbar werden, nicht aber so etwas wie Schönheit. Dies verlangte die Zeitstimmung.

In München war er froh, wieder allein in seiner Dachstube zu sitzen, mußte aber wenig später nach Stuttgart fahren, um dort vor seinem elterlichen Haus gefilmt zu werden; denn dort hatte er lange Zeit gewohnt.

Ein alter Nachbar, der Herr Malermeister Jesser, kam dazu, und Eugen redete mit ihm. Das habe ausgesehen, als träfen sich zwei Schwätzbasen, sagte hernach der Kameramann.

Dann ging's nach Cleversulzbach, Mörike zuliebe und weil Eugen Mörike schon früh bewundert hatte. Als Sechzehnjähriger war er an einem heißen Tag mit seinem Vater hierhergegangen, der Vater mit dem Rucksack, in dem der sein Skizzenbuch verstaut hatte. Ein Bauer hatte in scharfer Hitze sein Korn gemäht, während jetzt regnerische Kühle sich ausdehnte und Eugen mit Hanne und den Fernseh-Herrschaften in einem Kleinbus saß. Cleversulzbach war dann so, wie er es kannte. Die Wirtschaft der Frau Seebold hieß jetzt »Zum Turmhahn« und hatte neue Möbel. Auf einem der alten Stühle war er vor langer Zeit gesessen und hatte ein Gedicht gemacht, weil ein Kollege seines Vaters, der auch dabeigewesen war, es von ihm verlangt hatte. Kein Wunder also, daß es ein schlechtes Gedicht geworden war, das er nicht wiedersehen wollte (du schämst dich dessen). Und er hörte in der Wirtschaft die Tochter der Frau Seebold, die so alt wie er war, Mörikes Gedicht »Der alte Turmhahn« rezitieren. Der Kameramann richtete seinen Apparat auf sie, legte ihn dann aber weg und tat, als höre er zu.

Eugen erzählte, wie er zum ersten Mal etwas von Mörike

gelesen hatte, und saß dabei unter einem Bild des Dichters. All dies gehörte jetzt dazu. Später, als sie draußen in den Feldern standen, um das Dorf auf den Film zu kriegen, sagte der Kameramann zu Eugen: »Da hab ich vorhin in dem Weinberg einen Feldhasen gesehen, der war sooo groß!« Es mußte ein respektables Tier gewesen sein, doch hatte der Kameramann sein Jagdgewehr jetzt nicht dabei. Und es kam heraus, daß der andere so gut wie alles wußte, worüber ein Förster im Bild sein muß. Und er erzählte Eugen, wie ihm in Heidelberg ein Chirurg Lungenflügel starker Raucher gezeigt hatte, lauter schwarze Lappen. Von da an hatte er nicht mehr geraucht. Jetzt gehörte ihm ein Haus in Leofels, und Eugen war nahe daran, zu fragen, ob er es sich als Nichtraucher von seinem ersparten Gelde gekauft habe. Mit ihm verstand er sich. Der lud ihn ein, zu ihm hereinzuschauen, wenn er in Hohenlohe Urlaub machte.

Hanne war Gisela nähergekommen, und die beiden redeten wie Freundinnen miteinander. Erst vor kurzem hatte Gisela einen griechischen Arzt geheiratet, der bei Athen seine Praxis hatte und mit dem sie telephonierte. Der wurstelte in seinen Reisekoffer alles wie Kraut und Rüben hinein, und Gisela fand's »ganz reizend«. In der Frühe, bevor sie ins Stuttgarter Funkhaus ging, schwamm sie im Mineralbad und sagte, sie fühle sich kerngesund.

So kamen sie sich näher. Erfreulich, daß du Menschen kennenlernst, bei denen du das Gefühl hast, sie stünden dir nahe, sagte er zu sich und überlegte, warum Menschen, die er durch seine Bücher kennenlernte, mehr von ihm zu wissen schienen als alte Bekannte. Die »neuen« lasen, was er geschrieben hatte, ohne ihm in Fleisch und Blut begegnet zu sein, während die »alten« nur das an ihm bemerkten, was sie an ihm gestört oder ihnen sogar gefallen hatte. Weshalb man vielleicht sagen konnte, er gehe in verschiedener Gestalt umher, weil ihn jeder nur so sehen konnte, wie er ihm zu sein schien. Die alten Bekannten wunderten sich, wenn ihnen etwas in die Hände fiel, das Eugen geschrieben hatte, weil's ihnen neben all dem fremd erschien, was sie gemeinhin von ihm wußten und was kaum von dem zu unterscheiden war, was Fremde auch über ihn dachten. Mehr war von Eugen nicht ersichtlich. Als wären alle diese Leute Straßenbekanntschaften und nicht mehr. Wobei es ihn des öfteren verwunderte, daß er in seinen Büchern beinahe alles gesagt hatte, was von ihm mitzuteilen war. Doch jeder fand in einem Buch nur das, was seine Meinung über Eugen Rapp bestätigte, alles andere übersah er, oder es fiel für ihn aus dem Rahmen. Vielleicht kennt dich dein Zahnarzt besser als ein »alter Freund«? Und er erinnerte sich des Zahnarztes, sah ihn ins Wartezimmer kommen, einen der sich selbst zu beobachten schien und beherrscht redete. Dahinter aber spürte Eugen die Sympathie, die den Doktor mit den Menschen verband. – »Herr Rapp, bitte schön«, sagte er vor der offenen Tür zur Praxis, und seine Frau, die seine Assistentin war, hatte Eugens Karteikarte schon in der Hand. Präzis charakterisierte Doktor Nopper, was bei Eugen zu tun war, und sie redeten miteinander, als ob sie sich seit langem kennten; denn hier paßte alles zusammen: das Bild der Sonnenblumen und des Fuchskopfes im hellen Wartezimmer mit bequemen Stühlen und daß der Doktor jedes Schmerzgefühl, das Eugen spüren werde, voraussagen konnte. – »Mein Mann war Zahnarzt, und deshalb weiß ich, was ein guter Zahnarzt ist«, hatte eine Nachbarin zu Hanne gesagt und ihr Doktor Nopper empfohlen, der Eugen aus seinen Büchern kannte. Und die Nachbarin, die hatte recht gehabt.

Hier fügte sich alles gut zusammen, aber das war selten. Zuweilen tust du so, als fändest du alles in Ordnung, wie es sich ereignet, aber das tust du der Leute wegen, vor denen du dich schützen mußt. Dich in acht nehmen, das ist leider wichtig. Letztlich aber kam es jetzt im Alter nicht mehr so genau drauf an.

Hanne war neugierig auf den Fernsehfilm, den Gisela hatte drehen lassen, und hätte gern gewußt, ob es mit ihm voranging. – »Du tust, als wär dir alles wurscht«, sagte sie zu Eugen, der erwiderte, er wolle Gisela nicht drängen. »Wozu ihr lästig werden? Sie hat genug um die Ohren. Und wenn sie doch auch noch vor kurzem geheiratet hat, muß es ihr gut gehn.« – »Ach so ... aber es läßt mir keine Ruh. Ich rufe sie mal an.«

Also gut. Und er war damit einverstanden, obwohl sie dann auch wieder zögerte.

Wenig später sagte sie nach dem Abendessen, sie habe bei ihr angerufen, und mit dem Film gehe es gut voran. Sie sei damit zufrieden. »Aber weißt du, was sie noch gesagt hat? Frau Rapp, hat sie gesagt, mir geht es schlecht. Es ist nichts mehr zu machen, und es dauert nicht mehr lange.«

Giselas Todesnachricht kam. Und du, was ist mit dir? Den Grad der Verdünnung deines Blutes mußt du dir wieder einmal messen lassen, und das war jedenfalls – wie jene Embolie vor zwei Monaten – ein Signal.

In Wien, so erinnerte er sich, bist du eine lange Treppe aufwärts gegangen, und die Filmleute sahen dir von unten dabei zu; der Kameramann tat seine Arbeit, und wer mehr sah als einen leichthin aufwärts gehenden Mann, der wäre dabei für schrullig gehalten worden. Aber jetzt tat jeder so, als fände er's in Ordnung (nichts dabei und nichts dahinter). Hernach waren sie alle in einer Wirtschaft bei halbdunklem Licht beisammengesessen und hatten sich gelabt, damit es weitergehen konnte (mit »es« war das Leben gemeint). Und Eugen sah das Heidentor vor sich, im weiten Land, während es kalt war. Ein hoher Bogen in den Feldern. An viele Helden, lauter Tote, hatte es einstmals erinnern sollen.

Dann die Palastruine mit niederen Mauern, wo Eugen einen Überrest des Zimmers suchte, in dem Marc Aurel an seinem Buch geschrieben haben könnte. Vielleicht findest du ein mit Trauben und Vögeln bemaltes Täfelchen, das den Fußboden geschmückt hat, während der Kaiser seine Selbstgespräche aufschrieb.

Dies war für Eugen eine wohltuende Erinnerung, obwohl er in Carnuntum dem Kaiser nicht begegnet war. Aber er durfte sich vorstellen, was ihm gefiel, jetzt bei nassem und trübem Wetter, das die Trottoirs dunkel färbte. Überbleibsel der Antike, die aus Gräbern stammten, wirkten reinigend auf ihn, und er sagte zu sich selbst: vielleicht bewahrt's dich vor Krankheiten.

Kein Wunder, daß er sich vor denen fürchtete, doch kam es darauf an, die Angst vor ihnen zu vergessen. Und er schaute das Spätjahrlicht an, das gegen Abend waagrecht herzukommen schien, als stünde die Sonne kaum höher als der Kopf auf seinem Leib. Sie stand ihm gleichsam gegenüber und schaute ihn an. Seltsame Vorstellung, aber im Sommer hatte ihn die Sonnenglut von oben her beherrscht. Jetzt schien sie gleichmütig zu schauen oder resigniert. Und ihm fiel ein, wie er gedacht hatte, er sei am Ende angekommen. Es hatte aber nicht gestimmt.

Glück gehabt also... Und er dachte an gewisse gute Freunde, denen es nicht recht war, daß man jetzt von Eugen sprach und manchmal etwas gelobt wurde, was er gemacht hatte. Der machte Bücher, in denen er selbst vorkam, und beschrieb sich darin nicht als Idealfigur. Peinlich, daß er sich erlaubte, auch gewisse Menschen darzustellen, zu denen man am Ende selbst gehörte und die keine strahlenden Lichtgestalten waren. Und daß man sich jetzt fast gezwungen fühlte, zu lesen, weil man wissen wollte, ob man selber darin vorkam. Tauchte man aber darin auf, so merkte man, daß es eigentlich nicht gemein war, was er schrieb, nur leider halt nahezu wahr. Da ärgerte sich einer, daß ihn Eugen als einen dargestellt hatte, der die Arme schlenkerte beim Reden, obwohl dies eigentlich nichts Schlechtes war. Aber er hatte seine Art, sich zu bewegen, so deutlich gemacht, daß es fast komisch wirkte.

Wohltuend, wenn man daran dachte, daß all dies weit zurücklag. Und Hanne lachte, als er ihr davon erzählte, und fügte hinzu: »Wenn ich früher bei meiner Arbeit im Verlag psychoanalytische Fallgeschichten gelesen habe, dachte ich: sehr interessant... Und du lernst all das kennen, ohne daß du es mitmachen mußt. Du ersparst dir manches.«

Ein heiteres und kluges Wort. Schließlich brauchte man nicht alles auszulöffeln. Und froh kannst du sein, wenn du von vielem, was sich anbietet, nicht berührt wirst. Lebst du noch so zurückgezogen, immer wieder mischt sich etwas Widerliches ins Alltägliche... Wobei er sich daran erinnerte, daß er erst, seit er in seinen Büchern von Alltäglichem erzählte, beachtet wurde. Die Literaturkenner wollten, wie er, erfahren, wie's wirklich gewesen war, doch wußte auch er leider nur, wie's ihm erschien. Die Kollegen waren meistens muntere Gesellen. Wie es sich aber bei seinem alten Freund Wieland, einem Lehrer für Deutsch an einer Berufsschule, und seiner Frau

Helga verhielt, konnte sich Eugen nicht zusammenreimen. Waren die beiden am Ende gar so etwas wie eifersüchtig, weil sich Eugen getraut hatte, in freier Wildbahn zu leben? Abgesichert durch eine Pension und ein unkündbares Arbeitsverhältnis warst du nie... Und er dachte an einen Besuch bei Wielands, wo er dessen enorme Büchersammlung angeschaut, von Regal zu Regal gegangen war und Helga in scharfem Ton gesagt hatte: »Ja, wir haben nicht alle Bücher von Eugen Rapp.«
Hat's dich überrascht? In Wielands Regalen stand kein einziges Buch von ihm, auch die nicht, die er ihm vor Jahren geschenkt hatte.
Nun, die Sympathie schwankte zwischen den Zeitgenossen hin und her, und so etwas gehörte auch dazu. Eine natürliche Sache. Man könne nicht ein ganzes Leben mit denselben Menschen befreundet sein, sagte Hanne, während er das Gefühl hatte, das sei möglich. Nur dir ist's nicht zuteil geworden.
Gut so, und: Es macht nichts... sagte er zu sich selbst. Und alten Freunden mußte zugebilligt werden, daß sie sich zuweilen scharfzüngig und spitz äußerten wie zuvor Helga Wieland. Und was sie sagte, war die Meinung ihres Mannes, der ihr auch ein Wort von Schopenhauer auf den Lebensweg mitgegeben hatte: »Leben ist Raub.« Sie sagte es zu Eugen, und vielleicht wollte sie damit andeuten, die Bücher Eugen Rapps seien ihnen gestohlen worden.
Von deinen Nächsten haben nur Hanne und deine Mutter zu dir gehalten, sagte Eugen zu sich selbst, obwohl auch Hanne dann und wann an ihm gezweifelt hatte, was nicht verwunderlich gewesen war, kam es doch, was seine Arbeit anging, nicht so genau darauf an, und jeder durfte, ihn betreffend, sagen, was er wollte. Wobei er vor

sich hinlächelte, heute, Anfang Februar, als es in der Straße, wo er wohnte, so hell und warm war, als ginge er im Frühling neben den Vorgärten der Reihenhäuser dieser Straße.

Da gehst du jetzt zu Melchior, deinem Arzt. Drei Häuser entfernt wohnte er und kam aus der Türe, winkte Eugen zu, und beide stiegen ein ins weiße Auto.

Dann fuhr er wieder mal mit Melchior hinaus in den eleganten Vorort, wo hohe Bauten unter kahlen Bäumen herausragten. Der Arzt ließ dort sein Auto abseits stehen, weil an der breiten Straße kein Platz frei war.

Sie gingen zwischen Villen, die hinter knospengrünen Hecken und Gebüsch zuweilen etwas von sich sehen ließen: eine kantige und langgestreckte Balustrade oder ein breites Walmdach. Dann wieder über einer weißen Gartenmauer Zweige mit gelben Forsythienblüten. Dazu dunstiges Sonnenlicht.

Eugen stellte sich die Stadt bei einem Wetter wie heut vor, allerdings um Neunzehnhundert, wenn Kutschen statt Autos hier gefahren wären, Pferde hätten grünliche Kugeln fallen lassen, sogenannte Roßbollen, und die Natur wäre überall, auch zwischen hohen Mietshäusern, immer noch zu riechen und zu spüren gewesen.

»Das Wetter ändert sich. Morgen kommt wieder von Westen her ein Tiefausläufer und bringt kühle Meeresluft«, sagte Eugen, und Melchior erwiderte: »Zuerst gehen wir zum Röntgen. Noch nie habe ich dort die Frau Doktor selbst gesehen.«

Er wurde dann in ihr Zimmer geführt, wo er eine Zeichnung ansah, die überm Schreibtisch hing. In sicher geführten Umrißlinien war eine Frau im langen Kleide dargestellt, eine ländliche, die schön war und einen Korb auf dem Schoß hielt. Melchior meinte, es sei die Zeichnung eines Romantikers.

Frau Doktor kam herein und sagte, die Zeichnung sei von Thoma. Ihr Chef, damals in Stuttgart am Ludwigsspital, hatte ihr das Bild geschenkt, und dort habe sie eine Zeit verbracht, an die sie gerne zurückdenke. Eugen spürte ein nahes Gefühl, das vielleicht vom Städtenamen Stuttgart in ihm erweckt wurde.
Eine Assistentin, die munter redete, führte Eugen ins Ordinationszimmer mit dem Röntgenapparat, der ihn emporhob, als säße er in der Achterbahn des Cannstatter Volksfestes heiteren Angedenkens, damals, als er, wie Frau Doktor, in Stuttgart gewesen war. Hier wurde er genau durchleuchtet, sogar vom Rücken her, und eine Innenaufnahme der Lunge wurde auch gemacht. Danach erfuhr er Tröstliches: daß seine Lunge keine Spur von Wasser in sich hatte, auch seine Rückenwirbel intakt seien, obwohl er, sogar beim langsamen Spazierengehen, immer wieder mal Schmerz spürte; aber dies verriet er nicht.
Dann hinüber zum Doktor Ibrahim, der um die Ecke seine Praxis hatte.
Ibrahim, im dunklen Anzug unterm weißen Arztmantel, begrüßte Eugen wie einen alten Freund, und das tat seiner Schreiberseele wohl. – »Herr Bengen ist ein Engel«, wiederholte er und meinte Melchior. Er salbte Eugens Brust mit einem gallertigen Mittel ein, damit die Saugnäpfe des Ultraschall-Apparates auf der Haut haften blieben, während er Eugen ein Mikrophon auf die Rippen drückte. Dabei polterte Eugens Herz rhythmisch und regelmäßig, wohl aus einem unsichtbaren Lautsprecher, Schatten tauchten auf einer dunkelblauen Mattscheibe auf, und dann leuchteten Ziffern und englische und medizinische Fremdwörter auf, die Ibrahim alles verrieten, was sich in Eugens Bauch und Brust abspielte, wie seine Organe beschaffen waren. Darüber

verständigte er sich mit Melchior in ärztlicher Fachsprache, die Eugen nicht verstand. Aber das mußte auch nicht sein, Eugen genügte es, daß Ibrahim hernach ausrief: »Ich gratuliere Ihnen, es ist alles wunderbar! Natürlich ist dies relativ zu verstehen... Sie haben, seit ich Sie kenne, eine Mitral-Stenose höchsten Grades, und trotzdem haben sich bei Ihnen keine Auswüchse (so übersetzte Eugen bei sich das Fremdwort, das Ibrahim sagte) gebildet, die Sie am Atmen hindern. Das ist mir in meiner Praxis noch niemals begegnet. Sie sind ein einmaliger Fall für mich.«
Er sagte dies mit hartem, fremdländlichem Tonfall, was Eugen sympathisch war. Der war ein Kerl, wie es nur einen gab, ihn selber.

Danach Zurückfahren mit Melchior, der immer im letzten Moment seinen Wagen an anderen Autos vorbeiwitschen ließ, wie es sich für einen ausgepichten Fahrer ziemte. Und in Gedanken hörte Eugen Melchiors Frau: »Melchior!« ausrufen, wie sie's öfters zu tun pflegte, wenn sie neben ihm am Steuer saß. Und als sie jetzt in die Straße, wo auch Eugen zu Haus war, einbogen, stieg Irmgard dicht vor ihnen vom Fahrrad ab, während das Auto unters Laubdach des noch niederen Ahornbaumes schlüpfte; sie lächelte und winkte. Als ihr Melchior vom Doktor Ibrahim erzählte, der sei mit Eugen hochzufrieden, da strahlte sie. Was hast du für ein Glück, mit denen befreundet zu sein... dachte Eugen. Und ihm fielen die Musikabende bei Melchior ein, wo junge Menschen am Flügel gesessen waren oder Geige gespielt hatten. Johann, der Sohn des Hauses, leitete eine Kapelle, und sie spielten alte und neue Musik, während Melchior am Flügel zu hören war oder am Clavichord. Und Bücher stapelten sich – alle Länder waren hier vertreten – bis zur Decke. Dazu Bilder mit Ausblicken in weite und sanfte Landschaften.

Melchior hatte Schlüssel für Eugens Haus. – »Sie sind mein zweites Ich«, pflegte Eugen zu Melchior zu sagen, dessen Frau bei jedem Geburtstag einen Blumenstrauß vor Hannes und Eugens Tür legte.
»Also, das mußt du zugeben: Die Melchiors, die habe *ich* eingebracht. Ohne mich kennten wir diese guten Menschen nicht«, sagte Hanne und erinnerte Eugen an den ersten Sommer, da sie hier eingezogen waren. Damals war Melchior an klaren Abenden mit Johann, seinem Sohn, am Gartenzaun vorbeigegangen, und wie der Vater sich Johann zugewandt hatte, das war ihr als ein Zeichen dafür erschienen, daß sie wußte, mit denen würde sie sich gut verstehen.
Sie hatten sich angefreundet. Jeden Abend rief Melchior an und fragte Hanne, wie sie den Tag verbracht habe und ob's ihnen gut gegangen sei. Oder er erzählte ihr von einem Aufsatz in der »Neuen Zürcher Zeitung«: »Den müssen Sie lesen. Meine Frau wirft Ihnen den in Ihren Briefkasten hinein.«
Da ging's dann meistens über Literarisches und was Reich-Ranicki in der FAZ hatte verlauten lassen. Schade, daß Johann jetzt meistens mit seiner Band auf Musiktour auswärts weilte, denn Johann war immer guten Mutes, ein hochgewachsener munterer Mensch, der einen dichten schwarzen Schnauzbart trug. Von ihm sagte Hanne, er komme ihr wie »Johann, der muntere Seifensieder« vor, über den sie in der Schule ein langes Gedicht auswendig gelernt hatte, das freilich heutzutage niemand mehr kannte.
Kamen die Schmetterlinge in Melchiors Garten, und unter ihnen auch jener seltene Apollofalter, dann wurden

Eugen und Hanne rasch herbeigerufen, und sie betrachteten den weitgereisten Gast, von dem niemand zu sagen wußte, wie er erfahren haben könnte, daß nun dort in München jene hochstieligen Blumen aufgegangen waren, auf denen Artgenossen versammelt waren und unter denen er sich eine Frau aussuchen konnte.
Nun sahen sie den luftigen Tanz der Schmetterlinge, der Eugen einem strengen Ritual zu folgen schien, bis unerwartet sich das ernste Spiel auflöste. Dann gingen sie, geblendet von der Sonne, übers dichte Gras der Gartenwiese zum runden Tischchen hinten in der Ecke, wo für jeden ein kühles Glas Wein zwischen Büschen bereitstand. Saßen dort und prosteten sich zu. Im seideglänzenden Gras hätten jetzt Bergfinken sich an die Insekten machen sollen, die darin wisperten, doch ereignete sich's nicht. Dabei erzählte Eugen vom grünflügeligen Gast, der ihm gestern abend aufs Manuskript geflattert war. Den hatte er seit langem nicht mehr gesehen; aber jetzt zeigte er sich wieder unterm Lampenlicht. Er schien seltener geworden zu sein, während er sich früher mit seinem dünnen Leib und vier- oder fünffach längeren Flügeln fast jeden Abend bei ihm eingefunden hatte. Und ob Melchior auch das Efeugestrüpp auf dem gleißenden Blechdach der Nachbargarage kenne? Dort hätten vielerlei Vögel nisten können, aber die fürchteten sich vor den Katzen, die immer noch herumstrichen. Der kleine und blondbärtige Herr vom Vogelschutzverein, der mit den abwesenden Augen, meinte zwar, wenn viele stachelige Zweige das Einschlüpfen von Katzen verhinderten, sei eine Hecke katzensicher, die Vögel aber hätten überall durchschlüpfen können, um dort zu nisten, taten's aber selten; wahrscheinlich weil sie frei einfliegen wollten, um ihrem Nachwuchs die gesammelten Fliegen und Raupen in die aufgesperrten Schnäbel

zu stopfen, während kleine Zweige ihnen ihre mühsam gesammelte Nahrung aus den Schnäbeln reißen konnten.
Fachgespräche unter Vogelkennern. Und der Wein schmeckte so würzig wie kein anderer.

Dies war etwas Alltägliches, zu dem auch Ärgernisse zählten. Und Eugen machte sich klar, daß er, der erst im Alter von seinen Kollegen wahrgenommen wurde, immer noch als einer galt, der nicht dazugehörte und den man dann und wann ein bißchen ärgern wollte. So zum Beispiel ein Kollege namens Eichbaum, mit dem er einmal vor einer Veranstaltung im Lift nach oben fuhr, wo er ihm die Hand gab und »Tach, Herr Hesse«, sagte. Eugen schwieg, Hanne aber erwiderte: »Immerhin der Nobelpreis«, den Hermann Hesse nach dem Krieg bekommen hatte.
Witzige Kollegen, die sich verhielten, fast als ob sie neidisch wären... Aber Eugen brauchte man nicht zu beneiden, und was sie herumschwätzten über ihn, war ihre Sache. Es konnte sogar sein, daß sie über ihn besser Bescheid wußten als er selbst (das billigst du den andern gerne zu). Und er wunderte sich, daß er zu einem Abendessen beim Kardinal eingeladen wurde.
Nachts und nasse Kälte. Vor dem Haus sah er den Kardinal, und der trug den gleichen Mantel wie er selbst. Eugen dachte, wahrscheinlich stamme der auch aus dem kleinen Laden hinterm Dom, wo er ihn gekauft hatte. Und innen im Haus, wo gegessen werden sollte, wurde Eugen zugeflüstert, er solle zum Kardinal kommen. So stand er also neben ihm, als die Gäste sich vorstellten. Unter denen war dann auch Herr Eichbaum. – »Guten Abend, Herr Hesse«, sagte der wieder zu ihm und fügte hinzu: »...so ist das halt nun mal bei mir.« Darauf Eu-

gen: »Wenn Sie zu mir Herr Hesse sagen, sage ich zu Ihnen Herr Eichmann.«
Der Kardinal lachte. Der wußte, wie es Eugen meinte. Eichmann hatte der Kerl geheißen, der dafür gesorgt hatte, daß die Juden nach Auschwitz verfrachtet worden waren.
Dann das Gespräch am langen Tisch. Es wurde gewünscht, daß die Schriftsteller sich auf Menschheitsfragen besännen und in ihren Büchern Ehrwürdiges lebendig werden ließen, doch erschien dies einem Kollegen von der Feder zuviel verlangt. Eugen dachte, der Verlangende habe recht, nur könne er ihm seine Wünsche nicht erfüllen. Im Lauf der Jahrhunderte hatten sich die Menschheitsfragen allzu hoch verflüchtigt und konnten nicht mehr erreicht werden. Oder Gottfried, Walter, Wolfram hatten mit Johann Wolfgang in Weimar alles Große längst gesagt, uns aber nur Alltägliches übrig gelassen.
Ein Herr aus Israel redete den Kardinal mit »Eminenz« an, wie es sich auch für alle andern geziemt hätte. Die aber trauten sich wohl nicht, meinten, in ihrem Mund klänge es komisch. So kam es Eugen vor.
Später, als man aufstand und jeder dem anderen die Hand gab, sagte die Frau des Herrn aus Tel Aviv, bei ihnen gehe es, wenn diskutiert werde, lauter und wilder zu. Kollege Eichbaum wartete auf Eugen nicht weit von der Tür und entschuldigte sich gewissermaßen. Eugen antwortete nicht. – »Die Entschuldigung wird anscheinend nicht angenommen«, sagte Eichbaum.
Eugen holte seinen Mantel, ging ins Freie und war froh, kalte Luft einatmen zu können; sie erschien ihm sauber. Neben ihm hielt ein langer weißer Wagen, und Eichbaum sah heraus. Er fragte, ob er Eugen nach Haus fahren dürfe. – »Das lohnt sich nicht. Ich wohne sozu-

sagen um die Ecke«, antwortete Eugen und merkte, wie sanft und milde seine Stimme klang. Das verwunderte ihn, und er kam sich nahezu verlogen vor.

Eine der üblichen Kollegensticheleien. Vielleicht erscheinst du diesem Herrn berühmt und er denkt: den muß man ein bißchen dämpfen... Oder es war eine mittlere Gemeinheit, genau kalkuliert. Den interessiert nur, wie du reagierst. Schließlich hatte der schon überall kritische Spuren hinterlassen, wahrscheinlich um seinen Lebensraum abzusichern, übrigens als Formulierspezialist von beachtlicher Gewandtheit.
Dir kommt es aufs Zuschauen an. Oder willst du dich ereifern, dem Mann eins auswischen? Aber das wäre lächerlich, und außerdem kannst du es nicht. Letztlich ist es dir gleichgültig. Und Eugen wandte sich im Gehen den feuchten Trottoirplatten zu, die zuweilen olivfarben waren. Ihm fiel ein, daß er ins Krankenhaus gehen sollte, aber noch ein wenig zögerte. Ob er dort auch mit einem Herrn zusammentraf wie diesem kleinen, von unten dunkel aufschauenden, gewissermaßen lauernden Kollegen?
Eine Woche später ging Eugen hinein ins Krankenzimmer, und im Bett am Fenster drehte sich ein alter Mann um. Er sagte, er sei Boxer.
Das sah man ihm nicht mehr an. Er war klein und ging an Krücken, die er ans Kopfende seines Bettes lehnte, um sie jederzeit zur Hand zu haben und womöglich damit zuzuschlagen. Der sagte, jetzt sei er fünfundachtzig Jahre alt und noch keine Minute im Gefängnis gewesen. Wenn er beim Boxen gemerkt hatte, daß der andere glasige Augen bekam, schlug er ihm nicht mehr gegen den Kopf. – »Der Schmeling hat aufgehört, als er

merkte, er vertrug die Kopfschläge nicht mehr. Der hatte eine weiche Birne. Aber der Sharkey, ein Amerikaner, der hatte einen Eisenkopf. Da konntest du draufhauen, soviel du wolltest.«
Das war interessant. Mit einem Boxer im selben Zimmer zu liegen; das ließ Eugen Neues sehen. Aber er mußte sich zwingen, mit dem Mann zu reden. – »Er hat so eine widerliche Ausstrahlung«, sagte Hanne, wenn sie Eugen besuchte und er mit ihr im Gang hin und her ging. Schaffler – so hieß der Mann – war Meister im Amateurboxen und in München bekannt gewesen wie ein bunter Hund. Heute abend boxt der Schaffler, hatte es geheißen, und jeder war hingegangen. Und beim Boxen ließ er keinen seiner Gegner an sein »schönes Gesicht« heran.
Dann zog Schaffler eine Schublade aus dem blechernen Nachttischchen und begann darin zu kramen und zu wühlen. Er holte seine Brieftasche hervor und zählte viele blaue Hunderter. Der wollte also Eugen zeigen, er sei reich. Er nahm einen neuen Rasierapparat in die Hand und sagte, es fehle ihm das Kabel. Das sei ihm gestohlen worden.
Da sagte Eugen nun zum Boxer, er leihe ihm sein Kabel, und gab's dem Mann. Der ging in die Ecke zum Waschbecken und probierte, ob es in seinen Rasierapparat paßte. Kam zurück und sagte: »Es paßt.« Dann legte er's aufs Bett, schaute seinen Apparat an und fügte hinzu: »Die Schnur ist mir gestohlen worden.« Drehte sich um, sah Eugens Kabel auf dem Bett liegen, griff danach und sagte: »Da liegt es!« – »Das gehört mir«, erwiderte Eugen und nahm's weg.
Er schaute Eugen an, den Mund schmal und gerade, eine Ritze. Dann kramte er wieder in seiner Schublade und wiederholte, das Kabel seines Apparates sei ihm gestoh-

len worden. Deshalb werde er die Kriminalpolizei anrufen.
Er fragte die Schwester nach der Telephonnummer, die aber verstand ihn nicht und wollte wissen, was das sei: »Generalpolizei.« – »Kriminalpolizei«, sagte er, und die Schwester überhörte es.
Boxer Schaffler schaltete seinen Radioapparat ein, ein kleines schwarzes Gerät. Die Musik dudelte, schrie und winselte. Dann hörte er Nachrichten. Eugen sah den Knopf, mit dem die Lautstärke geregelt wurde, und erlaubte sich, die Dudelmusik abzuschalten.
Da richtete sich Herr Schaffler im Bett auf und ließ Eugen in scharfem Tone wissen, er habe an seinem Radioapparat und auf seinem Nachttisch nichts verloren, worauf Eugen antwortete, er habe seinen Apparat nur bewundern wollen: »Er ist so schön.« Das war eine höhnische Antwort, und Schaffler erwiderte. »Ach so...« Nach einer Weile fügte er leise das Wort »Arschloch« hinzu.
Ob Eugen mit dem zurechtkommen würde? Der Mann war ihm allerdings widerlich. Nichts mehr mit ihm zu reden, das gelänge ihm wohl nicht.
Seltsamerweise fragte er dann Eugen: »Wo sind wir hier?«, und Eugen antwortete: »Im Rotkreuz-Krankenhaus.« Schaffler wiederholte Eugens Worte, als hätte er ihm eine befremdliche Neuigkeit erzählt, und fragte bald danach wieder, wo er hier sei. Eugen gab ihm nochmals Auskunft, doch hatte Schaffler es wenig später schon wieder vergessen. Dann wählte er eine Telephonnummer, horchte und sagte: »Es geht niemand hin.« Er hatte seine eigene Nummer gewählt. Sein Hausarzt kam, der dem Herrn Boxer Schaffler dieses Krankenzimmer hier vermittelt hatte, damit er gepflegt wurde, während seine Frau zur Kur in Garmisch weilte. – »Sie vergißt

alles, genau wie er«, sagte der Arzt, den der Boxer später als Weiberarzt bezeichnete und einen schmierigen Kerl nannte. Dann wählte er wiederum eine Telephonnummer, hörte das piepende Signal und wunderte sich, weil niemand an den Apparat ging.

»Ich bin fünfundachtzig Jahre alt und noch keinen Tag im Gefängnis gesessen«, fing er von neuem an und fügte hinzu, seine Frau sei in Erholung gefahren und habe ihren Alten ins Krankenhaus gesteckt, damit er aufgehoben sei: »Die ist jetzt siebzig ungefähr und meint, sie habe immer noch Chancen... Ja, die Weiber. Ich tät keine mehr heiraten... Und daß sie mir nicht schreibt. Jetzt hat sie doch Zeit.«
Eugen dachte, die Frau müsse sich mit Schaffler gut verstehen, weil beide alles Frühere vergaßen.
Frau Stätt besuchte Schaffler; sie war im Lodenmantel und hatte ein Jägerhütchen aufgesetzt. – »Das ist die Nachbarin«, hatte er zuvor von ihr erzählt. »Als wir eingezogen sind, hat man uns vor ihr gewarnt: die trägt alles im Haus rum... Und eine ganz Fromme ist sie auch. Immer wieder sitzt sie in der Kirche...« Er machte das Kreuzzeichen.
Jetzt, als sie neben seinem Bett saß, gab er ihr die Wohnungsschlüssel, und nachdem sie gegangen war, fragte er Eugen: »Wo sind die Schlüssel für meine Wohnung? Ich habe sie gerade noch gehabt.«
»Sie haben Sie doch der Frau Stätt gegeben.«
»Der Frau Stätt? War die hier?« fragte Schaffler. Frau Stätt hatte eben die Tür hinter sich zugemacht.
Dann kamen drei Schwestern herein und baten Herren Schaffler, sein Bett zu verlassen. Sie zogen das Leintuch heraus, schüttelten die Zipfel und durchsuchten jede Falte seiner Liegestatt nach dem Kabel seines Rasierap-

parates. – »Haben Sie das Kabel schon einmal hier benutzt?« fragte die zierliche Person, deren Schuhe geschweifte Absätze hatten, die mit drei goldglitzernden Herzchen geschmückt waren. »Wer, glauben Sie, hat dieses Kabel verwechselt?« fragte sie Schaffler.
Also hatte Schaffler Eugen bei den Schwestern verdächtigt, sein Kabel geklaut zu haben, doch warten wir mal ab. Im Bett liegend, las Eugen in *Dichtung und Wahrheit*, bis die mit den hart klopfenden Absätzen zu Eugen sagte: »Jetzt zeigen Sie mir mal Ihren Rasierapparat.«
Eugen holte ihn hervor – interessant, was dir alles im Krankenhaus begegnet, dachte er, nachdem Herr Schaffler ihn als Dieb verdächtigt hatte –, zeigte ihn der Dame, die nun ein türkisfarbenes Wolljäckchen trug, und sagte mit deutlicher Stimme, die grob klingen sollte, er habe sich den Apparat 1975 hier in München gekauft. – »So«, sagte die Zierliche, Kleine mit dem hübschen und kalten Gesicht, der etwas Feindseliges anzuhaften schien, wahrscheinlich weil sie dachte, dieser alte Kerl da, der Schriftsteller sein wollte, bilde sich ein, etwas Besseres als sie zu sein. Eine Schwester – sie war aus Augsburg – lachte und sagte: »Das Kabel kann doch auch beim Bettenmachen so husch-husch eingewickelt worden und mit dem Leintuch in den Sack voll schmutziger Wäsche gestopft worden sein.«
Als die Schwestern gegangen waren, sagte Schaffler, keinen Augenblick sei man hier sicher, daß einem nichts geklaut werde, holte unterm Kopfkissen seine Brieftasche hervor, als wollte er Eugen ermuntern oder dazu verführen, ihn zu bestehlen. Die Schublade seines Nachttischs zog er heraus und sagte zu Eugen: »Sehen Sie sich das an!« Sie war vollgestopft mit abgepackten Marmeladebüchschen, die er beim Frühstück beiseite gelegt hatte. – »Greifen Sie doch mal hinein!« sagte er,

doch Eugen hütete sich, darauf einzugehen. Auch wenn du nur so tust, als griffest du hinein, so kann er hernach sagen: »Der hat mir was geklaut. Ich habe selbst gesehen, wie er zugegriffen hat.«

Schaffler suchte im Telephonbuch, sagte, er werde die Kriminalpolizei anrufen, wählte eine Nummer und wartete. – »Da geht keiner hin«, sagte er dann und erinnerte Eugen wieder mal an seine fünfundachtzig Jahre und daß er noch niemals im Gefängnis gewesen sei. Er faßte Eugen scharf ins Auge, als beurteile er seine Frisur, verzog den Mund und bemerkte wie nebenbei, als junge Menschen hätten sie oft zueinander gesagt: »Er ließ sich lange Haare wachsen und beschloß, Künstler zu werden.« Eugen gab ihm recht und fügte hinzu, in der Tat, seine Haare seien zu lang, worauf Schaffler Eugens schwäbischen Dialekt nachzumachen anfing und von seinem Vater erzählte, der zu ihm gesagt hatte: »Nimm dich in acht vor jedem Schwaben. Der zieht dir noch im Gehen deine Socken aus, ohne daß du's merkst.«

Darauf Eugen: »Als Schwabe bin ich Ihnen, dem geborenen Münchner, unterlegen; denn Sie sind viel gescheiter.« Er aber widersprach: »Der Münchner ist doch blöd.«

Nachts bemühte sich Eugen darum, möglichst lautlos das Zimmer zu verlassen, damit Herr Schaffler nicht im Schlafen gestört wurde. Doch als er vom Klo zurückkehrte, ließ Schaffler ihn wissen, Eugen schliche so herum, als ob er ein schlechtes Gewissen habe, sich verdrücken wolle: »Mein Vater hat zu mir gesagt; auch nachts gehe man wie bei Tag herum, schließe die Tür so, daß man es höre.«

Von nun an trapste Eugen möglichst laut durchs Zimmer, hatte allmählich genug von Schaffler und überlegte, wie er von ihm loskäme. Hanne hatte vorgesorgt und

die Oberschwester gefragt, ob es nicht möglich sei, Schaffler in ein anderes Zimmer zu verlegen.
Finde dich mit ihm ab, sagte Eugen zu sich selber, schau ihn dir an.
Schaffler rief bei sich zu Hause an und sagte wieder: »Es meldet sich niemand«, was verwundert klang. Dann versuchte er's bei seinem Neffen, und es ergab sich ein kurzes, einsilbiges Gespräch. Sein Hausarzt besuchte ihn, und Schaffler erzählte, seine beiden Töchter seien in Amerika mit Deutschamerikanern verheiratet und ihre Kinder sprächen Bayerisch. Als der Arzt fragte, wo sie wohnten, antwortete Schaffler: »Das weiß ich nicht mehr.«
Später sagte er zu Eugen, er sei einsam: »Es hat sich keiner an mich herangetraut.«
Die Schwester brachte ihm eine Postkarte. Nun rief er laut: »Ah!« und »Emilein!«, las die Karte vor und zeigte sie Eugen. In starken Farben war die Balkonwand eines Sanatoriums abgebildet. Dicke, knallrote Blütenbüschel, wohl Geranien, hingen über Balkone, und Schaffler sagte stolz: »Da, schau hin. Dort ist meine Frau! Sie muß das Sanatorium selbst bezahlen ... Wo ist sie jetzt?« fragte er nach einer Weile, und Eugen erwiderte: »In Bad Wörishofen«, denn so stand's auf der Karte.
Von nun an mußte Eugen immer wieder das Sanatorium bewundern. Schaffler erzählte von seiner Arbeit in einer kunstgewerblichen Werkstätte. Handgeschmiedetes hatten sie dort fabriziert, also Kronleuchter, Gitter und dergleichen. Schaffler machte für die silberne Hochzeit seiner Eltern eine Lampe mit einem Raben. In einem Ring saß der Rabe, und unter ihm war die Birne befestigt, die später den Vorplatz in der elterlichen Wohnung zierte.
Nach dem Tod der Eltern nahm Schafflers Bruder diese Raben-Lampe an sich, doch forderte sie Schaffler von

ihm zurück, weil er sie gemacht hatte. Jetzt hing sie bei ihm im Gang hinter der Glastür.
Er beschrieb die Lampe als ein Kunstwerk, und Eugen brachte seine Hochachtung vor Schafflers Können zum Ausdruck, indem er »Ah!« und »Oh!« anfügte. Eugen hoffte, Schaffler damit zu besänftigen (du mußt dich bei ihm einschmeicheln); denn er hatte ein Gefühl der Vorsicht und des lauernden Abwartens diesem Menschen gegenüber.
Wieder besuchte ihn Frau Stätt. Sie erschien Eugen als muntere Person und wohnte auf demselben Stock wie Schaffler. Gegenüber Eugen erschien sie zurückhaltend, als wüßte sie, daß Schaffler es so wünschte.
Als sie gegangen war, sagte Eugen, Frau Stätt sei freundlich. In Schafflers Gesicht erschien die Andeutung eines Lächelns um seine geraden, messerrückenschmalen Lippen. Dann sagte er, die sei kalt wie gefrorene Fürze. »Die besucht mich bloß, weil sie hofft, etwas geschenkt zu bekommen.« Was aber konnte er ihr denn schon schenken außer Geld? Wahrscheinlich etwas aus seiner Schublade im Nachttisch, die vollgestopft mit Marmelade- oder Honigbüchschen war. Vom Frühstück hatte er sich die zurückgelegt, denn als Boxer mochte er nichts Süßes. »Frau Stätt hot amol a Katz g'hobt, aber die hat's bald einschläfern lassen, weil sie zuviel Fleisch gefressen hat. Einen Hund, einen Langhaardackel, so einen netten Waldi, hat sie sich auch angeschafft. Doch auch der hat ihr zuviel gefressen.«
Auf seinem Bett sitzend, sah er vor sich hin. »Ich bin nicht zugänglich für Vertrauen. Mein Innenleben war nicht gefragt«, ließ er Eugen wissen, der sich wunderte, daß Schaffler solche Worte sagte. Nach einer Weile fügte er hinzu: »An mich hat sich keiner herangetraut.«
Wieder fing er an, sich mit Eugen als Schwaben zu be-

fassen. – »A Jud und a Schwob bleibt a Spitzbua bis ins Grob«, sagte er, und Eugen erzählte, im Krieg habe es geheißen: »Zwei Schwaben/schissen in einen Graben./ Aus dem Gestank entstand der Frank«, aber das ließ Schaffler nicht gelten. Geradeaus schauend erwiderte er, der Franke sei ein ehrlicher Kerl. Und er fügte hinzu: »Der Schwabe läßt das Mausen nicht.«

Vielleicht hättest du scharf widersprechen sollen, aber das hätte nichts genützt. Und also war es wieder einmal gut und richtig, was Schaffler gesagt hatte. Eugen erzählte später Hanne, als sie wieder einmal in der Fensternische bei der Glastür zum Treppenhaus saßen, was Schaffler über Frau Stätt gesagt hatte, und Hanne liefen Tränen über beide Backen, so sehr lachte sie. So etwas sei eine Kabarettnummer, sagte sie, und Eugen deutete an, um über solch einen wie Schaffler wegzukommen, müsse man ihn vor sich selber komisch machen, obwohl er unerträglich sei.

Wenig später – es war ein Donnerstag, denn der blieb Eugen im Gedächtnis – saß er wiederum mit Hanne in der Sitzecke beim Treppenhaus, und sie wunderten sich beide, daß Schaffler in den letzten Tagen stillgehalten hatte. Dann gingen sie zurück zum Krankenzimmer, dessen Tür offenstand. Zwei Polizisten in grüner Uniform gingen hinein. – »Aha, heikle Situation: Die Herren von der Polizei haben sich eingefunden«, sagte Hanne, doch einer der Kriminaler erwiderte freundlich: »Nichts Schlimmes ... gar nichts Schlimmes.«

Schaffler lag im Bett und sagte: »Herr Kommissar, ich bin kein Phantast. Ich bilde mir nichts ein.« Er setzte sich aufrecht, zog die Schublade seines Nachttischs heraus, wühlte darin und murmelte: »Da muß bei mir zu Hause eine Riesenschweinerei passiert sein. In meiner Wohnung ist eingebrochen worden; meine Hausschlüs-

sel sind nicht da.« – »Die haben Sie doch der Frau Stätt gegeben«, sagte Eugen, und Schaffler fragte: »War die da?« – »Ja, gestern.«
Der Kriminalbeamte wollte Frau Stätts Adresse wissen, und Schaffler suchte in seinem Kalender zwischen vielen, kreuz und quer beschriebenen Zetteln. Schließlich fand er die Adresse, und der Kriminalbeamte schrieb sie auf. Schaffler schaute mit glasigem Blick zu ihm empor, reichte ihm die Hand und sagte, die Stimme tränenbedrängt: »Herr Kommissar, ich bitte Sie um Verzeihung.« – »Ist schon gut. Das macht nix«, gab der junge Mann zurück, während sein Begleiter schwieg.
Dann gingen beide weg. Und wieder sagte Schaffler, in seiner Schublade wühlend, da müsse eine große Schweinerei passiert sein, stand auf, ging hinaus zur Krankenschwester und redete mit ihr, als das Telephon läutete. Eugen nahm den Hörer ab und hörte den jungen Kriminalbeamten sagen: »Es ist alles in Ordnung. Frau Stätt hat den Schlüssel.«
Eugen erzählte es der Stationsschwester, doch schien sie's nicht zu hören. Dabei kam es ihm vor, als wüßten diese Damen alle über Herrn Schaffler Bescheid.

Eine stand als Nachtschwester vor Schafflers Bett, und er schaute zu ihr auf, als sähe er eine Erscheinung; doch Schaffler war zu allen Frauen liebenswürdig und pflegte zu sagen: »Alle alten Weiber sind in mich verliebt.« Und er fügte hinzu, »ich bin auf Pflege angewiesen«. Deshalb schmeichelte er den Schwestern und küßte dieser Nachtschwester mit dem sorgfältig geschminkten Gesicht, das glatt und schön erschien, die Hand.
Eine, die klein war, trug weiße Bänderschuhe mit hohen Absätzen, die auf dem spiegelden Linoleum im Gang klopften. Sie schien Interesse für etwas zu haben, das hin-

ter allem Materiellen spürbar wurde. Geruch von Zigarettenrauch ging von ihr aus, und Eugen sah sie einmal abends im schwarzen Fohlenpelzmantel mit hohen Stiefeln. Sie wirkte hochmütig und elegant. Etwas Strenges und Geschärftes, etwas Mondänes ging von ihr aus.
Die Stationsschwester trug eine Rote-Kreuz-Brosche und hatte eine weißrot gemusterte Litze um ihre Haube. Sie wurde Schwester Bernadette genannt und stand den andern Schwestern vor. Dazu eine Augsburgerin, die Hochdeutsch redete und sagte, Dialekt finde sie abscheulich. Eine Pfälzerin kam herein und sagte zur Begrüßung: »Sooo...« Die war sozusagen schlappschuhfreundlich, eine Gemütliche.
Eine dritte trug eine Stahlbrille und lächelte Eugen zu, als wüßte sie, daß er alles genau beobachtete. Wenn sie Sonntag nachmittags Deckbett und Kissen aufschüttelte, sagte sie: »Die Sonntagsgeste...«, als dächte sie: wir wissen doch, was los ist.
Schaffler aber zog wieder einmal seine Schublade auf und sagte zu Eugen: »Sehen Sie das an. Greifen Sie hinein.« Und er wollte Eugen überreden, in seinem Schatz gefüllter Marmeladebüchschen zu wühlen, damit er später zu den Schwestern hätte sagen können: Der hat hineingelangt und etwas geklaut. Ich habe es gesehen.
Eugen überhörte Schafflers Aufforderung, ging auf den Gang hinaus, machte seinen Spaziergang (du mußt beweglich bleiben). Saß auch in der Ecke mit den gepolsterten Stühlen, dort hinten bei der Treppe, und kritzelte in sein Notizbuch, als die Stationsärztin vorbeikam und ihn grüßte. Es kam ihm vor, als freute sie sich, weil er schrieb. Dann ging er zurück zu seinem Zimmer, als Frau Stätt herauskam, die Herrn Schaffler besucht hatte. Sie sagte zu Eugen: »Böser Mann«, und legte den Zeigefinger auf den Mund.

Da verriet sie also Eugen, was sie über Herrn Schaffler dachte, als wollte sie ihn wissen lassen, den halte jedermann für einen gemeinen Kerl. Mach dir keine Sorgen... schien sie Eugen zuzuflüstern.

An einem grauen Vormittag gegen halb neun Uhr standen vier Ärzte an Eugens Bett, und der Abteilungsarzt sagte: »Eine Operation bedeutet bei Ihnen ein enorm hohes Risiko. Deshalb müssen wir darauf verzichten.«
Der Chefarzt fügte hinzu: »Aber ich rate Ihnen, sich einen Herzschrittmacher einpflanzen zu lassen.«
Nun gut, sollten sie es machen, wie es ihnen richtig vorkam. – »Sie wissen über meinen Leib besser Bescheid als ich«, erwiderte Eugen und ließ das Übliche mit sich geschehen. Es nützte ja auch nichts, darüber nachzudenken. Und er wurde drei Tage später hinuntergefahren in den Operationsraum, wo es warm war, vielleicht der Menschen wegen, die sich hier versammelt hatten und von denen er nur flaumige Figuren sah, weil ihm die Brille abgenommen worden war. Der Chirurg sagte zu ihm: »Ich kenne Sie. Sie gehen oft am Residence-Hotel vorbei, hinunter zum Englischen Garten.«
Auch Eugen erinnerte sich seiner. Wenn der unter Kastanienbäumen seinem Auto entstiegen war, hatte er ihn gegrüßt. Eine Ärztin gab Eugen zwei Spritzen in die Brust, dann wurde vor seinem Gesicht ein grünes Tuch ausgespannt. Im Operationssaal redete man durcheinander, und der Chirurg sagte zu den Leuten, die Eugen nicht mehr sah: »Das ist ja wie in einem Restaurant. Reden Sie nicht so viel«, und zu Eugen fügte er hinzu: »Sagen Sie mir, wenn Sie Schmerzen spüren.« Doch weil Eugens Brust unempfindlich war, spürte er kaum etwas.
Hernach schien alles gut zu sein, in Ordnung, Karascho, wie man in Rußland gesagt hätte. Der Chirurg war mit

Eugen zufrieden und bemerkte: »Sie haben mir meine Arbeit sehr erleichtert.« Eine Ärztin mit weißem Mundschutz, über dem ihre dunklen Augen herausschauten, fragte Eugen, ob's ihm nicht zu warm geworden sei, und er erwiderte: »Lieber zu warm als zu kalt.« Sie lachte. Der Chirurg wünschte Eugen einen guten Hunger, denn, wie sich's gehörte, war er nüchtern zur Operation gefahren worden. Jetzt kam er in die Intensivstation, und dort gab's nichts zu essen.
Er lag in einem hellen Zimmer, und eine Schwester sagte: »... Etwas ganz Tapferes.« Damit meinte sie wahrscheinlich ihn, doch fragte Eugen nicht danach. Er hätte nur gerne etwas gegessen, aber das gab es hier nicht. Der Chirurg schaute herein, und als er sah, daß Eugens rechter Arm am Bett festgebunden war, riß er die Fessel weg und sagte, er habe den Herzschrittmacher derart festgeschraubt, daß nichts passieren könne. Er war ärgerlich. Hernach riet Eugen ein Medizinstudent, den Arm wieder festbinden zu lassen. Dann lag er wie zuvor, und die Fessel am Handgelenk störte nicht.
Abends kam er wieder in sein altes Zimmer, wo ein anderer Medinzinstudent, der ein Zöpfchen wie ein Mäuseschwänzchen in den Nacken hängen hatte, zu ihm sagte: »Daß Sie auf einem Pulverfaß sitzen, wissen Sie.« Eine nüchterne Feststellung.

Dann blieb er noch acht Tage, ehe er entlassen wurde und zu Hause in seine Dachstube trat, wo alles leuchtete. Es kam ihm vor, als ob ihm eine neue Heimat geschenkt würde. Die Treppe hatte ihr altes Geländer, das sich an seine Hand schmiegte, und vor dem Fenster im Gang war der Papyrus mit langen Stengeln hochgewachsen neben Weihnachtskaktus und Hoya, deren weiße Blüten vom Saft dufteten. Es war, als tropfe Honig aus ihnen herab. Dazu die Bilder, die sein Vater 1910 in Innsbruck und Hall in Tirol mit Temperafarbe gemalt hatte. Hannes Portrait stammte von ihrer Mutter. – »Und, was glaubst du, wie der Schaffler sich jetzt ärgern würde, wenn er sähe, wie schön ich es hier habe«, sagte Eugen. In den letzten acht Tagen war er von diesem Herrn befreit gewesen. Man hatte ihn verlegt, wie man im Krankenhaus zu sagen pflegte.

»Mit Leitner war es doch ganz nett«, sagte Hanne, und sie redeten vom Leitner Fritz, der im Straßenbahn-Depot geschafft hatte, eine Zeitlang sogar in der Gießerei. Der wurde täglich von seinen Töchtern besucht, und als Eugen sagte, die hielten treu zu ihrem Vater, sagte der: »Ich habe jeder auch dreitausend Mark geschenkt.« Von seiner Frau erzählte er, die esse viel mehr als er, und man sehe ihr's auch an. Die ältere seiner Töchter war besonders umfangreich, und ihre Hüfte ragte, wenn sie sich vorneigte, am Rock wie ein Auswuchs hervor. Sie hatte zwei auffallend schöne Kinder.

All dies interessierte Hanne mehr als ihn. Sie schaute sich die Menschen gerne an und hörte, wie sie redeten. – »Mich interessiert's auch, aber ich bekomme bald genug davon. Du aber kannst dich mehr freuen als ich. Das tut mir wohl«, sagte Eugen, und Hanne zeigte ihr strahlendes Lächeln. Niemand konnte er mehr als ihr Freude machen, wenn er erzählte, was ihm begegnet war.

Sonne machte das Zimmer hell. Der Eckschrank glänzte mit seiner Tür aus gewölbtem Glas. Dazu der Sekretär, der kleine Säulen aus Elfenbein neben dem Türchen für die Schublade in der Mitte hatte. All dies sah er jetzt wieder wie zum ersten Mal, nachdem er lange im Trüben und Stickigen gewesen war.

Wie ist die jüngere Tochter vom Leitner? fragte Hanne, und Eugen sagte, sie sei mollig. Gelernte Apothekengehilfin und jetzt bei der Stadtverwaltung angestellt: »Die hat einen Kurs für Führungskräfte des mittleren Beamtendienstes absolviert: ›Dabei waren wir zwischendurch immer wieder am Futtern mit Kaffee und Kuchen‹, hat sie erzählt. Die ist gefilmt worden, wie sie mit einem Kunden spricht. Danach hat man den Film ablaufen lassen und ihr gesagt, was sie falsch und was sie richtig gemacht hatte.« Leitner sagte: »Die will bloß bis zum dreißigsten Jahr arbeiten. Und heiraten will sie auch bald.‹ Als ich zum Leitner gesagt habe, auch seine Frau besuche ihn jeden Tag, hat er mir geantwortet: ›Sie war drei Monate im Krankenhaus, und ich hab jeden Tag Essen für die Kinder gekocht und alle Fensterstöcke und Türen gestrichen, obwohl ich damals in der Gießerei gewesen bin. Deshalb kann sie jetzt auch zu mir kommen.‹« Der wußte Bescheid.

Hanne erinnerte Eugen an die Frau im dunkelblauen Kaschmirmantel, die an einem Samstagnachmittag zu Leitner gekommen war. – »Die ist etwas ganz Feines. Der ihr Mantel ist aus dem teuersten Stoff gemacht, den's gibt«, hatte Hanne gesagt, und Leitner hatte Eugen hernach wissen lassen: »Die putzt bei BMW!«

So konnte man sich täuschen. Und Hanne lachte über sich.

»Oh, der Hax!« hatte Leitner ausgerufen, weil ihm der Schmerz aus seinem Hüftgelenk wieder einmal durch den Leib gefahren war. Das konnte mitten in der Nacht sein, wenn er auf dem Klo gewesen war. Blähungen quälten ihn, und deshalb machte Eugen oft das Fenster auf, auch wenn draußen Regen prasselte.

Man konnte drüber lachen und es komisch finden, letztlich aber war's gewöhnlich, doch auch dafür interessierten sich die Literaturbeflissenen heutzutage. Wäre doch wenigstens so etwas wie der Wunsch oder gar die Sehnsucht nach etwas Hellem spürbar gewesen. Und er schaute im Englischen Garten das Lichterglitzern auf dem Wasser des Sees an, wo die Trauerweiden da und dort schon gelblich wurden und Holunderbüsche Knospen als grünen Hauch sehen ließen. Nun wünschte er sich, daß die Blätterwildnis zu Füßen der Bäume bald wieder aufgesproßt sei und er beim Gehen hineinschauen könne ins Dickicht aus spitzlappigen oder nierenartigen Blättern, auch solchen wie scharfe grüne Lanzen und gerippte Buchenblätter. Doch dann raschelte es neben ihm im dürren Laub, und er sah eine Maus mit braunglänzender Kehle, die frisch aus dem Winterschlaf hervorgekrochen war.

Er setzte sich auf eine Bank, schaute vor sich hin. Und er erinnerte sich eines Gesprächs vor Jahren: Da hatte jemand neben ihm gesagt: »Also möchtest du, daß etwas Neues kommt. Wird schon, aber was dann da ist, das gefällt dir auch nicht.«

Heinrich war's, und was er sagte, hatte mit Politischem zu tun; doch verriet er nicht, wie er es sich vorstellte; fügte auch hinzu, es nütze nichts, etwas zu prophezeien, weil es sicher so komme, wie sich's keiner vorgestellt hat... »Aber Schluß damit. Warten wir es ab.«

Heinrich sah frischer aus als früher, und Eugen dachte: jünger als du... aber er war älter als Eugen, mindestens sieben Jahre. Heinrich strich sich sein dichtes Haar aus der Stirn, das frisch gewaschen war.

»Ich wohne nimmer in der Etagenwohnung. Meine Tochter hat gemeint, ich müsse raus aus der alten Kaserne, aber das war falsch. Jetzt bin ich wieder dort. Du weißt ja, wie die aussieht. Und das struppige Gelände kennst du auch... Also, bis jetzt hat sich dort nichts verändert. Mit mir wohnen auch ein paar Asylbewerber

drin, hauptsächlich Kurden. Du, die sind froh, daß ein Arzt im Haus ist, aber ich praktiziere nicht mehr. Und weil ich nicht viel mehr als sie besitze, lassen sie mich in Ruhe.«
Ja, der Heinrich. Die halbe Welt hatte er sich nicht bloß angeschaut, sondern durchlebt. Zurückgekehrt aus Rußland und aus China. Immer noch fühlst du dich neben ihm halt kümmerlich, sagte Eugen zu sich selber.
»Aber wie geht's dir? Erzähl, wie's dir ergangen ist, seit du bekannt geworden bist.«
Also gut, dann erzählst du's halt dem Heinrich... Und Eugen sagte, ein paar, die zuvor nichts von ihm hatten wissen wollen – »weißt du: jahrzehntelang... auch von denen haben sich ein paar gemeldet. Mit den andern aber, die ich auch vorher manchmal getroffen habe, ist es gleich geblieben. Die haben sich nie für meine Arbeit interessiert; die lesen halt die Zeitung. An mir haben sie einen, der steht halt nebendraußen, über den darf man die Achseln zucken. Aber überall erzählen sie, daß sie mich kennen. Halt um mir nachzuspionieren, etwas zu hören, was mich herabsetzt.«
»Aha. Aber erzähl etwas Genaues.«
»Zum achtzigsten Geburtstag hat ein Student, der kleine Hefte druckt – das ist jetzt so ein Trend mit den Ein-Mann-Verlagen –, an Leute geschrieben, die mich seit langem kennen. Die sollten ein paar ungeschminkte Erinnerungen aufschreiben. Das ist soweit ganz gut gegangen. Aber ein paar legten richtig los, wischten mir eins aus. Jetzt war's endlich soweit. Einem habe ich zu oft meine ›Mähne‹ gekämmt, wahrscheinlich weil er eine Glatze hat. Dann sagte er, mit meinen Büchern könne er nichts anfangen. Nur eine, inzwischen auch schon alte Frau, die mich seit meinem achtzehnten Jahr kennt, die hat beschrieben, was ich Anno 34 über Hitler gesagt

habe. Bei ihr in ihrem elterlichen Haus. Da waren zwei junge Leute dabei, die gehörten zur Gestapo. Wenn die mich angezeigt hätten, wär ich ins KZ gekommen.«
»Wie das damals war, kann sich heute kein junger Mensch vorstellen. Und es nützt auch nichts, wenn man davon erzählt«, fügte Heinrich hinzu.
Eugen schämte sich, weil er Heinrich bloß erzählte, was ihn geärgert hatte. Das mußte dem doch lächerlich vorkommen. Und er schwieg.
Da sagte Heinrich, er freue sich an vielem: »Wenn Unkraut am Rand des Trottoirs hervorkommt und hoch dasteht, das gefällt mir. Da siehst du, wie die Natur wieder eindringt in die von Steinen und Autos verwüsteten Städte. Aus der schmalsten Ritze kommt das Gras heraus. Und wenn die Stadt leer ist von Menschen, bricht der Asphalt auf. Büsche und Bäume überwuchern die Ruinen. Wir haben's ja gesehen nach dem Krieg.«
Breitschultrig und hochgewachsen, saß Heinrich neben Eugen, der sich faltig und verschrumpelt vorkam, ein kleiner, magerer Kerl neben einem, der verschmitzt schaute, Eugen unter seinem dichten Haar zublinzelte und sagte: »Wart nur, du wirst staunen, was alles passiert. Ich weiß es von den Asylbewerbern, die mit mir in der alten Kaserne hausen. Die denken sich natürlich das Wildeste aus. Wenn's nach denen geht, erleben wir drüben im Osten einen solchen Rumpler, wie sich ihn niemand vorstellen kann. Wenn das einer in einem Roman beschriebe, lachten wir alle. So was sei ein Phantasiegespinst, würde es dann heißen.«
»Ja, die politische Entwicklung: eigentlich zum Fürchten...«, gestand Eugen, und Heinrich fügte hinzu: »Dann meinst du also, ich freute mich auf einen solchen Umsturz... Täuschung, große Täuschung. Ich kann

mich nur dem allen nicht entziehen. Ich höre lieber die ersten Stare zurückkehren. Wenn der Frühling wieder aus den Büschen in die Höhe der Baumkronen steigt, atme ich auf. Die Buchenblätter werden dunkel im August, und wenn die Beeren als rote Trauben in den Ebereschen hängen, dann kommt die späte Kühle näher, abends, wenn du am Wald vorbeigehst. Oder die Goldrauten werden an den Bahndämmen vom Fahrtwind hin und hergeworfen, und wenn der Zug im Gebirg stehenbleibt, glänzen schwarze Kalksteinbrocken zwischen nassen Gräsern. Oder du denkst an ein Mühlrad, das sich im Oberpfälzer Wald wasserspritzend gedreht hat, als wäre es noch wichtig fürs Brotbacken. Wegwarten sind aufgegangen, weil es am Tag zuvor geregnet hat, während Schatten in Buchenkronen sich wie dunkle Kuppeln wölben. Jetzt hat sich das ständige Selbstgespräch, das dir nicht aus dem Kopf geht, in der Sonnenwärme aufgelöst, und du schaust nach, ob an den Weißdornbüschen schon die Schlehen reif sind, ausgekocht von der Hitze. Aber, was bildest du dir ein, Schlehen haben erst im Oktober alle Sonnenwärme aufgesaugt, und wenn sie auf der Zunge warm sind, hast du den Spätjahrgeschmack in dir. Wärest dann auch gerne jünger, ein Wunsch, den dir sogar der Sommer nicht erfüllen kann. Die Schwalben sind zum Glück noch da und fliegen dir entgegen über Kornährenspitzen, werfen sich empor. Und wenn dies alles ewig währte, wär es nichts.«

Was Heinrich sagte, stärkte Eugen (den hättest du gern immer neben dir). »Ich fürchte mich vor dem Politischen«, sagte er zu ihm, und Heinrich erwiderte: »Ich auch.« Das überrascht dich, dachte Eugen und versuchte sich vorzustellen, warum Heinrich trotzdem immer wieder herausbringen wollte, wohin der (politische)

Karren dort im Osten denn gezogen wurde und von wem? Von dem, was in der Luft lag, und das stieg aus den Verhältnissen herauf, die sich beständig änderten. Vielleicht war's auch im Osten so, daß man die Menschen nicht für immer unterdrücken und ihnen eintrommeln konnte, so etwas wie graue Armut bedeute das Glück. Und wieder wunderte er sich, als Heinrich sagte: »Wart nur einmal ab. Es ändert sich, und vielleicht kommt das Neue so bald, wie ein Baum umfällt, der angesägt ist.« – »Aber die drüben im Osten können doch den Baum nicht ansägen, weil man sie nicht an ihn heranläßt«, erwiderte Eugen. Und Heinrich: »Dann fault der von innen her.«

Also mußte etwas in der Luft liegen, Deutschland betreffend (da schaust du nicht dahinter). Kürzlich hatte einer, der am Bodensee wohnte, im Rundfunk etwas vorgelesen, in dem die Sache mit dem Osten angedeutet wurde; aber die Russen gingen doch nie aus Deutschland hinaus. Auch kam Eugen etwas wie ›Wiedervereinigung‹ unwahrscheinlich vor. Es war doch alles festgefahren, starr geworden, nachdem sogar der Honecker in Bonn empfangen worden war; und der Ministerpräsident von Bayern war im eigenen Flugzeug zu dem Herrn geflogen und hatte ihm ein erkleckliches Sümmchen Geldes gebracht, nachdem er jahrzehntelang wider die von dort hinterm Stacheldraht gewütet hatte. Kuriose Sache. Dann sah der also jetzt ein, daß alles Wörterschleudern nichts nützte und die Änderung im Innern wachsen mußte.

Schluß mit derlei Gegrübel, das Eugen in der letzten Zeit des öfteren heimgesucht hatte. Da war es gut, den Rucksack zu packen und mit Hanne wieder mal drau-

ßen herumzustiefeln, bei der Pelletsmühle beispielsweise, wo weißer Flieder verwildert war und im Wald über dürren vorjährigen Blättern der Waldmeister als weißes Gespinst sich verzweigte. Fein gefiedert stand er da, einer bei dem andern, eine heitere Versammlung. Künzelsau fiel ihm wieder ein und die Waldmeisterbowle, die damals seine Mutter gemacht hatte.
Schwüle herrschte. Hinter Blätterschattenschwärze glitzerte die Sonne. Ein Kuckuck rief und versprach viele Jahre.
Es donnerte über den Bäumen, wo sie beide lagen, und Eugen nahm seinen Pullover vom Rucksack. Da tröpfelte es schon. Es regnete beim Hinuntergehen auf der Wiese, wo ein Bach sich glänzend wand. Das Gras stand hoch. Die Pelletsmühle hatte neue, rohhölzerne Fensterläden. Ein Gerüst war am Haus aufgerichtet, und aus der Dachrinne, die vorragte, lief Regenwasser in einem langen silberigen Strahl herunter.
Ein Auto fuhr vorbei und drehte weiter vorne um. Als es zurückkam, machte Hanne eine schüchterne Geste, um anzudeuten: Nehmen Sie uns mit? Die Herrschaften im Wagen beachteten sie nicht.
Eugen hockte, in seine Regenplane eingehüllt, vor dem Haus aus rotem Stein und wartete, bis der Regen nachließ. Dann ging er mit Hanne auf der Straße weiter, wo ihnen ein Mann ohne Schirm begegnete. Dessen Anzug mußte durchnäßt sein, doch kümmerte ihn dies nicht. Und während sie dann später ins Reutberger Gasthaus hineingingen, meinte Hanne, das Paar, das nach ihnen hereingekommen war, sei bei der Pelletsmühle an ihnen vorbeigefahren. Eugen kam's unwahrscheinlich vor, weil die junge Frau hier ein gelbes Kleid anhatte, während die im Auto mit einer weißen Bluse ausstaffiert gewesen war.

Eine Kellnerin sprach das Bayerische mit ostdeutschem Akzent. – »Rumäniendeutsche«, sagte Eugen zu Hanne und erinnerte sich, der Frau früher hier begegnet zu sein und sie gefragt zu haben, ob sie den Herrn Ceaucescu mal gesehen habe. Und sie hatte geantwortet, der sei verrückt. Damals waren sie im Garten unter alten Kastanien gesessen, die jetzt wieder blühten. Draußen lag welliges Land im Dunst, während es donnerte. Berge stiegen in den Himmel. Eine Kirche hatte einen Zwiebelturm, und der sah lustig aus.

Eugen fiel die Kuhherde ein, die mit ihnen gegangen war, und daß zwei Burschen in frischen weißen Hemden in einen großen Stall hineingelaufen waren, wo sie gelacht hatten (mehr brauchst du nicht).

Das war Natur, fest und dicht. Eugen sah in Gedanken den von Fichten stacheligen Wald und spürte Regen im Gesicht. Das gibt es noch für dich, sei dafür dankbar.

Weil das Wetter wieder schön war, fuhren Eugen und Hanne am anderen Morgen wieder mit dem Rucksack nach Aying, wo die »Restauration zur Eisenbahn« mit gotisch geschriebenen Buchstaben auf ihrem Wirtshausschild gleich hinterm Bahnhof wartete. In die wäre Hanne gern hineingegangen, doch sparte sie sich dies für später auf. – »So lange wir's noch können, machen wir unsere Rucksackspaziergänge«, sagte Eugen. Hanne war damit einverstanden, und wenige Tage später gingen beide wieder im Freien herum. Ein weißes Kirchlein stand auf einem Hügel, der wie ein Kegelberg aufstieg, und eine Scheuer sah mit dunkelgrauen Bretterwänden zu ihnen herüber. Hinter Hanne bog der Weg um die gerundete Hügelflanke, und Eugen hörte in den Wiesen zirpende Vogelrufe.

Weiter vorne, auf dem Feldweg, liefen Bachstelzen. Das

Zirpen war ihr Gesang. Draußen dehnte sich die Weite mit Wiesengrün und Blau, das sich aufhellte.
Ein Marktflecken lag in der Ferne, und auf den gingen sie zu.
Der Weg stieg an. Eugen blieb stehen, schaute auf den Rand des Weges und sah ein dunkelbraunes Tier. Es war fast so lang wie sein Mittelfinger, hatte zwei Stacheln und zwei gezackte Füße wie Werkzeuge. Das Tier erschien ihm als ein Überbleibsel aus einem fernen Erdzeitalter, allerdings ins Winzige geschrumpft. Als er's mit einem blühenden Grashalm streichelte, zuckte es, schüttelte sich. Lief zwischen niedrigen Gräsern und war im Nu verschwunden.
Sie legten sich dann unter eine Eiche mit frischen grünen Blättern. Den Rucksack unterm Kopf, lag Eugen neben einem Bächlein, das flach und steinig war. Dort ging er ungern weiter, aber vielleicht mußten sie den nächsten Zug erreichen. Vor einer Scheune fragte Hanne einen jungen Mann in schwarzer Samtjacke nach dem Weg. die Frau, die mit ihm ging, war wohl an die zehn Jahre älter. Sie trug eine Brille mit scharfen Gläsern und schaute auf den Boden.
Wahrscheinlich stimmte es, was Hanne meinte, und der junge Mann war aus dem Dorf, das drüben auf dem Hügel lag und ein weißes Kirchlein hatte. Der hatte sich wahrscheinlich dieser älteren Lyrikerin mit den starken Brillengläsern angeschlossen, die von der Stadt aufs Land gezogen war.
Eine Taubnessel hatte gelbe Lippenblüten. Das Knäuelgras und das Straußgras ließen violette Fransen wehen. Das lange und zackige Blatt des Löwenzahns sah wie eine grüne Flamme oder eine Hellebardenspitze aus, die heftige Wunden reißen könnte, während Kleeblätter friedlich und geduldig sich im Grase spreizten, sozusa-

gen »bürgerlich«. Ein Lindenblatt war hell und dünn, ließ die Sonne durch und kam Eugen mit seiner Zipfelspitze heiter vor. Wie im Gras das Spitze und das Lanzenförmige sich gegen das Breitlappige und Runde, wie einer Leber Ähnliche, behaupten mußte, das verriet Rücksichtslosigkeit und Existenzkampf und natürliche Gemeinheit.

Die Gräser schienen noch nicht von innen her angefault zu sein, und du als alter Mann darfst dich am »grünen Schein« erfreuen. Im See des Englischen Gartens wurden auch Karpfen gezüchtet, und das überraschte ihn auf besondere Weise, hatte er doch geglaubt, das Wasser sei verseucht.

Im Spätjahr wurden manchmal Karpfen aus dem See geholt und in einem wassergefüllten Container abtransportiert. Dabei hast du die Karpfen in großen Netzen zappeln sehen, bevor sie in das Wasser geworfen wurden, das im Container auf sie wartete; heuer aber hast du dabei nicht zugeschaut. Der politischen Ereignisse wegen, fügte er in Gedanken hinzu und dachte an Heinrich. Der hatte prophezeit, es werde allerlei passieren, das sich bis heute kein Schriftsteller ausgedacht haben könnte.

In der Tat, daß die Menschen in Leipzig massenhaft auf die Straßen gegangen und Transparente mit »Wir sind das Volk« getragen hatten, ohne daß geschossen worden war: Kein Kollege hatte das vorausgesehen. Auch daß auf der vom Herrn Genossen Ulbricht erbauten Mauer die Leute tanzen würden, während die Polizei zuschaute, hatte sich niemand vorgestellt.

Also gut. Aber daß sich Ost- und Westdeutschland im Handumdrehen ineinanderschmelzen ließen, das glaubte Eugen trotzdem nicht. Wenn du etwas zu sagen hättest, würdest du eingestehen, daß es lange dauern werde, Jahre oder Jahrzehnte; aber das durfte der Kanzler wahrscheinlich nicht herauslassen, weil's ihm als Schwäche ausgedeutet würde.

Und er erinnerte sich an den Dezember 1989: Da wurden in Bukarest fünftausend Menschen auf der Straße umgebracht. Ceaucescus Garde hatte in die Demonstrierenden hineingeschossen. Und Eugen erinnerte sich weiter, vor Urbans Fernsehapparat zugeschaut zu haben, wie dieser Mann vor sich hingesehen und etwas vorgelesen hatte, während drei Genossen hinter ihm in einer Ecke gestanden waren, als wären's abgestellte Möbelstücke. Ein kalter Hauch war von dem Bilde hergeweht, als ob es für diese Herrschaften Matthäi am letzten sei.

Bald war es dann soweit, und der Rumäne wurde nach einem kurzen Prozeß mit einer Maschiengewehrsalve hingerichtet. Auch seine Frau kam dabei um, und er schaute als Toter höhnisch aus erstarrten Augen. So sah ihn Eugen wenig später auf Urbans Fernsehschirm, während Buchenscheite im Kamin loderten und knackten.

Im neuen Jahr, bei naßkaltem Wetter, kam Eugen schon nach einer halben Stunde von seinem Spaziergang zurück, um sich einen Regenschirm zu holen. – »Ach, bleib doch hier«, sagte Hanne, umarmte ihn und fügte hinzu: »Wenn du oben sitzt in deiner Stube, fühle ich mich wohl.«

Abends kam Stephan Koval in Urbans gefüttertem Ledermantel und schüttelte sein nasses, halblanges Haar. Hanne sagte zu ihm: »Der Eugen ist mißmutig vom Spaziergang heimgekommen«, was Eugen verwunderte,

denn er hatte nichts zu ihr gesagt. Stephans Bemerkungen ermunterten sie zuweilen, etwas Nadelspitzes gegen ihn vorzubringen. So auch jetzt, als ihn Stephan fragte, ob ihm etwas weh getan habe, was in seiner Besprechung von *Jung und Alt* stehe, die in der »Zeit« erschienen war.
»Nein«, erwiderte Eugen, »ich weiß nur nicht, wo ich in meinem Buch ›herumgemosert‹ haben soll.«
Hanne sagte zu Stephan: »Da bin ich mit dir einig!«, einen Satz, den sie wiederholte und dabei mit dem Zeigefinger auf Stephans Brust wies. Stephan überhörte, was sie sagte, und Eugen wunderte sich, weil er meinte, er ›mosere‹ selten über irgendwas ›herum‹. Aber Hanne sagte, genauso sei es (du wirst dich künftig in acht nehmen müssen).
Gegen halb zehn kam Urban dazu. Er hatte eine dicke Wolljacke an und erklärte: »Frauen fliegen nur auf Männer, die Macht haben. Deshalb wollte ich Macht erringen... Ich habe FORBES (wohl eine Zeitschrift aus Amerika) gekauft. Das kostet mich 125 Millionen. Der vom STERN hat zu mir gesagt: ›Das schaffen Sie nie!‹ Der hat viele Achtundsechziger in seiner Redaktion, und endlich ist er einen davon losgeworden. Die wollen keine Wiedervereinigung, und das hat den STERN hundertvierzigtausend Exemplare gekostet. Morgen ist die große Diskussion Augstein–Grass. Augstein hat Kohl davon überzeugt, daß er für die Wiedervereinigung eintreten muß. Grass – als Achtundsechziger – ist dagegen.«
»Ach was«, sagte Stephan Koval. »Grass ist doch kein Achtundsechziger. Grass ist Sozialdemokrat.«
»Ich behaupte, daß Kohl ein großer Staatsmann ist«, warf Urban ein.
»Mir ist einer wie Kohl als Bundeskanzler lieber als ein Intellektueller«, sagte Eugen.

Urban fügte hinzu: »Jetzt bin ich reich und trotzdem unbehaust. Da muß ich in einem Bett schlafen, wo ich mir den Kopf anhaue, wenn ich lesen will. So ist's halt, wenn man eine junge Frau hat.«
»Ich schlafe im Bett meines Großvaters. Als Kind bin ich schon drin gelegen«, sagte Eugen, und Urban wollte durch die Zimmer gehen. Da wunderte er sich dann: »Ja so was!« weil überall nur alte Möbel standen und Bilder, die Eugens Vater und Hannes Mutter gemalt hatten, an den Wänden hingen. Er machte auch ein Fenster auf und schaute in den Garten. In Eugens Dachstube sah er sich um und ließ ihn wissen: »Du wohnst in München und trotzdem in Cleversulzbach«, nachdem ihm Eugen das Bild gezeigt hatte, das sein Vater gemalt hatte und auf dem er zu sehen war, wie er auf Cleversulzbach schaute. Er saß unter einem Bäumchen, sechzehnjährig und in kurzen Hosen. Und er fügte hinzu, von den Petrarca-Preisträgern seien fast alle tot. »Es wird Zeit, daß wir unsterblich werden.« Dann zeigte er Eugen, wie Michel Krüger ihn nachmachte. Er reckte den Arm empor und sagte das Wort »prächtig«. »Ja, das gebrauchst du öfter, wenn du meinst, es komme darauf an, den anderen zu zeigen, wie du dich freust. Damit die andern lachen.«
Stephan Koval lächelte und sah wie ein Bub aus, der sich spitzbübisch freute. Sein Haar, halblang über die Ohren hängend, war dicht und braun ohne einen weißen Faden. Dabei kam's Eugen vor, als prüfe der jetzt, wie er reagierte. Ob er ihn damit aus dem Gleichgewicht bringen wollte? Sehr wahrscheinlich. Weil du dir nichts anmerken läßt und immer so gleichgültig bleibst, möchte er dich herauslocken aus deiner Reserve. Also poltere mal ihm zuliebe richtig los, wenn dich was ärgert... Und er erinnerte sich, daß er gegen Hanne manchmal zorngewaltige Wörter losgelassen hatte, weshalb sie ihn

zuweilen als Choleriker bezeichnete. Legte er aber los, so nützte es nichts. Ihre Vorwürfe entkräftete er nicht, sie steigerte sich nur in die eigene Wut hinein und sagte, jetzt gehe ihr Blutdruck wieder in die Höhe, und er sei schuld daran. Aber es fiel leichter, Freunden gegenüber gelassen zu bleiben, wahrscheinlich, weil man die nicht immer um sich hatte.

Dann Urbans fünfzigster Geburtstag, der am Stadtrand in einem alten Gutshof gefeiert wurde, wo jetzt seine Schwiegereltern lebten.

Ein ländliches Domizil, das Eugen beneidenswert erschienen wäre, wenn er sich zum Neid hätte aufraffen können. Doch war er froh, nicht reich zu sein (zu vielerlei hättest du um die Ohren, auch würdest du von dem Gefühl belästigt, du müßtest dir mehr leisten, damit auch du etwas von deinem Reichtum hast). Ob Urban davon berührt wurde? Leider weißt du's nicht. Man stand dicht beeinander, ein Glas mit Orangensaft und Sekt in der Hand. Das Stimmengewirr brauste in der dichten Menschenansammlung. Jedermann spürte, wenn er sich reckte und die Arme regte, daß er dazugehörte und zuweilen einer Dame nahe war, die das Gewisse in den geschmeidigen Hüften hatte. Eine Kamera wurde hochgestemmt, und der Filmoperateur (wie man früher gesagt hatte) wand sich, als wollte er einer Umarmung entkommen. Eugen sah Urbans Gesicht auftauchen, klein, gewitzt und böhmisch. Er umarmte Eugen, und schon surrte die Kamera neben ihm. Langsam wurde die Menschendichte lockerer und rieselte den Türen zum Saal zu, der vordem ein Pferdestall gewesen war. Er war lang und weit und hoch. Die Gäste suchten auf den Tischen die Kärtchen mit ihren Namen, und dann dämpfte das Essen viele Stimmen.

Musik begann, und sie war viel zu schön, zu strahlend, zu hochstehend für die vielen munteren Leute, für Eugen aber nicht. Was die jetzt spielten und wie sie es klingen ließen, das überragte alles. Und er hoffte, nach der Suppe nahe bei den Musizierenden wenigstens für einige Minuten an der Wand lehnen zu dürfen.

Eine schöne Frau hatte er neben sich, eine mit kleinen Faltenritzen um Augen und Mundwinkel. Sie sah ›mitgenommen‹ aus, falls er so sagen durfte, schwarzhaarig und mager; eine Trainierte, wie er dachte, weil sie gewandt redete, gescheit. Stephan Koval setzte sich dazu und redete mit ihr, das gefüllte Weinglas in der Hand. Mit leichter Geste wies er auf seinen Schoß hin und sagte: »Ich bin vollkommen frei … Aber ich kann nicht mehr wirken, ich weiß.« Und sie: »Ich habe den da …« und deutete mit einer Kopfbewegung auf einen Hochgewachsenen, der glatzköpfig war und Strubbelhaar neben den Schläfen hatte. – »Ob er einen liebt, das weiß man nicht«, fügte sie für Eugen hinzu.

»Sie ist auch um die fünfzig«, sagte Urban. Hanne fragte nach der Schönen, die markant profiliert war und, ihrer Faltenritzen wegen, gescheit erschien. Urban antwortete: »Sie hat mit mir studiert. Eine der wildesten Achtundsechzigerinnen ist sie gewesen. Die ist reich und hat wider die Kapitalisten gewettert.«

Hernach setzte sich der weltgewandte Michel neben Eugen und sagte: »Du hast eine ›Oho-Dame‹ neben dir gehabt!« Dann stieß ihn Hanne mit dem Ellenbogen an: »Man will sich von dir verabschieden.« Es war die Oho-Dame, die Eugen liebenswürdig »Auf Wiedersehen« sagte. Er hielt seine Mimik im Zaum, damit er nicht zu freundlich aussah, alles wegen Hanne, die gekränkt gewesen wäre, wenn er freimütiger reagiert hätte.

»Jetzt kommen die Damen …«, sagte später die Frau

eines Redakteurs, der Professor war und Musikwissenschaft lehrte. Sie war schwäbischer Herkunft, doch merkte man dies ihrer Art zu reden kaum noch an. Und mit ihr standen andere um ihn herum, als wollten sie ihn wissen lassen, daß sie sich ihm nahe fühlten. Eugen wunderte sich, weil er manche von ihnen kaum gesehen hatte, und es schien, als hätten sie von fern eher gedacht: der ist ein lieber oder gar interessanter Mensch. Und Hanne erzählte, als sie schon im Gehen waren, die Beate (auch eine von der Zeitung) habe zu ihr gesagt: »Ja, solch ein Mann wie der Ihre ... Den ließe ich mir auch gefallen. Von dem geht eine Ruhe aus ...« Und Hanne sagte dies mit einem Unterton von: die hat keine Ahnung, wie du wirklich bist ... Aus der Ferne freilich magst du so erscheinen. Im Moment brauchst du dir keiner Schuld bewußt zu sein, doch ist es möglich, daß du früher dann und wann deinem Ärger hast die Zügel schießen lassen ... Und er freute sich, weil ihm jetzt alle diese Frauen kräftig die Hand drückten und »Auf Wiedersehen« sagten.

Überraschende Sympathie, die Eugen unerwartet zukam. Die hatte sich auch früher manchmal eingestellt, nur war er dann oft fast erschrocken. Jetzt, da sich alles Körperliche kaum noch auswirkte, nahm man's dankbar auf und dachte, es sei erfreulich, doch lasse es sich nur noch im ideellen Sinn verwirklichen.

Die Musikanten hätten jetzt noch ein Stück spielen sollen. Abschiedsmusik ... dachte er, doch war das Podium leer. Im Nebenzimmer waren die Künstler zum Essen plaziert gewesen, hatten sich aber inzwischen davongemacht. Wahrscheinlich dachten die, das seien stumpfsinnige Typen, denen sie hatten aufspielen müssen.

Um diese Zeit überlegte Urban, ob er seine Einladungen zu Reisen in den Süden aufgeben sollte. Doch als er diesen Entschluß auf einem Essen im Januar bekanntgab, regten sich Unzufriedenheit und Schmerz unter den Damen und Herren seines Kreises, von denen Wolfgang, ein breiter und von früh an dazugehörender Kollege, ausrief: »Damit nimmst du uns etwas weg!«

Was Wolfgang sagte, war gleichgültig, denn schließlich war's ja Urban, von dem alles abhing und der bestimmte, was er mit seinem Geld anfangen wollte. Doch Wolfgangs beleidigter Widerspruch schien sich, nachdem er ihn losgelassen hatte, unterm Boden zu vermehren, weiterzugraben und sich in Urbans Gäste einzuschleichen. Weshalb er wiederum einzuwilligen schien und seine Nächsten wissen ließ, also gut, noch einmal mache er's, aber dann müsse Schluß sein.

Hanne und Eugen würden wohl verzichten müssen, wenn es galt, mit dem Zug hinabzukommen nach Chateau Bas in der Provence; denn Eugen war »schlecht beieinander«, wie man gemeinhin sagte, und ging nur noch mühsam, indem er kleine Schritte hintereinandersetzte, schwer atmete und Treppen, immer wieder stehenbleibend, überwand. Herzklappenfehler hieß man das.

Weil niemand etwas davon wissen sollte, war dies allgemein bekannt, und jeder hatte von Eugens Herzfehler gehört. So waren Hanne und er zu ehrwürdigen Senioren avanciert, nahezu ohne dies zu merken. Doch beiden sah man jetzt ihr Alter an.

Rachel und Robert nahmen sie in Urbans feinstem Auto mit. Rachel stärkte Eugen mit ihrer herzhaften Art. Die mit ihrem schwarzen, geringelten Haarbusch ... dachte er. Dazu ihr offenes Gesicht, das große Augen und dichte Brauen hatte. Sie redete offen, und Eugen meinte, ihr

käme kein zweideutiges Wort über die Lippen. Sie lachte Eugen an, als er schon hinten saß, fragte, ob ihn der Luftzug störe, weil sie das Fenster vorne offen lasse, um frische Luft zu haben. – »Nein«, antwortete er, aber das war falsch, weil er ein alter Mann war, der aufpassen mußte, sich nicht zu erkälten, während Robert das Steuerrad umfaßte und es nahezu bis Avignon nicht losließ, eine dunkle Brille vor den Augen seines empfindlichen Gesichts. Es war ein heller und dunstiger Tag, die Dörfer vor dem Bodensee waren schleierig umhüllt, weil immer noch Nebel überm Wasser lag. Dahinter aber war dann alles blank wie die Lenkstangen der Radfahrer, die ihre Speichenräder blitzen ließen. Vor alten Kirchen sammelten sich Touristenmengen, als wären viele farbige Hausschuhe hier abgestreift und übereinandergelegt worden, doch verschwanden die. Und jetzt war nur noch das Land da, eine Gegend, in der ein Triumphbogen aus einem Mittagshitzedorf auftauchte, während ein Huhn verschreckt über die Straße lief. Dahinter eine Nonne, dick in Schwarz gehüllt, die eine Sammelbüchse bei sich hatte und Zahlen in eine Liste schrieb.
Die Ecken mancher Häuser waren mit Backsteinen verziert. Hinter ihnen dehnte sich die Weite um Dörfer, Hecken, Felder. Das Korn war bereits gelb und lang im kaum merklichen Dunst. Eine römische Wasserleitung war aus hellem Stein, eine Kette dreistufiger Bögen, auf denen der Aquädukt das Land durchschritt. Der Wind wehte vom Meer.
Dann brach er ab, als ob er Atem holte, und der Automotor war zu hören. Jetzt war man schon bei Avignon und bog in den Garten einer Landvilla ein, deren Stufen mit einem langen Läufer belegt wurden. Die Hoteldiener trugen rote Jacken und lächelten, als wollten sie die Eleganz entschuldigen, die hier betont wurde, ohne dem

erstrebten Niveau zu entsprechen. Und andern Tags sagte Eugen zu Hanne: »Mir wär's lieber, die legten ihre roten Jacken ab und böten dafür ein besseres Frühstück an.«

Dann fuhren sie mit dem Omnibus ins Land; kamen bald bei einer Ferme an, wo schloßartige Einfachheit in der Luft lag und einer von Urbans organisatorisch Beschäftigten sagte: »Es ist nicht besonders hoch.« Er meinte, daß man nicht lange zu gehen habe.
Man stieg einen Hügel empor, auf dessen Hang da und dort Wacholderbüsche mit blauen Beeren standen. Die erinnerten Eugen an die Schwäbische Alb, wo er mit seinen beiden Kumpanen gewandert war, dem empfindsamen Anselm und dem wackeren Egbert, der einen melierten Bart trug und zu ihm sagte: »Iß ein paar davon, damit wir wissen, ob sie giftig sind.« Du hast's getan, und Egbert wurde es ein bißchen ungemütlich, wie er gestand.
Nun gut. Auch hier in der Provence aß Eugen gern Wacholderbeeren und bemerkte manche von Angst gekräuselte Oberlippe bei den andern, die meinten, Wacholderbeeren könnten giftig sein. Hanne aber wußte längst Bescheid.
Es standen dann zwei weiße Säulen da, als wären sie aus dem Gras aufgestiegen. Beide waren kanneliert und hatten korinthische Ornamente an ihren Kapitellen. Auch war das Licht heller geworden, und die Säulen ragten hoch empor, als ob sie immer noch ein Tempeldach trügen. Sonst war hier nichts an Kunst zu sehen, und deshalb leuchteten sie hell.
Es war, als ob sie etwas sagten, aber was? Wahrscheinlich redeten sie mit sich selber. Es schien auch so, als ob sie nichts von dem bemerkten, was um sie herum vorging.

Unter den Säulen war in einer ummauerten Kammer ein christlicher Altar aufgestellt, wahrscheinlich um ein Gegengewicht zu schaffen gegen das heidnische Heiligtum. Hier konnten unter den Säulen Andachten verrichtet werden, in denen an Glaubenskämpfe früherer Zeiten erinnert wurde.

Weiter oben waren am Hang weiße Schirme aufgestellt und ein Zelt aus gelblichem Leinen ausgespannt. Der Blick ging in die Weite und zum nahen Wald. Das gab ein helles Bild, und weil hinter Ligusterhecken ein Etablissement versteckt war, aus dem es nach feinem Essen roch, war anzunehmen, daß ein exquisites Mahl zubereitet wurde, auf das sich die Herrschaften freuen durften. In hellen Kleidern und dünnen sommerlichen Jacken fanden sie sich an den Tischen ein. Und Eugen dachte, alles werde dem gefilterten Licht zuliebe arrangiert. So paßte es hierher in dieses alte Land, das Caesars Streitmacht einst befriedet hatte.

Fünfhundert abgehauene rechte Hände hatte der nach Rom geschickt, um dem Senat zu zeigen, wie er mit den Galliern umging, die sich widersetzten.

Jetzt schien's friedlich zu sein, zumindest hier, nicht weit von diesen weißen Säulen beim feinen Mahl im Schatten weißer Schirme, und was du denkst, paßt hoffentlich hierher.

Er ging abseits hinter die Ligusterhecken, über die er nicht wegschauen konnte, und kam auf ein Viereck aus geschnittenen Büschen und dichtem, wie gewölbtem Gras, in dem hellblaue Blüten von Vergißmeinnicht und Gänseblümchen wie eingewebt standen. Dort speiste ein rotköpfiger Herr im gebügelten schwarzen Anzug und lächelte Eugen zu. Und heller Wein glänzte in seinem Glas.

Der Herr wußte, was sich jetzt geziemte, und das gefiel

dem Eugen. Zur alten Landschaft gehörte der Geschmack des Essens ebenso wie die Gesten eines Mannes, der sich als Herr fühlen durfte. Es war der Besitzer dieses abseitigen Schlößchens.

Allmählich wieder an die Rückfahrt denken. Wer sollte mit wem fahren? Hanne und Eugen hatten es gut, denn sie durften in Urbans feinem Wagen sitzen, wo Robert am Steuer saß und Rachels Haarbusch vom Winde gepackt wurde, wenn sie aus dem Fenster schaute.
Eugen verkroch sich hinter Rachels Sitz, damit ihm nicht der Fahrtwind ins Gesicht fuhr, doch nützte dies wenig. Nun gut, man war ja noch in Avignon und wollte den Papstpalast von hinten sehen, weil der nach vorne großmächtig ins Land schaute, als wären immer noch die Feinde mutig genug, sich die Scharten und hohen Steinbrocken der Mauer anzugreifen zu trauen.
Die Stadt hinter der Mauer war dann tief verändert. Robert und Rachel wurden nie überdrüssig, wenn es galt, Unerwartetem zu begegnen. Und so verhielt sich's auch, als man hineinfuhr in die Altstadt Avignons und sich zwischen Barockfassaden fand, alle fein gemeißelt, weiß getüncht. Eugen hatte gedacht: Hinter der Stadtmauer kommst du zwischen lauter düsteres Gemäuer... doch fand er sich in hellen Gassen mit hohen Fenstern, alle ornamental umrandet, die Eugen nur von Lustschlössern in Gärten kannte und deren Schmuck Luft und Blättern geöffnet schien und das Licht auf den Fassaden zerteilten.
Franzosen aus Algerien drängten sich in den Cafés, und es war mühevoll, für kurze Zeit ein Plätzchen auf der Toilette zu ergattern. Aber dann brauste das Auto frei hinweg. Eine Versorgungsstation der kaiserlichen österreichischen Armee aus fernen Tagen, die immer noch die

Wappenfarben Schwarz und Gelb auf bretternen Fensterläden sehen ließ, war längst zu einem Gasthof umgebaut, auch er überfüllt, weil Sonntag war; weshalb sich Eugen im Garten herumdrückte und einen einzeln stehenden Jasminbusch sah, dessen weiße Blüten ihren Duft ausströmten, als wollten sie Eugen betäuben. Das ließ er sich gefallen, schaute nach, wo Rachel, Hanne und Robert sich ins Abseits geschlagen hatten und fand sich wieder beim Auto ein, als er die andern aus verschiedenen Richtungen anrücken sah und von ihnen erfuhr, daß jeder etwas Besonderes gesehen hatte, um das ihn die andern beneiden durften.

Sie fuhren weiter. Einzelne Villen waren in frisch angelegten Weinbergen gebaut worden, was eintönig wirkte. Dann wechselte die Gegend unter Pinien, die alten Häusern Schatten spendeten, während Melonenduft ins Auto wehte. Eugen fragte Robert, ob er anhalten könne, hätte er doch gern zwei Melonen gekauft. Aber dies ging nicht. Und wieder einmal dachte Eugen an einen, der verfolgt wurde und in ein Melonenfeld geraten war, wo er sich verstecken konnte. Da hatte der Mann Glück gehabt; denn jetzt konnte er, an die Erde geduckt, seinen Durst löschen, nachdem er eine der gelblichen Früchte aufgeschnitten hatte. Schließlich war für Eugen ein Melonenesser fast eine archaische Figur. Und er schmeckte die Frucht im Weiterfahren (die möchtest du immer bei dir haben). Bei den Arabern gab's ein Sprichwort: »Wer eine Melone verspeist, füllt sich mit Licht.«
Sie fanden einen Gasthof, und kaum hatten sich Hanne und Eugen vor dem Essen ausgestreckt, kam Robert und legte zwei Melonen auf den Tisch. (Guter Mensch.)

Wochen später kam Hanne aus dem Englischen Garten zurück und erzählte, sie habe den Schmöller getroffen. Er war auf einem Dreirad gesessen, den Gitterkorb seines Gefährts mit Salatköpfen, Blumenkohl und Spinat gefüllt. Der hatte also eingekauft und war hernach um den Kleinhesseloher See gefahren, weil er nur noch mühsam gehen konnte, eines Unfalls wegen. Und Eugen erinnerte sich, daß Schmöller auf dem Gehsteig in Madrid von einem Auto erfaßt und schwer verletzt worden war.
Als Diplomat kam er in der Welt herum. Früher war er mit Diana verheiratet gewesen, hatte sich scheiden lassen, in Südamerika eine andere geehelicht und zwei Mädchen gezeugt. Er war Botschafter in Buenos Aires und Paris gewesen. Jetzt lebte er als Pensionist teils hier, teils in Südamerika, wo ihm ein Besitztum von der Größe eines deutschen Landkreises zu eigen war. Ein Mann, immer noch blond und hochgewachsen, der nun, zumeist auf Landsitzen adeliger Herren, Vorträge über Politik hielt, beinahe so wie früher herumreiste, laut und durchdringend redete, eine tragende Stimme hatte und wie ein Gentleman der alten Schule gekleidet ging. Hanne bedachte er mit dem Kompliment, sie sehe wie eine russische Großfürstin aus, wobei er Eugen von der Seite ansah, als dächte er: den machst du jetzt eifersüchtig... Eugen aber nickte ihm lächelnd zu, denn Hanne stand ihr langer, dunkelblauer Mantel mit der schwarzen Pelzkappe gut zu Gesicht. Auch einen dicken weißen Schal hatte sie umgeschlungen, und von dem hing ein langer Zipfel nieder. Und Eugen ließ Schmöller wissen, wenn er selbst so etwas verlauten lasse, höre sie ihm gar nicht zu. Darauf Hanne: »Du kennst mich doch schon lange.« Und man kam überein, Eugen und Hanne sollten in der nächsten Woche mal zu Schmöllers kommen, nachmit-

tags, man mache dann noch etwas telephonisch aus. So hatte man's vereinbart, und dann war's am Samstagnachmittag so weit. Schmöllers wohnten ein paar Straßen um die Ecke, und in einer halben Stunde konnte man zu Fuß bei ihnen sein. Ihre Zimmer waren alle mit Bildern eines russischen Künstlers geschmückt, der im Stil des Photorealismus malte, wie Schmöller sich ausdrückte; denn auch über Modeströmungen der Malerei wußte er Bescheid, und Eugen bewunderte wieder mal seine Weltläufigkeit.

Nun saßen sie mit einem Herrn zusammen, dem sie im Lift begegnet waren, wo er an Eugen vorbeigeschaut hatte. Jetzt erwies sich der als langjähriger Leiter des Pariser Goethe-Instituts, der mit seinen Eltern nach Schweden emigriert war und sagte, wenn seine Mutter nicht gegen Hitler gewesen wäre, hätte er wahrscheinlich auch begeistert mitgemacht. Seine Frau war ebenfalls zugegen. Sie hatte eine kurze und spitze Nase im runden Gesicht und sagte, sie sei mit Schmöller einmal in einer von Eugens Lesungen gewesen. Und Schmöller wandte sich Eugen zu und sagte: »Du bist in deiner Stube gesessen, während Hanne alle Unbilden des Lebens von dir abgewehrt hat.« – »Das stimmt nicht«, entgegnete Hanne. »Er hat den Kulturbund und den Schriftstellerverband in Stuttgart als Sekretär gemacht.« Da hatte Schmöller also bis heute nichts von Eugens Brotarbeit wahrgenommen.

Langgestreckt saß Schmöller auf seinem Stuhl. Er trug Schuhe mit Lochmuster und erzählte von Südamerika, wo sein Gut von einer Dame mit männlicher Stimme und einem schwarzen Schnurrbart bewirtschaftet werde. Seine zierliche Gattin hatte, wie er selber, ein kräftiges Organ, das sich ein wenig herb anhörte; und Eugen dachte an Diana, Schmöllers erste Frau, die hochstim-

mig und rasch zu reden pflegte. Also hatte Schmöller wohl, als er zum zweiten Mal heiratete, ein rauhes Organ hören wollen.
Jetzt sagte Frau Schmöller, sie wolle ihre Erinnerungen zu Papier bringen und sich dafür einen Computer kaufen. – »Wie schreibst du?« fragte sie Eugen, der nun wiederum seine Schreibmaschine ›Erika‹ aus dem Jahre 1937 pries, auf der er immer noch alles abtippte, was er mit Stahlfedern geschrieben hatte.
Doch war all dies letztlich gleichgültig. Für Eugens Bücher interessierte sich Schmöller nur, wenn er selbst darin vorkam. Hätte Eugen ihn als strahlende Lichtgestalt dargestellt, so hätte Schmöller gedacht, Eugen wolle ihn veräppeln. Also ihn so beschreiben, wie er wirklich war? Das ließ sich auch nicht machen, weil Schmöller sich selbst anders sah, als er Eugen erschien. Also läßt du ihn am besten weg, obwohl... Nein, weglassen ging auch nicht, weil Eugen ihn für einen hielt, dem alles glückte. Und solch einer war selten.
Heut saßen sie bei ihm zu einem ›High Tea‹ beisammen. So hießen das die feinen Leute, wenn sie Tee tranken und Petits fours zu sich nahmen, süße Stückchen, die Frau Schmöller auf einer Platte herumreichte, während man redete.

Wochen später, als niedere Wolken vorbeischleiften, ging Eugen allein am Rand der Stadt und sah die Häuser an, Mietshäuser, da und dort neben einem einstöckigen Haus aufragend, das sich von früher hier noch hielt. Wiesen drängten an die Straße, bis wiederum ein hohes Haus aufstieg. Und Eugen suchte eine Wirtschaft, um etwas zu essen; denn heut war Hanne bei ihrer Freundin Diana und hatte sozusagen Ausgang.
Sie war davon befreit, Essen zu kochen, und das freute

ihn. Endlich konnte sie sich aussprechen, ohne daß er dabeisaß. Und mühsam war's gewesen, sie davon zu überzeugen, daß er gerne irgendwo draußen am Stadtrand für sich etwas aß. Sie war hoffentlich froh, weil er sie überredet hatte, nichts für ihn zu kochen, um es im Kühlschrank kalt zu stellen.

Unten, fast im letzten Haus, fand er ein Beisel. Ging hinein, es dämmerte bereits, und er setzte sich als einziger Gast in die hintere Ecke vor eine Fenstertür. Durch die sah er hinaus auf Ödland.

Ein Weg führte vorbei, der vielleicht einmal eine Straße gewesen war, jetzt aber von Wasser glänzende Löcher hatte. Keine Laterne brannte, obwohl eine alte Villa hier stand, die brüchig aussah und von deren Fenstern zwei erleuchtet waren.

Die schaute er immer wieder an, während er eine heiße Gulaschsuppe löffelte, die ihm schmeckte. Im Pullover saß er da und hatte seinen Anorak über die Stuhllehne gehängt.

Die Kellnerin fragte er, wer dort wohne, und erhielt zur Antwort: »Ach, so Leute. – »Sind Asylbewerber drunter?« – »Ja, wahrscheinlich. Schon lang soll das Haus abgerissen werden.«

Später ging er im Halbdunkel auf dem Weg mit den Wasserpfützen zur altmodischen Villa. Vielleicht kam er hier zum Wald, der drüben schon als schwarzer Schatten sichtbar war.

Da kam ihm eine hochgewachsene Gestalt entgegen, ein Mann, der langsam ging und dichtes Haar hatte. Eugen schaute vor sich hin, und als der andere nahe war, hörte er ihn sagen: »Darf ich mich Ihnen anschließen?«

Es war Heinrich, und Eugen freute sich.

Heinrich wohnte jetzt in der brüchigen Villa, weil's ihm in der Stadt nicht gefallen hatte. – »Dort wollten so viele etwas von mir, meistens mit Mikrophon. Ich soll erzählen, von Rußland oder von China. Aber das, was ich zu sagen habe, kommt mir abgestanden vor. Da ist's mir lieber, mich frägt hier ein Asylbewerber, ob ich ihm den Blutdruck messen will.«

Heinrich ging zum Abendessen in die Wirtschaft, wo Eugen gewesen war. Und dort bestellte er sich eine Gulaschsuppe. Also ließ sich Eugen wiederum einen Teller bringen und aß mit Heinrich noch einmal das gleiche wie zuvor. Dabei wollte Heinrich wissen, wo sich Eugen in der letzten Zeit herumgetrieben und was er gesehen, erlebt habe. – »Aber dafür gehen wir zu mir hinüber in die alte Villa. Jetzt essen wir unser Süppchen, und später gibt's bei mir noch ein Glas Ingelfinger Weißen. Ich habe eingeheizt.«

Sie aßen weiter. Nun kam Eugen die Gulaschsuppe fade vor. Und sie bezahlten, gingen, als nur noch drüben überm Wald ein Lichtstreifen zwischen düsteren Wolken hell war, auf dem Weg weiter, dessen Schlaglichter glänzten. Eugen stolperte, doch Heinrich hielt ihn fest und sagte: »Weiß schon, was für Fährnisse hier auf jeden lauern.«

Die Villa war dann nicht so morsch, wie sie aussah. Und in der Diele, wo zwei Säulen die Decke stützten, Holz gestapelt war und drei mit Kohlen prall gefüllte Säcke standen, störte Eugen nichts, denn so gehörte es hierher. Auch auf der breiten Treppe waren solche Stapel aufgeschichtet, und Heinrich sagte: »Du vermutest Falsches, wenn du meinst, hier würde geklaut, obwohl natürlich ... Aber lassen wir das mal beiseite.«

Hier mußte er sich an vielerlei Spankörben vorbeidrükken, in denen die Vorräte eines Türken lagen, dem ein Obststand gehörte. Im Treppenhaus hing an der Decke eine Rolle, über die ein langes Seil lief. Daran konnte der

Obsthändler seine gefüllten Körbe nach unten schweben lassen, wo seine Frau sie wegnahm und zum Lieferwagen trug.
Im Treppenhaus waren die Wände mit hohen Bildern bemalt. Da und dort hatten sie leere Flecken von abgesplitterter Tünche, und die Damen mit wulstigen Frisuren und Herren im Frack standen ohne Gesicht da, oder es war ihnen ein Stück von ihren prallen Schenkeln abgefallen.
Dann Heinrichs Zimmer mit altmodisch verschnörkelter Bettlade aus braunem Eichenholz, einem Tisch und einem Schrank, als hätte er sie aus dem Sperrmüll der Herrschaften mitgenommen, die hier einstmals gewohnt hatten. Und an den Wänden, wo Platz war, lehnten Bilder, die Heinrich gemalt hatte. Der vertiefte sich ins Unscheinbare: Also in ein Gitter über einem Abflußloch, in das Regenwaser hineinrieselte und das graufleckig glänzte; dazu ein Damenfuß in feinem Schuh und ein Sperling, der in der linken Ecke dieses Bildes noch zu sehen war.
Eugen wurde eingeladen, auf Heinrichs Bett zu sitzen, das Kopfkissen im Rücken. – »Das ist der Fürstensitz für meine Gäste«, sagte Heinrich und nahm auf einem Hocker Platz, fast als säße er zu Eugens Füßen.
Er fragte Eugen dann, wie er mit alten Freunden zurechtkomme: »Solchen, die du von früher kennst. Siehst du die immer noch, oder wie ist's zwischen dir und denen im Lauf der Zeit geworden?«
»Das ist ein seltsames Kapitel. Vielleicht geht's dir genauso.«
»Bei mir kommt noch hinzu, daß ich Kommunist gewesen bin und gleich weg mußte, als der Hitler kam. So einer wie ich ist denen immer verdächtig, die hier geblieben sind und mitgemacht haben.«

»Ich hab ja auch mit denen nichts am Hut gehabt und bin dann Schriftsteller geworden. Ein solcher ist in ihren Augen nicht mehr als ein Vagabund«, erwiderte Eugen. »Dann aber bin ich manchmal gelobt worden, freilich erst mit sechzig. Das schadet nichts, so ist's verlaufen, das gehört zu meinem Leben (au net schlecht).«
Heinrich lächelte, stand von seinem Hocker auf und setzte sich neben Eugen aufs Bett. Dann fragte er, wie das denn bei ihm sei, jetzt, im Alter: »Hast du mehr für dich erwartet?«
»Zwar hätt ich nichts dagegen gehabt, wenn ich früher schon mehr Geld bekommen hätte, aber was meine Arbeit betrifft: Mehr war bei mir nicht drin. Manchmal sage ich sogar zu mir: du hast zuviel gearbeitet. Doch jedenfalls ist's besser, als wenn ich jetzt zugeben müßte: du hast dir's zu bequem gemacht.«
Heinrich sah auf seine Hände, schwieg eine Weile und fragte unerwartet, wie's Eugen mit dem Tode gehe, sozusagen.
Er fühlte sich ertappt oder als hätte er etwas gedacht, was ungehörig sei. Er antwortete: »Vielleicht hat es mit dem Gefühl zu tun, und du wirst nach dem Tod vom Licht gereinigt. Aufgenommen in das Licht, wirst du erlöst. Und der Pfarrer sagt am Grab: ›Der Herr gib ihm die ewige Ruhe.‹«
»Wovon wirst du erlöst?« fragte Heinrich.
»Von dem, der ich gewesen bin«, sagte Eugen. Und Heinrich fügte hinzu: »Dann willst du also nicht mehr der Eugen Rapp sein?«
»Ich wünsche mir, daß ich zusammenbleibe mit mir selbst, nicht aufgelöst werde im Licht, aber das erscheint mir unwahrscheinlich. Wenn's anders bestimmt ist, muß ich mich fügen. Und ob du überhaupt etwas davon bemerkst, was dann geschieht?«

»Der Tod löscht das Bewußtsein aus, und du lebst weiter, weißt aber von deinem früheren Leben nichts.« Eugen nickte, schaute vor sich hin: »Die Ablösung von allem Früheren ... Und daß du davon weggetragen wirst ... Jahrzehnte lang hast du dich den anderen Menschen vorgestellt (wie im Theater). Nun aber ist das Ende deiner Vorstellung gekommen ...« Und ihm fiel einer ein, der ihm vorzuwerfen pflegte, er sei allzu schicksalsgläubig, fast als wäre dies ein Geburtsfehler. Du aber wünschst dir, vor deiner Frau zu sterben, dem einzigen Menschen, der zu dir gehört.

»Der Tod löst das Bewußtsein aus, und du lebst weiter, weißt aber von deinem früheren Leben nicht.« [illegible] schaute vor sich hin. »Die Ablösung von allem Früheren ... Und daß du darauf weggetragen wirst ... Jahrhundertelang hast du dich den anderen Menschen vorgestellt (wie im Theater). Nun aber ist das Ende deiner Vorstellung gekommen ...« Und hier fiel [illegible] ein, der ihm gegenüber [illegible], er sei dann so unglaublich, fast als wäre das ein Geburtstag. [illegible] Oder aber wünschst du dir [illegible] zu sterben, dem einzigen Menschen, der zu dir gehört.